I edizione: agosto 2015

Via Isonzo 42, Roma

ISBN: 978-88-7625-792-6

www.fazieditore.it

Qualsiasi riferimento a luoghi o fatti realmente accaduti è puramente casuale. Tutti i personaggi sono frutto dell'immaginazione dell'autrice. Tranne Diablo.

Giovanna Zucca

Ässassinio all'Ikea

Omicidio fai da te

LE MERAVIGLIE

Dio ha concesso la parola ad alcuni cani
per mettere in difficoltà alcuni uomini.

Maggio 2011

Un'automobile, che non vedeva un lavaggio da anni, percorreva con andatura lenta il tragitto Tessera-Padova. Alla guida, il commissario capo Loperfido, della questura patavina. Al posto del passeggero, accuratamente assicurato alla sua cintura di sicurezza, Diablo, un esemplare di zwergpinscher che, offeso per qualcosa che il padrone aveva detto o fatto, si vendicava con la strategia del silenzio.

«È inutile che stai con quel muso, sai? Tanto lei torna», disse l'uomo rivolto al microcane.

Silenzio.

«E se anche non tornasse... chissenefrega», continuò il commissario. «Siamo stati benissimo io e te, finora. Ma sì, che se ne stia pure in America...».

Diablo, con gli occhi più cattivi del solito, rivolse finalmente la testa verso quello scellerato del padrone.

"Mondo cane", sibilò in un ringhio. "Tu prega il tuo dio che Luana torni. Perché in caso contrario, ebbene, io ti renderò la vita un inferno".

«Ahhh», fece l'uomo rispondendo alla sua stessa voce. «La chiamiamo Luana adesso... ma ti ricordi quando ti voleva spiaccicare sotto gli stivali? Adesso siete così intimi che addirittura la chiami L-u-a-n-a, quel nome del cazzo».

"Sarà bello il tuo", rispose Diablo senza guardarlo.

«Io non ti capisco. Abbiamo vissuto benissimo, io e te. Una coppia formidabile. Hai fatto scappare ogni donna che mi si avvicinava, sei stato geloso di tutte. Ora cosa mi rappresenta questo attaccamento per quella rompipalle di napoletana? Quella lì porta solo guai».

Diablo si girò di nuovo e, guardando Loperfido negli occhi, gli fece capire esattamente cosa passava nel suo cervello canino.

«Ok!», si arrese il poliziotto. «Va bene, hai vinto. Il tempo di organizzarci e si parte per la Virginia. Andiamo a trovare Esposito».

"Vedi che non sei così scemo?", rispose Diablo.

Anna Laura Bottacchi

Anna Laura è in quella stagione della vita in cui, a seconda di come ci si alza dal letto, si mostrano quarantacinque, cinquantacinque o sessant'anni. Lei la maggior parte del tempo ne dimostra cinquanta ma io, che so la verità, non vi nascondo una certa invidia per quella sua pelle così tesa e liscia. Anna Laura Bottacchi ha ereditato dalla madre, la signora Ida, una felice predisposizione al bell'aspetto, e ancor oggi, malgrado qualche chilo di troppo, si potrebbe definire, senza temere di apparire ridicoli, una gran bella donna: bionda, con mèche chiare quasi bianche e un taglio a caschetto che le incornicia il viso. Non molto alta, senza tacchi arriva al metro e sessantacinque, è formosa, dotata di un gran petto, attributo che le ho sempre invidiato. Eh sì, perché io Anna Laura la conosco da sempre, da quando era una bambina con le trecce e i calzettoni al ginocchio. A scuola dalle suore in via della Conciliazione a Padova, ci scambiavamo la merenda e le confidenze. Amiche da sempre, senza soluzione di continuità da quasi mezzo secolo. Diverse che più diverse non si può, ma intime più che sorelle.

Quando lei decise per ragioneria, io ne feci una mezza malattia; volevo fare il liceo e laurearmi in Lettere per fare la professoressa all'università e insegnare Dante ai non iniziati, mentre ad Anna Laura del divino poeta non importava niente. Lei ci prendeva con i numeri e il calcolo commerciale. Sua madre, la signora Ida, gestiva la famosa merceria di piazza delle Erbe dove, sin dai tempi dell'immediato dopoguerra, aveva venduto calze e corsetti a tutte le signore eleganti di Padova. Quando, dodicenne, si accorse che il ragioniere contabile faceva le creste alle fatture, si scagliò contro il malcapitato, che restituì il maltolto e sparì all'istante. Così divenne l'unica ragioniera della merceria. Vivevano sole, Ida e Anna Laura, nell'appartamento sopra il negozio, nello stesso palazzo dove vivevo io con la mia famiglia.

Del genitore di Anna Laura non ho saputo nulla per molto tempo. Avevo presto intuito che era un argomento da trattare con estremo riguardo. Mio padre disapprovava la familiarità che avevo con la casa di Ida e Anna Laura. Una sera, arrivata appena in tempo per sedermi a tavola, lo sentii brontolare con la mamma: «Ma la bambina deve stare sempre a casa della merciaia?». Il suo tono sulla parola "merciaia" non aveva nulla di buono. La mamma rispose che si occupava lei dell'educazione dei figli. Aveva tutt'altro atteggiamento nei confronti della mia amicizia con la casa vicina, perché Ida le aveva risolto il problema dell'addome prominente con una pancera confezionata apposta per lei che le snelliva la figura. Così l'argomento fu chiuso, fino a quando venne il momento di decidere la scuola superiore: ebbi l'alzata d'ingegno di dire che anch'io avrei voluto fare ragioneria.

«Non se ne parla neppure», tuonò mio padre nell'estremo tentativo di affermare il suo ruolo di educatore principale. «Non se parla neppure! Tu vai al liceo e fine delle discussioni».

«Ma Anna Laura...».

«Anna Laura farà quello che crede, tu sei Erminia e andrai al liceo».

Soddisfatto per essersi imposto a una figlia ribelle, prese a cenare incurante delle lacrime che mi cadevano nel piatto. Sospetto che mio padre fosse convinto di essere stato lui, con la sua indiscutibile autorevolezza, ad aver mutato il corso dei miei studi. Fu invece la mamma a convincermi che, se volevo studiare la letteratura e quindi Dante, dovevo frequentare il liceo e poi la facoltà di Lettere all'università. E fu Anna Laura a rafforzare mia madre con un'argomentazione inconfutabile: «Ermi, sei una schiappa con i numeri, che ci vieni a fare a ragioneria? Tu capisci le perifrasi, le poesie, scrivi bene, ma non hai un minimo di dimestichezza con i conti. Dobbiamo separarci».

«Mai!», urlai tra le lacrime.

«Almeno per la scuola. Tanto saremo sempre amiche del cuore, tu e io. Ci vedremo ogni pomeriggio e il sabato usciremo a passeggio insieme».

Alla festa organizzata per la maturità ci rendemmo conto che eravamo diventate grandi e Anna Laura pensò bene di dar rilievo all'evento concedendosi completamente a Ernesto "il bello", compagno di classe col quale aveva un amorazzo. Mi sentii tradita. Ma come? Con tutto quello che ci eravamo dette, alla fine lo faceva così d'improvviso e senza aspettarmi! Quando me lo confessò, la mattina dopo la festa, me ne andai senza una parola. E certamente non fu questo a indurmi a telefonare a Michelangelo, il mio eterno corteggiatore dalla prima liceo. Tornai a casa la sera e col volto trionfante, come se avessi superato chissà quale prova di suprema intelligenza, lo annunciai ad Anna Laura.

«L'ho fatto anch'io!».

«E com'è stato?».

A occhi bassi e non potendo impedire che il rossore m'imporporasse le guance, pontificai: «Veloce. A mio parere, si dà troppa importanza a questa cosa del sesso».

E con questo, l'argomento fu definitivamente archiviato.

Ci fidanzammo e sfidanzammo numerose volte, Anna Laura e io. Fino a che io non incontrai Felice Fugazzotto, compagno di corso all'università, studente fuori sede di Messina, dotato di sguardo ardente e capacità amatorie non comuni. "Veloce" non fu più l'aggettivo che usai per descrivere gli amplessi col mio grande amore. Me ne innamorai talmente, che pensare di sposarci e farlo per davvero fu un tutt'uno. Anna Laura fu la mia damigella d'onore e la signora Ida mi confezionò un abito che fece parlare tutta Padova per mesi. Nel frattempo, la merceria si era ingrandita ed era diventata un atelier di abiti da cerimonia, da sera e soprattutto da sposa, alcuni dei quali disegnati direttamente da lei.

Trascorsi nel letto di Anna Laura la sera prima delle nozze. Ci scambiammo promesse di amicizia eterna e giurammo che nulla fra noi sarebbe cambiato. In realtà, mi trasferivo di un piano solamente. Mio padre aveva acquistato per me l'appartamento del commendator Vettorazzi, deceduto prematuramente e liquidato a tempo di record dagli eredi. Rimanevo, quindi, in piazza delle Erbe e soprattutto rimanevo vicina ad Anna Laura. Felice dopo la laurea aveva trovato da insegnare al collegio Pio X, mentre io mi arrangiavo con supplenze e ripetizioni in attesa di veder decollare la mia carriera accademica. Non avevo neppure venticinque anni, ma sapevo con certezza qual era la strada che volevo percorrere.

Quando la signora Ida allargò la merceria, acquistando il locale del vecchio negozio di colori e pennelli, tutti noi pensammo che finalmente Anna Laura sarebbe diventata socia della madre e avrebbe lasciato il lavoro da commercialista presso Pavan&Ceolin, dove ormai languiva da tempo. Io, soprattutto, lo speravo, ma sapevo quali erano le vere ragioni che la incatenavano a quel posto subordinato e perché prendeva disposizioni e faceva fotocopie per dei fiscalisti che tenevano in ordine i conti di piccoli bottegai e panettieri.

Anna Laura aveva seguito un corso a Bologna per consulenti finanziari, e un altro addirittura alla Bocconi di Milano. E per cosa? Per compilare la dichiarazione dei redditi del signor Giovanni, salumiere di Padova?

E così, mentre io mi arrabattavo tra le supplenze a scuola e il dottorato alla facoltà di Lettere moderne dell'università, la mia amica si divideva tra lo studio di via Nino Bixio e l'atelier di piazza delle Erbe.

«Non capisco davvero cosa aspetti a fare il salto», la seccai per l'ennesima volta una sera di pizza e birra.

«Sto bene così, in fin dei conti cosa mi manca?».

«Cosa ti manca? Ma vuoi continuare a servire di barba e capelli quei burini di Pavan&Ceolin? Lo so io perché non te ne vai... hai paura di perdere l'Amilcare! Non hai ancora capito che quello sta su due cuscini: da una parte te, bella e vivace, che gli scaldi il letto; dall'altra la moglie e i figli, che gli danno l'idea di essere un uomo realizzato?».

Come sempre, quando si toccava l'argomento Amilcare, Anna Laura si metteva sulla difensiva e con le braccia conserte mi attaccava per non mostrare il suo lato debole.

«Ma a te che importa? Tu hai Felice, magari tra un po' farai anche un paio di bambini, ti daranno il contratto da associato... hai la tua bella vita borghese con tanto di suoceri siciliani che sbarcano a casa tua a Pasqua e a Natale. Perché non ti godi la tua vita e non lasci a me il diritto di vivere la mia?».

«Perché?», esplosi non trattenendo più la rabbia. «Perché non è giusto che ti butti via per quello. Non è giusto che tu debba vivere uno pseudoamore part time dal lunedì al venerdì, che poi il maritino se ne torna nel suo bel Polesine, nella casetta dove la mogliettina del brodo Star lo aspetta col filo di perle e il golfino... ma possibile che non capisci?».

«No, non capisco. Io lo amo. E poi, questa situazione non sarà per sempre. Mi ha detto che a breve parlerà con la moglie. Ha deciso di stabilirsi qui a Padova, vuole vivere con me...».

«Ah certo, e tu tonta che ci credi».

Discussioni di tal genere erano frequenti durante i miei incontri serali con Anna Laura. Io, Amilcare non lo potevo soffrire; intuivo che dietro la facciata di uomo innamorato e tormentato dalla situazione, stava un senso di intima soddisfazione per aver conquistato una ragazza come Anna Laura; lui, indegno anche solo di un suo sguardo. E invece, con l'imponderabilità tipica delle cose d'amore, non solo Anna Laura lo aveva guardato, ma se ne era anche innamorata, nonostante una moglie e due bambini.

La mia bellissima amica si era infilata in una relazione senza futuro.

«Senti, già devo subire mia madre, non ti ci mettere pure tu. So quello che faccio. Gli ho dato un termine. Alla scadenza, se non prende una decisione, ognuno andrà per la sua strada».

Amilcare Borgomastro
Bene vixit qui bene latuit

Amilcare bazzicava lo studio Pavan&Ceolin perché la banca per la quale lavorava lo metteva spesso in contatto con la ragioniera Bottacchi; e una telefonata oggi, un caffè domani, una sera si era presentato fuori dallo studio per un aperitivo insieme. Lui era di un paesello in provincia di Rovigo. La filiale della sua banca lo aveva spedito a Padova per un periodo di lavoro fuori sede. Ogni venerdì sera tornava in seno alla famigliola, che lo attendeva serena nella villetta dei sette nani con tanto di Biancaneve nel piccolo giardino. Era sposato, Amilcare, e ad Anna Laura lo disse con un sospiro come se non avesse lui stesso deciso il passo, ma ci si fosse trovato per cause di forza maggiore. Si conoscevano fin da ragazzini. Betta faceva la maestra elementare. Gli era sembrato ovvio sposarla dopo la laurea in Economia e commercio e, soprattutto, dopo che il vescovo Lipparini gli aveva trovato quel bel posto in banca. Le famiglie non vedevano l'ora. Il padre di lei, benzinaio, aveva cominciato gli scavi per la costruzione della casetta. E già immaginava sua moglie, la signora Clelia, badare ai pupi mentre la figlia teneva lezione a scuola.

Anna Laura rise divertita a quella confessione.

«Ma va che sei felice! Hai anche dei figli?». L'occhio di Amilcare s'illuminò. «Sì, due. Un maschietto di quattro anni, Giorgio, e una bambina di tre, Pamela. Sono la mia vera gioia, sai», disse l'uomo come per giustificarsi. Giustificarsi di che?

Presero a vedersi quasi tutte le sere dopo l'ufficio, per un aperitivo, una cena o anche solo una passeggiata per le vie del centro. E poi un giovedì sera lui la invitò nel monolocale dove viveva, a due passi dal Caffè Pedrocchi.

«È della banca sai...», si giustificò Amilcare, come a mettere le cose in chiaro da subito. «Magari fosse mio un appartamento in una zona così elegante della città, piccolo ma di grande pregio», e non fece in tempo neppure a varcare la soglia che Anna Laura si trovò senza mutande e già avvinghiata a quell'uomo che pareva improvvisamente dotato di quattro mani e tre lingue. A mezzanotte, nudi sul letto, guardavano il soffitto.

«E adesso?», disse lei ancora ansimante.

«Adesso cosa?», rispose Amilcare contento e beato, dopo un paio di amplessi nei quali la ragazza lo aveva persino omaggiato di un applauso a scena aperta.

«Domani tornerai a Rovigo?».

«Certo che torno a Rovigo», rispose con enfasi l'uomo che tradiva nel tono della voce una puntina piccola piccola di paura.

Cominciò nel modo più banale. Ma c'è un altro modo col quale si cominciano le storie d'amore? Quella sera Ida capì subito che qualcosa era successo. La prese alla larga come faceva di solito.

«Bambina, ma ti vedi ancora con quel ragazzo di medicina?».

«Chi, Luca?».

«Sì, Luca».

«Sì, ma'. Ci vediamo anche domani».

«E come vanno le cose? Non mi racconti mai nulla».

«Ma', che ti devo dire? Ci frequentiamo. Andiamo al cinema e a mangiare la pizza».

«E allora, com'è che stasera sei cosi strana? Oggi ti ha telefonato. Gli ho detto che non eri ancora tornata. C'è rimasto male».

«Ma', mi sono fermata in ufficio. Lo sai, in questo periodo con le scadenze che incombono...».

Ida si accese la sigaretta e col bicchiere di caffè in mano le puntò gli occhi indagatori addosso facendole il discorsetto.

«Bambina, queste stronzate raccontale al dottorino, di certo non a me. Sento puzza di storia clandestina. Un fetore terribile».

«Mamma, lui...».

«Mamma niente!».

«Mamma, non è importante. Siamo stati insieme solo stasera».

Anna Laura, davanti all'armadio aperto con la gruccia appendiabiti in mano per riporre il vestito, si guardava i piedi. Non aveva il coraggio di alzare lo sguardo verso quella donna con le antenne supersviluppate.

«Mmm, speriamo sia finita qui».

Con le mani inanellate e il foulard svolazzante al collo, Ida uscì dalla stanza della figlia come una badessa che lascia il secondo cortile del monastero. Quella notte Anna Laura sentì il televisore in camera di sua madre acceso fino a tardi. Non riusciva a dormire. Nemmeno lei d'altronde ci riusciva. Mille pensieri le turbinavano in testa. Era stato bello con Amilcare. Non poteva essere un caso. Con gli altri ragazzi non aveva provato quasi nulla. È questo che si sente quando c'è un grande amore? Aveva ventitré anni Anna Laura, e diverse esperienze, ma un uomo come Amilcare non lo aveva mai avuto. "È sposato", si diceva. "Ha figli. Che faccio? Basta, non è successo niente. Non lo rivedrò più, non è niente".

Già dalla mattina successiva, invece, si era ritrovata nell'attesa inconsapevole che il telefono squillasse e che dall'altra parte del filo la voce dell'amante la riempisse di parole d'amore. In effetti, il telefono squillava in continuazione in ufficio, ma erano sempre voci importune e fastidiose che chiedevano: «Mi scusi, posso parlare col dottor Pavan?». "*Dottore*", pensava sdegnosa e irritata la ragazza. "È un miracolo che sia ragioniere, quell'asino… e si spaccia per dottore commercialista".

Durante la pausa pranzo sperò che Amilcare passasse per il bar dove lei e le colleghe erano solite fare un pranzo leggero. Ma lui non passò, neppure alle cinque e nemmeno alle sette, alla chiusura dello studio. Non lo trovò fuori nella via con l'aria contrita e un gran mazzo di fiori in mano.

A cena sua madre aveva invitato degli amici. Dopo aver mangiato, Anna Laura s'isolò in salotto, sprofondata nella poltrona preferita, mentre gli altri giocavano a carte. Sentiva le voci dalla sala da pranzo, su tutte quella roca di Ida, che stava vincendo a poker. Il signor Stefano perdeva e la Marilisa pure, ma con stile.

«Sfortunata nel gioco, fortunata in amore», sospirava alla padrona di casa.

«Sì, sì», tagliava corto la Ida. «Ma chi ti si piglia a te», e con la risata gutturale lanciava occhiate dense di promesse al signor Stefano, amministratore dello stabile e amante ufficiale.

I pensieri di Anna Laura erano tutti per Amilcare. Si dava della stupida per aver sperato che si facesse vivo. "Che ti credevi? Ci sei stata e chi s'è visto s'è visto...".

Se ne andò a letto senza salutare i giocatori di carte. L'indomani la madre le avrebbe fatto il solito liscebbusso dandole della selvaggia, ma che le importava? Che la finisse anche lei con le sue ramanzine da strapazzo, che tanto lo sapeva bene che il signor Stefano si fermava a dormire lì due o tre volte la settimana e la mattina facevano la pantomima dell'uscita all'alba con le scarpe in mano. Non era più una bambina!

Le riprese la voglia di vivere per conto suo, come la collega Mariuccia che abitava in un appartamentino dalle parti di Prato della Valle e si faceva beatamente gli affari suoi senza rendere conto a nessuno. Poi il pensiero di piazza delle Erbe le punse il cuore a tradimento. "Ed Erminia? Già, Erminia".

Quando io rimasi incinta, Anna Laura aveva temuto che mi sarei allontanata. Si era detta, sconsolata, che io avrei avuto altre priorità. Invece il nostro rapporto si era rinsaldato con l'arrivo di Alessandro, pargolo adorabile se preso a piccole dosi. Si alzò dal letto e, in pigiama e a piedi scalzi, uscì dalla porta che dava sul terrazzo per vedere se le luci al piano superiore erano ancora accese. Sì, lo erano.

"Quella non va mai a letto prima dell'alba".

Come una ladra, con le pantofole in mano, attraversò l'oscurità del corridoio e con abilità consumata, frutto di anni e anni di uscite nel cuore della notte, aprì la porta d'ingresso e si precipitò al piano di sopra salendo i gradini a due a due. Bussò con le nocche i tre colpi canonici, segno che fuori dalla porta c'era lei, Anna Laura. Pochi secondi di attesa ed eccomi, mollettone in testa, tuta da ginnastica e sigaretta.

«Felice?».

«Ronfa, come al solito».

«Alessandro?».

«Ronfa anche lui. Ho fatto un figlio che ha la stessa faccia da culo del padre e lo stesso modo di dormire», postulai io, molto filosofica. Senza una parola andammo verso lo studio, dove mi dedicavo alla tesi del dottorato e alla stesura del mio primo saggio. Chiusa la porta, Anna Laura si buttò di peso sulla poltrona ingombra di carte. Mi assentai per qualche minuto, per tornare con una cuccuma di caffè americano e due bicchieri.

«Che c'è?», chiesi.

«Ieri sera mi sono vista con uno».

«Uno chi?».

Non era normale che Anna Laura si affacciasse alla mia porta nella notte solo perché si era vista con uno. La cosa doveva essere grossa.

«Amilcare, quello della Banca Antoniana, te ne ho parlato, dai…».

«Amilcare, il *rovigoto*?».

«Sì, lui».

«Embè?».

«Sono stata a casa sua».

«E?».

«E...».

«Com'è stato?».

«Superlativo».

«Ne sono felice. Ma il problema dove sta?».

«Ha moglie e figli».

«Ahi!».

Mi accesi una sigaretta.

«Insomma hai avuto un'avventuretta di sesso con un tizio che scopa pure bene. Fine. Che dobbiamo dire di più di questo?».

«Ermi, io lo amo!».

«Ma che ami e ami... non dire sciocchezze».

«Io lo amo».

«Anna Laura Bottacchi», feci sedendomi sul divano a gambe incrociate. «Anna Laura Bottacchi: torna in te».

«Sono in me. Lo amo».

«Se mi ripeti questa stronzata, giuro che ti prendo a schiaffi. Amore... amore... guarda me che bel risultato per aver dato retta all'amore».

«Be', di che ti lamenti tu?», e la perduta ragazza mi fissò con occhi obliqui. «Che ti manca? Hai un marito che ti ama, un bambino adorabile, una carriera avviata. Che vuoi?».

Non potendo reprimere un sorriso di soddisfazione alla menzione del bambino adorabile, mi dimenticai dei capricci per mangiare la pappa, quelli per andare a letto, gli strilli isterici alla caduta del ciuccio e le cacche a ogni ora del giorno e della notte. Io, mamma puzzolente di rigurgito, dimenticai ogni insoddisfazione e mi lasciai andare a uno sguardo sognante.

«Ecco, ti vedi? Sei soddisfatta come un'oca».

«E altrettanto grassa», feci io. «Se hai tutta questa voglia di famiglia, trovati un ragazzo, sposati e scodella anche tu due o tre bambini...».

«Io voglio Amilcare».

«Amilcare ha già tutte e due le cose. I bambini e chi glieli fabbrica».

«Sei cattiva e insensibile».

«Sono realista».

«Dopo la nostra prima notte insieme, oggi è partito per Rovigo e non si è nemmeno fatto sentire. Almeno una telefonata me la poteva fare, no? Ciao, sono io, torno a casa dalla famiglia, volevo dirti che ti ho pensato... Invece, niente».

«In quale film lo hai visto un adultero che, appena vuotate le vesciche seminali, telefona all'amante per chiederle come sta?».

«Quello stasera se ne va a casetta sua e niente niente si scopa pure la moglie, giusto per non fare particolarismi».

«Beviti il caffè va. Tra due giorni non ci penserai più».

E con questa perla di saggezza, ma soprattutto di lungimiranza (e vedrete che i fatti mi daranno ragione), terminai la conversazione con Anna Laura e il suo sogno d'amore infranto.

E sì che di amori letterari ne avevo studiati ma, quando si è trattato di vita vera, non ho capito niente. Come ho fatto a non intravedere le avvisaglie del baratro nel quale stava cadendo la mia amatissima amica? Ore e ore ad analizzare gli stilnovisti, i poemi d'amore più tragici, la narrativa romantica ed ecco, travocchiuta come una centralinista cresciuta a fotoromanzi, io non vedevo l'evidenza davanti a me. Credevo veramente che la passione per l'Amilcare fosse un fuoco di paglia e lo dico a mia discolpa. Pensavo che, non appena si fosse profilato all'orizzonte un bel giovane, dotato di tutti i comfort, compreso uno stato civile adeguato, l'adultero sarebbe stato archiviato; ma ahimè, come mi sbagliavo! Col passare del tempo quella cancrena dell'Amilcare non solo non scompariva, spazzata via da nuovi amori, ma si radicava in Anna Laura come gramigna, senza che nessuno di noi potesse nulla per estirparla. Dico noi, perché annovero nella lotta contro l'adultero anche la povera signora Ida che, fino all'ultimo, a ottant'anni passati, spese le ultime energie a scacciare quel burino dalla vita di sua figlia.

Sono passati trent'anni. Ma come, direte voi, in trent'anni non è stato possibile eliminare quell'uomo dalla vita di una donna speciale come Anna Laura? Tutto è stato tentato, i mezzi più disparati sono stati messi in campo, ebbene... niente! L'adultero ha continuato a infestare le nostre vite per trent'anni, fino al fatidico 21 dicembre dello scorso anno.

Persino alle esequie della signora Ida ho avuto il dispiacere di vederlo. Era contrito, con gli occhiali scuri e l'aria afflitta, il burino, inconsapevole di averle guastato gli ultimi anni. In disparte, lontano da tutti gli amici e i vicini della piazza, se ne stava col suo completo blu e cravatta scura a fissare il feretro e quando, avvicinandomi con nonchalance, gli ho sibilato che cazzo volesse, ha avuto il coraggio di abbassare il capo e fissarsi le punte delle scarpe. In quel momento tra l'altro ho avuto l'immenso piacere di notare che, nonostante la tintura dei capelli, si vedeva la chierica inutilmente nascosta da un riporto sopraffino.

«Stai attento», gli sussurrai con un sorriso. «La tintura ti farà cadere quei quattro capelli che ti sono rimasti».

«Stronza!», mi rispose.

«Per te, signora Ida».

E sorridendo, nella convinzione che la defunta avrebbe approvato il mio benvenuto al pidocchioso, mi avvicinai ad Anna Laura e al gruppo degli amici più intimi. A lei bastò un'occhiata per comprendere quello che era successo.

«Anche qui...», disse soltanto. Aveva la voce stanca di chi non ha più la forza di tenere insieme gli amori della sua vita. Fu l'ultima volta che lo vidi vivo, il burino, perché in seguito ebbi modo di vederlo solo in fotografia, in televisione e sui giornali e, naturalmente, sulla lapide del cimitero di Rovigo, dove andai al funerale. Infatti passarono pochi mesi dal nostro scambio di piacevolezze ed ecco che era lui quello stesso dentro una cassa da morto, assassinato all'età di sessantadue anni da mano ignota e per motivi ancor più ignoti.

Questura di Padova, dicembre 2009

Il commissario Loperfido ce l'aveva messa tutta per chiarire l'arcano di quel morto ammazzato, assieme all'ispettore Luana Esposito di Capodichino, mandata da poco alla questura di Padova. Era una bambina in divisa e col pistolone alla cintura. Nemmeno lei ci credeva davvero di appartenere alle forze dell'ordine. Però l'aveva colpita la storia del morto all'Ikea, che a Napoli era cosa di ordinaria amministrazione trovare morti ammazzati a ogni vicolo, ma a Padova no.

A Padova la gente si ammazzava poco e non c'erano guappi che dovevano regolare i conti. E come l'avevano fatta grande la questione; televisione e giornali ci si erano messi di buzzo buono a scoprire il mistero del bancario accoltellato. Mi ricordo bene quella sera. Anna Laura era salita tutta elegante. Alessandro, il mio bambino di un metro e novanta, si stava allisciando in bagno da un'ora per uscire con gli amici e su Rete 4 davano *Quarto grado.*

"Sì, gli amici", avevo pensato io. "*Cherchez la femme...*". Di sicuro si doveva vedere con qualche sciacquetta tutta gambe e braccia, con i capelli lunghi e la riga in mezzo. Arrivò Anna Laura e, dopo essersi infilata in bagno per consultazioni con mio figlio, se ne era uscita tutta allegra. Io stavo seguendo un film su Iris di cui mi ricordo pure il titolo: *Il club di Jane Austen*, ma lei, appropriandosi del telecomando, sintonizzò il televisore su quel canale per casalinghe disperate.

«Be'? Da quando t'interessi di cronaca nera e di RIS? Cos'è, ti è presa un'insana passione per il generale Garofalo?».

«*Shhh*... senti, senti, parlano di Amilcare».

«Ah. E che dicono?».

«Ermi, se non fosse una tragedia, ci dovremmo ammazzare dalle risate tu e io. Il criminologo barbuto ha ventilato l'ipotesi che la vittima fosse un corriere di soldi per la mafia o la camorra».

«Ma chi l'Amilcare?», feci incredula.

«Sì lui, si stanno arrampicando sugli specchi, non sanno più che dire e ora il solone di turno, prendendo spunto dall'attività bancaria, sta vaticinando che il morto portava i soldi della malavita in Svizzera, ed è lì che devono indagare gli inquirenti...».

Alzai il volume del televisore improvvisamente interessata e, in effetti, sentii il barbuto criminologo sostenere senza vergogna e come se fosse una cosa seria, che l'unica spiegazione sul morto dell'Ikea era da ricercare nella professione della vittima. «Non è escluso», diceva con la faccia di uno che crede veramente nelle stronzate che gli escono dalla bocca, «che la vittima avesse fatto uno sgarbo, tipo trattenersi dei soldi, e per questo sia stata giustiziata».

«Oddio...», dissi con un sospiro di sgomento.

«Be', di sicuro è stato giustiziato», rispose Anna Laura, seduta composta e con le gambe accavallate sulla mia poltrona.

Negli ultimi anni ho avuto spesso la sensazione che Anna Laura si stesse appropriando un po' troppo della mia vita.

Prendiamo mio figlio per esempio. Lei lo adora, lo ha sempre coccolato e colmato di ogni vizio possibile. Io dicevo no, lei diceva sì. E lo stronzetto è cresciuto dannandosi perché non era figlio della cara e buona zia Anna Laura. Quando avevamo una discussione, per esempio, lui si prendeva il cuscino e se ne andava a dormire dall'impeccabile zietta che lo accoglieva a cioccolate calde e biscotti. Quante volte ho dovuto rimarcare il mio ruolo di madre.

«Alessandro è *mio* figlio. Io gli ho lavato il culo e cambiato i pannolini, quando non faceva altro che cagare e vomitare... *Io* devo educarlo e tu, con le tue smancerie, non mi rendi il compito facile».

Niente da fare. Lei e sua madre buonanima, finché è rimasta in vita, non hanno fatto altro che viziarlo e accontentarlo in tutto, il mio ragazzo. E ora che è un uomo fatto di un metro e novanta, è a lei che va a raccontare le sue avventure con le ragazze, mica a me.

Mentre sul video passavano le immagini di Amilcare (in una foto pareva un ricercato dell'Interpol) e della casetta di Rovigo con i nani e Biancaneve in giardino, ecco comparire la vedova del defunto.

Seduta nel salotto di casa, quel salotto che mille volte io e Anna Laura avevamo immaginato, rendendolo secondo le nostre inclinazioni del momento un po' *kitsch* e un po' vittoriano, la vedova, circondata dai due figli, gli insignificanti eredi del pidocchioso, si torceva le mani nel fazzoletto. Concentrata più che mai a farsi uscire una lacrima, ribadiva che marito e padre affettuoso fosse stato il caro Amilcare.

La giornalista, intanto, passava il microfono alla figlia, una ragazzotta sovrappeso alla quale il nome Pamela stava benissimo.

«Il babbo...». Singhiozzo. «Il babbo...». Singhiozzo. «Il babbo mi manca tantoooo», e giù un diluvio di lacrime. Solerte il fratello, anche lui accasciato sul divano del salotto, si lanciava ad abbracciare la sorella e, volendo dare l'idea che ormai l'uomo di casa era lui, con fare imperioso della mano allontanava il microfono della giornalista bionda che, di fatto, terminava il collegamento. Anna Laura, impassibile, sbocconcellava un pezzo della crostata che lei stessa aveva portato per me e, notando la mia espressione interdetta, col suo mezzo sorriso mi annunciava la decisione di vendere la casa di Caorle.

«Come? Vendi la casa di Caorle?».

«Sì, vita nuova. Ah! Ieri mi ha cercato in studio l'ispettore Esposito».

«Oddio...», feci improvvisamente atterrita. «Ma non è che sospetta di te?».

«Di me? Ma che dici?».

«Quelli, prima o dopo, ci arrivano che avevate una storia. Che credi che la polizia ci mette tanto ad arrivare a te?».

«E anche se ci arriva? Io mica nego di conoscerlo, anzi, mi passava pure del lavoro extra... sono anni che gli compilo dichiarazioni dei redditi a lui e ai suoi amici…».

«Anna Laura non capisci? Troveranno di sicuro chi li informerà della relazione che avete avuto per… cazzo, quasi trent'anni».

«E chi mi ha visto mai in atteggiamento compromettente?».

«Ma, i viaggi… siete stati ovunque insieme».

«Sì, certo, ma sempre partiti a un giorno di distanza, in alberghi diversi. Vedi, alla fine tutta la vigliaccheria del pidocchioso mi torna utile. E tu lo sai bene quanto era pignolo sulla riservatezza».

«Certo che lo so. Ancora adesso mi chiedo come tu abbia fatto a sopportare tutto questo per anni… ma come hai fatto?».

«Non lo so». Il tono di Anna Laura si fece improvvisamente stanco. «Non lo so, Ermi. Ci stavo dentro. E giravo, giravo, giravo… e mi bevevo tutto. All'inizio ci credevo, alle sue promesse. E quando ho finito di crederci, mi ci sono così abituata che non riuscivo a vedere una via d'uscita».

Agli inizi degli anni ottanta la signora Ida, forte degli affari che andavano bene all'atelier, aveva deciso di acquistare una casetta per le vacanze a Caorle. Anna Laura, e anch'io per la verità, avevamo insistito per Jesolo, molto più alla moda e piena di divertimenti, ma Ida era stata irremovibile. L'acquisto si era rivelato un grande affare, tanto che trascorrevamo l'estate nella casetta sulla spiaggia. Non piccola, aveva tre camere, una cucina spaziosa e una spiaggetta privata. Rivedo Alessandro, bambino, scorrazzare per la spiaggia con canotti e secchielli, Ida che in maggio vi trascorreva tutto il mese in compagnia dell'amante di turno e Anna Laura che la utilizzava, anche fuori stagione, per i suoi incontri segreti con Amilcare. E fu lì che una sera la Ida li beccò in flagranza di reato. Da tempo sospettava che la tresca con l'Amilcare fosse tutt'altro che finita, come voleva farle intendere la figlia; e quando Anna Laura le raccontò che sarebbe andata a Caorle con le colleghe, non se la bevve neppure per un secondo. Aspettò che facesse notte, prese la sua Fiat Tipo vecchio modello e si precipitò sul litorale per mettere definitivamente fine a quella disgustosa storia che stava rovinando la vita della sua bambina.

Seguì una scenata violentissima. Amilcare, con le mani a coprirsi le pudenda, cercava di tener testa alla Ida, Anna Laura rivendicava il diritto alla sua vita e la madre minacciava di chiamare la moglie del fedifrago per rivelarle che il congresso dell'ABI col cazzo che si teneva a Roma.

L'indomani la mia amica mi rivelò la vicenda tra le lacrime. Stava sulla porta con le valigie in mano e, pur accogliendola e dandole la camera degli ospiti, non potei non tifare per la signora Ida. Anna Laura era decisa ad andare a vivere per conto suo. Sarebbe rimasta da me il tempo necessario per trovare un monolocale e mai più avrebbe condiviso la casa «con quella strega di mia madre, che faceva tanto la moralista, ma poi aveva un amante dietro l'altro».

«Ma non lo fa per moralismo...», cercai di difenderla. «Lei soffre a vederti nel ruolo della seconda, non capisci? Non le importa niente del moralismo...».

«No, no!», strillava. «Non ha alcun rispetto per la mia vita privata, ho venticinque anni e mi tratta come se ne avessi quindici».

Trovato il monolocale, inutile dire che Anna Laura non ci mise piede. La seconda sera che stava accampata nella mia camera degli ospiti, con Felice che borbottava per quell'invasione e Alessandro contento di dormire con la zia, arrivò la signora Ida e a forza di parole, abbracci e lacrime, se la riportò a casa.

«Tu sei la mia bambina», singhiozzava. «E se vuoi vivere la tua vita così, ebbene sia...».

Se ne andarono tra un frusciar di scialli e un tintinnio di orecchini. Alessandro correva loro dietro e strillava dicendo che voleva dormire con la zia Anna Laura. Dovetti portarlo in casa di peso e calmarlo dalla crisi isterica, il poverino. "Ecco", riflettei, "nemmeno mio figlio vuole stare con me e preferisce quelle due matte".

L'anno che Alessandro finiva le medie, mentre rientravamo tutti e tre da Caorle dopo una bellissima settimana di vacanza, Anna Laura mi chiese di deviare un po'.

«Per andare dove?».

«Andiamo a Rovigo».

«A Rovigo?», chiesi incredula. «E che ci andiamo a fare a Rovigo?».

«Andiamo a spiare la casa di Amilcare».

«Ma tu sei matta», risposi. «Noi ora ce ne andiamo a casetta nostra a Padova, che già è tardi e viaggiare di notte non mi piace».

«Dai Ermi... Ermi ti prego», insisteva Anna Laura.

«Sì, sì andiamo a Rovigo», ci si mise pure Alessandro a dare man forte a quella matta.

«Tu stai zitto, che nessuno ti ha interrogato», lo aggredii. «Che te ne frega a te di Rovigo, che nemmeno sai dov'è».

Non potei fare a meno di rimarcare il penoso *appena sufficiente* di Alessandro in geografia, che faceva il paio con l'*appena sufficiente* in storia e in italiano. Solo in aritmetica e geometria era bravo, quello lì. Un destino crudele mi aveva dato in sorte un figlio che in tutto e per tutto somigliava alla mia amica Anna Laura. Entrambi non capivano nulla del fascino immenso delle parole, mentre apprezzavano il senso profondo dell'esistenza nei calcoli e nei ragionamenti geometrici. "Sono deviati", pensavo rabbiosa. "Hanno un bisogno spasmodico di contare ogni cosa. Se no, non si spiega questo insano trasporto per i numeri e tutto ciò che concerne il computo di cose". Presa per sfinimento e colpita su due fronti decisi, per amore di tranquillità e pace, di portare la pazza a spiare la casa dell'amante. Che pensava di scoprire, poi? Che voleva vedere? E cosa era mai questa smania che la spingeva a farsi del male a tutti i costi?

Arrivammo che erano passate le dieci di sera. La pazza conosceva benissimo il percorso per arrivare al paesello del pidocchioso e, dalle foto che lui le aveva mostrato, non ebbe difficoltà a trovare la dimora dei nani. Ci appostammo sul marciapiede di fronte, fissando le finestre accese. A un certo punto, la porta che dava sul giardino si aprì e ne uscì la cornuta a sbattere la tovaglia della cena. Nel breve riquadro illuminato vedemmo la carta da parati a righe e la sagoma del capo famiglia, seduto a tavola con a fianco le teste dei figli.

«Ecco, sei contenta?».

Non mi rispose. Non parlò più fino a Padova. Solo Alessandro continuava imperterrito a blaterare, fino a che, vinto dal sonno, non crollò sul sedile. Arrivammo a casa a mezzanotte passata, con Alessandro addormentato fra le mie braccia e Anna Laura con la luna storta.

Intorno ai quarant'anni, Anna Laura rilevò il glorioso studio Pavan&Ceolin, che divenne lo studio Anna Laura Bottacchi e soci. I collaboratori erano giovani professionisti esperti nelle nuove tecnologie informatiche. Lei stessa non era seconda a nessuno nell'aggiornamento. Almeno una volta al mese andava a Roma per convegni. Aveva una spiccata capacità nell'utilizzare telefonini e computer, mezzi che per me avevano lo stesso fascino di un testo di agrimensura. Anna Laura mi aveva insegnato a scrivere col computer, salvare i miei scritti e inviarli tramite email. Ricordo lo stupore di quando mi resi conto di poter comunicare con i colleghi di università parigine o americane in tempo reale. Quando pose la targa nuova sulla porta del suo studio, io vinsi il concorso da professore associato, Alessandro iniziò il liceo scientifico, Felice cominciò a collaborare col giornale della città e la signora Ida assunse una nuova commessa. Il dott. Borgomastro era diventato direttore di filiale e lo avevano spedito a Verona. "Evviva", esultai! "Fuori dalle palle. Adesso questa storia finirà per forza", speravo.

E invece no. Non finì, aveva solo cambiato modalità di gestione. Adesso era Anna Laura che si precipitava due o tre volte la settimana a Verona per incontrarlo. E si sparava chilometri e chilometri di sera e di notte solo per trascorrere alcune ore con lui, trascurando la sua vita, il suo riposo e la sua famiglia, cioè noi.

La vidi più tesa che mai nel periodo veronese. Pareva che la moglie di Amilcare avesse finalmente intuito qualcosa, perché imponeva al marito di dedicare più tempo alla famiglia. Voleva trasferire tutti a Verona per stare più vicina al coniuge.

«E la casetta dei nani?», chiesi sgomenta.

«La vuole vendere. Ma te l'immagini? La Betta a Verona... e io come lo vedo?».

«Già», sospirai. "Forse non tutto il male viene per nuocere", pensai. "Se la moglie lo mette alle strette, a quel punto o si separa, perché i figli sono ormai cresciuti, o lascia Anna Laura".

Lo confesso ora e ti prego, Anna Laura, perdonami, ma senza un aiutino la Betta mica ci sarebbe arrivata a concepire che il maritino aveva da anni un'amante, con la quale trascorreva la settimana lavorativa a Padova. E l'aiutino per me, che sono un'esperta di belle lettere, non è stato certo difficile da comporre. Che cosa speravo? Di fare casino. Di aprire una crisi diplomatica con tanto di ultimatum della consorte: o lei o me. Ma anche questa volta la moglie di Amilcare mi stupì. Non dichiarò alcun ultimatum. Fece finta di nulla e pretese soltanto di trasferire tutti a Verona per stare vicini al capofamiglia. Che fosse più furba di quanto avessimo pensato?

Luana Esposito: ispettore. Squadra mobile, sezione omicidi e reati contro la persona

Il commissario Loperfido ne aveva due palle così dell'ammazzato dell'Ikea. Capitato sotto le feste, senza notizie più succulente da dare in pasto a lettori e telespettatori, i media ci si erano buttati come le mosche sulla merda, in quella storia del fiscalista o bancario trovato accoltellato dentro un letto a cassettone del grande magazzino svedese. E non c'era giorno o sera o pomeriggio che non si tirasse fuori il fattaccio.

«Gli inquirenti brancolano nel buio».

"Ma brancolatevi un cazzo, brutti pisciainchiostro!", pensava Loperfido all'ennesimo richiamo del questore su come procedevano le indagini. Ma quali indagini? Non avevano niente, questa era la verità. Senonché, la mocciosa che gli avevano assegnato, Luana da Napoli, con intuito tutto femminile, aveva avanzato l'ipotesi che l'ammazzato doveva essere stato ucciso per una storia di donne.

«Ma chi, quello? Con i capelli tinti e la faccia da venditore di materassi?».

«Eh sì», insisteva la napoletana. «Secondo me è una storia di amanti. Non ci credo alla pista dei soldi riciclati. Troppo ordinario per essere qualcosa di diverso da quello che era: un contabile e basta. Ai massimi livelli, certo, ma sempre contabile. Uno che conta i soldi degli altri».

Luana, che aveva preso sul serio questa sua prima indagine, ci stava mettendo l'anima, con la segreta speranza che un successo col commissario Loperfido, che perfido lo era per davvero, avrebbe accelerato un suo futuro trasferimento verso la Campania; che mica ci voleva stare per sempre a Padova, lei. "Con tutti 'sti veneti che sapevano tutto loro e ostrega di qua e ciò di là", nemmeno li capiva bene, quando parlavano. Inoltre ad Avellino ci stava il suo fidanzato e, se volevano stare insieme, dovevano vivere almeno nella stessa regione.

«Si chiama Anna Laura Bottacchi», disse Luana con aria di trionfo, non appena Loperfido ebbe varcato la soglia dell'ufficio.

«Anna Laura Bottacchi cosa?».

«La titolare del numero di telefono, con la quale il morto intratteneva conversazioni regolari, bi e trisettimanali e da anni, per giunta».

Poiché la ragazza lo guardava come in attesa, Loperfido aggiunse con perfidia: «Be'? Che vuoi, un applauso?».

Arrossendo, la giovane poliziotta abbassò la testa sulle carte sparse della sua scrivania.

«È la titolare di uno studio di commercialisti dietro il Santo, che lei ha rilevato alcuni anni fa. Non sposata, vive sola in uno stabile a piazza delle Erbe. Di proprietà».

«Vacci a parlare», disse il commissario annoiato.

«Sola?».

«Che vuoi, l'accompagnamento?».

«Non ho mai fatto un interrogatorio da sola».

«Ma quale interrogatorio!», gridò il commissario irritato. «Non devi condurre nessun interrogatorio, semplicemente vai a trovarla e le chiedi se conosceva tanto bene il morto da intrattenere regolari telefonate settimanali».

Luana chiamò lo studio. Una gentile segretaria rispose che la titolare era fuori. Poteva avere il numero di telefono della signora?

«Non sono autorizzata, mi dispiace».

«Guardi che sono della polizia, credo che lei sia autorizzata eccome», le rispose Luana, che quando poteva dire "sono della polizia", si sentiva veramente un membro delle forze dell'ordine.

«Ah! Mi scusi, un momento solo».

«Sì, ecco il numero di telefono è...».

«Commissario, ho parlato con la signora Bottacchi. La vedrò domani pomeriggio». La voce della giovane vibrava come d'attesa.

«Bene», rispose laconico il commissario Loperfido.

"'Nculu", pensò Luana guardandolo storto.

Il sospetto di Erminia

Il sospetto mi era venuto quasi subito. Quel 22 dicembre, immersa nel traffico cittadino, stavo andando in dipartimento a registrare gli esami della settimana prima. Me la prendevo comoda e già sentivo il clima di vacanza. Avevo un ricevimento alle tredici e poi dovevo fare atto di presenza al seminario del professor Laraspata, che era livoroso e si annotava tutti i colleghi che snobbavano i suoi seminari. Capirete la novità: nientemeno che un intero seminario sulla poetica di Ungaretti. La radio mandava vecchie canzoni degli anni Ottanta, le mie preferite, e quella mattina mi erano toccati in sorte addirittura Gli alunni del sole. Guidavo automaticamente, pensando a quegli sfaticati dei miei studenti di quel semestre infelice. Improvvisamente la voce maschia del solista cedette il passo allo speaker del giornale radio.

«Raccapricciante scoperta questa mattina per gli addetti alle pulizie dell'Ikea di Padova. La vittima, Amilcare Borgomastro di anni sessantadue...».

Frenai di colpo senza neppure rendermene conto. Gli automobilisti dietro di me presero a pestare i clacson tutti insieme in una cacofonia che, lungi dallo svegliarmi dal torpore nel quale ero precipitata, ottenne l'effetto opposto. Ansimavo, le mani serrate sul volante, incapace di ingranare la prima e ripartire. Oddio... respiravo affannosamente. Da qualche recesso della memoria estrapolai il concetto che se continuavo a iperventilare sarei presto andata in acidosi respiratoria... o era alcalosi? E cercai con gli occhi vitrei un sacchetto nell'infinita varietà di oggetti presenti nella mia auto. Un sacchetto? Per cosa?, rispondeva la parte emotiva di me. Ma per respirarci dentro, idiota!, ribatteva irritata la parte razionale. Stupida, respira lentamente, se no vai in crisi di panico. Una sensazione simile l'avevo provata quella volta che Alessandro, cadendo dalla bicicletta, era rimasto a terra immobile per qualche secondo.

«Scusi signora, tutto bene?».

Non lo avevo nemmeno visto il signore che bussava al finestrino. Lo scorsi osservando la figura che parlava muta e bussava sul vetro per farmi aprire. La mia mano schiacciò l'abbassa vetri. Lo fissai, incapace di articolare una frase con qualche senso. Altri si avvicinarono... avevo creato un ingorgo. Sentii in lontananza la sirena. Erano agenti della polizia locale. Si avvicinarono circospetti. Preso atto che non ero morta, né preda di un malore fisico conosciuto, con estrema delicatezza mi aiutarono a scendere dall'auto. Uno dei due agenti si mise al volante e portò la mia vettura lontano dall'ingorgo che avevo creato, nel parcheggio di un bar. Mi diedero dell'acqua. Passato lo sgomento iniziale, cominciai a ragionare su come togliermi da quell'impiccio. Mi profusi in scuse e controscuse e ammorbai i due vigili con la storia delle mie crisi di panico. Il telefono squillava e squillava. Dovevo rispondere, ma non volevo essere sgarbata con i due agenti che mi osservavano preoccupati. Li ringraziai appassionatamente e li rassicurai, dicendo che mio marito sarebbe venuto a prendermi. Chiamai Felice, mentre vedevo sul display del telefono che Anna Laura mi aveva chiamato per ben cinque volte.

Così saltai la verbalizzazione degli esami, il ricevimento e, cosa ancor più grave per i miei rapporti con il professor Laraspata, il seminario su Ungaretti. Finalmente arrivò Felice più torvo che mai a bordo di un taxi. Mi accompagnò a casa senza dire una parola.

Per tutto il pomeriggio rimasi in una specie di limbo a cui nessuno aveva accesso. Alessandro parlava sottovoce, Felice scuoteva il capo come a dire "mah... chissà cosa le sarà preso". E il telefono squillava e squillava, ed era sempre Anna Laura.

Arrivò verso sera. Indossava il cappottino rosso che tanto mi piaceva, eredità della signora Ida, un cappottino anni Settanta con lo spacco dietro e i bottoni dorati. Glielo chiedevo spesso in prestito ultimamente, quando in dipartimento arrivava il professor Giudice da Bologna.

Entrata in camera, Anna Laura si sedette sul letto e, con lo sguardo di un dottore in visita, mi chiese cosa fosse successo.

«Ma non hai sentito?», risposi.

«Amilcare?».

«Sì lui... l'hanno trovato morto all'Ikea. Oh Dio, che tragedia», singhiozzai.

«Ma se non lo potevi vedere».

«Ma cosa c'entra? E perché tu sei così tranquilla?», chiesi, improvvisamente conscia che il comportamento della mia amica era tutt'altro che normale.

«Ermi... si vive, si muore...».

«Ma cazzo», gridai. «Quello è morto ammazzato!».

«Tutti dobbiamo morire...».

«E che mi dici dell'Ikea? Che ci faceva Amilcare all'Ikea? Di Padova, poi. Oh Dio, Anna Laura dimmi che non è vero...».

«Ma cosa?».

«Tu... tu è una vita che ti sento lamentare, perché con Amilcare non potevi nemmeno andare all'Ikea a comprare le tende nuove, che aveva paura di essere visto, proprio ora che la moglie si stava riprendendo dall'esaurimento nervoso, oddio...».

«Tranquillizzati Ermi, cosa vai a pensare. Ora fatti una bella dormita; anzi, ti porto una pillola di sonnifero e domani vedrai tutto in una luce meno tragica».

«Macché pillola e pillola», sibilai.

«E parla piano che quello di là sta con le orecchie tese», disse Anna Laura riferendosi a Felice.

Le artigliai le braccia e la costrinsi a risedersi sul letto.

«Solo una cosa», esclamai fissandola negli occhi. «Poi non ne parleremo mai più. Tu c'entri?».

«Ma che vai pensando tesoro! Ti pare che lo ammazzavo? Su sciocchina, come ti viene in mente questa stronzata. E poi in quel modo... daiii! Se proprio avessi avuto intenzione di ammazzarlo, lo avvelenavo; di certo, non lo accoltellavo alla schiena in un posto brulicante di gente come l'Ikea sotto Natale».

Con un sospiro mi ributtai sul cuscino. Sentivo il sollievo che allontanava il macigno dallo stomaco. Appena appoggiata la testa, mi levai di scatto: «Come alla schiena? E come lo sai che l'hanno accoltellato alla schiena? Al telegiornale non l'hanno detto». Puntai gli occhi indagatori come lame su quelli tranquilli di Anna Laura.

«Che ne so... uff, l'avrò sentito. Ora riposati, ci vediamo domani mattina. Salgo prima di andare in studio».

Quella notte mille pensieri e centomila sospetti affollarono il mio irrequieto riposo. Ero certa che fosse stata lei e subito dopo mi davo della sciocca, suggestionabile e folle a nutrire simili dubbi. È da una vita che si lagna di questa storia dell'Ikea... ma che vai a pensare... figurati se Anna Laura è capace di tanto.

Capace ne sarebbe capace, mi rispondevo.

Albeggiava, quando conclusi che certamente la mia amica non c'entrava nulla con il delitto del pidocchioso. E se anche ci fosse entrata, ebbene io avrei ignorato la cosa.

Com'era tradizione, trascorremmo la vigilia di Natale da me, io, Felice, Anna Laura, Alessandro e mio fratello Augusto con la moglie nuova, una russa di nome Ludmila, che tutti dicevano stesse con lui solo per i soldi. Che cattivi! Certo che una specie di modella bionda di ventotto anni non stava con un quasi sessantenne *solo* per i soldi. Lo amava! Allo scambio dei regali (per inciso, alla Barbie ex sovietica diedi un insignificante set di presine per cucina, visto che passava tanto tempo tra pentole e padelle), Anna Laura mi porse un voluminoso involucro di carta marrone. Dentro c'era il cappottino rosso della signora Ida. Mi commossi e la abbracciai stretta, ma lei, per sdrammatizzare il momento (mai era stata a suo agio con le smancerie), rispose che così non gliel'avrei chiesto in prestito tutti i momenti. Ma io capii il suo gesto. Io capivo sempre tutto di Anna Laura. Dopo mezzanotte ricevette una telefonata e, dopo aver parlottato un poco, mi seguì in cucina, dove stavo tagliando il panettone portato dai novelli sposi, per dirmi che aveva conosciuto un tale.

«Uno chi?», risposi sorpresa. «Ma come, Amilcare l'amore tuo per il quale hai sacrificato trent'anni, giace non ancora seppellito, e tu già hai conosciuto uno?».

La guardai interrogativa, immobile per la sorpresa, con il coltello a mezz'aria.

«E tira giù sto coltellaccio, ti prego», fece lei.

«Ieri sera mi sono lasciata convincere da Agnese e sono andata alla cena del circolo ufficiali. Si chiama Achille».

«E...?», risposi con un filo di voce.

«È vedovo».

«Huuu, meno male», mi scappò.

«Abbiamo ballato tutta la sera e dopo mi ha accompagnato a casa».

«E Agnese l'hai lasciata sola?».

«Ma chi se ne frega di Agnese», fece lei seccata.

Continuavo a fissarla. Aspettavo il resto. Ero sicura che ci fosse dell'altro. Anna Laura scosse le mani, fece tintinnare i braccialetti, anche quelli della signora Ida: «Eh! Ermi, alla mia età che faccio? La fanciulla pudica?».

«Oddio», esclamai. «Sei senza ritegno».

«Ma senti chi parla! Proprio tu, che da mesi mi ammorbi col tuo professor Giudice. Uè, guarda che mica sono tonta, eh?».

«E...?».

«E cosa?».

«Com'è stato?».

«Lungo».

«Lungo?».

«Lungo».

«Ma quanti anni ha?».

«Credo sessantacinque».

«Ed è stato lungo», dissi, come alla più inverosimile delle notizie.

«Credimi. Lungo. Era lui al telefono. Mi ha invitata a pranzo domani».

«Ma domani è Natale!», gridai. «Natale lo passiamo sempre insieme».

«E quest'anno faremo un'eccezione. Vado a pranzo da lui, così mi presenta i figli. Ne ha tre e domani saranno tutti da lui con i nipoti».

«È anche nonno», esclamai.

«Sì, è anche nonno».

«Ed è stato lungo».

«Sì, Ermi. È stato lungo».

Felice interruppe le confidenze. Noioso come una zanzara nelle notti estive, venne a ficcare il naso in cucina, mentre Anna Laura mi rendeva edotta del fascino del prode Achille, generale dei carabinieri in congedo.

Il giorno di Natale, affaccendata ai fornelli come al solito, mi sentivo delusa per il comportamento di Anna Laura. Sopportavo a fatica l'andirivieni di Felice in cucina e l'aria annoiata di Alessandro e attendevo con fastidio l'arrivo di mia cognata e consorte.

Antonietta e Calogero sarebbero arrivati direttamente da Venezia, dove stavano trascorrendo una settimana di vacanza. Quest'abitudine dei parenti siciliani che ogni Natale e Pasqua si autoinvitavano a casa mia, mi irritava sempre. Felice sopportava i miei fratelli e io, per giusto scambio, dovevo sopportare i suoi. Ma non era così. Io proprio non li potevo soffrire. Antonietta e Calogero, poi, meno di tutti gli altri. Entrambi medici, si davano arie da grandi luminari e – come penso spesso – la boria senza prove che la giustifichi, non è che sciocca sicumera.

Tra poco sarebbero arrivati tronfi e col loro accento cantilenante, tutto un *gioia mia beddu e me cori*, si sarebbero strafogati per poi tornarsene in laguna.

Visti gli avvenimenti recenti, non avevo voglia di cucinare e così mi ero fatta organizzare il pranzo dalla rosticceria Padova Food, che, alla modica cifra di cinquanta euro a coperto, mi aveva allestito un pranzo natalizio completo dall'antipasto al panettone, pure farcito. Felice aveva pensato al vino e... a tutti buone feste.

Quella mattina di Natale ero più malmostosa del solito per la mancanza di Anna Laura quando, come evocata dal mio stesso pensiero, me la trovai sulla soglia della cucina. Non avevo sentito il campanello. Dinanzi a lei Alessandro col faccione a trentadue denti, stringeva in mano il modello nuovo di mini i-Pad che la zietta gli aveva portato in regalo. Neanche lo meritasse, con quei voti merdosi che infestavano il suo libretto universitario.

«E i siciliani?».

«Arrivano, arrivano, non ti preoccupare che arrivano».

«Vedo che ti sei ammazzata di lavoro», disse Anna Laura notando il travaso delle pietanze dai contenitori in alluminio alle mie pirofile e i sacchetti che urlavano ai quattro venti Padova Food con pollo e patatine come logo.

Alzai appena la testa dal vassoio di arrosto al vino che stavo infornando, quando notai che Anna Laura si era messa in tenuta da combattimento.

«Embè? Dove devi andare, al pranzo di corte della regina?».

Aveva tirato fuori le perle della signora Ida. Le perle, capite? E nemmeno il filo unico, no, quelle a tre fili col fermaglio di brillantini di Cartier. Per anni avevamo congetturato chi mai le avesse regalate alla Ida. Giovanni no, troppo rozzo, nemmeno il signor Stefano, troppo povero per un *cadeau* come quello. Forse l'avvocato Todisco? Quello che frequentava agli inizi degli anni Novanta? Avevamo concluso che sì, non poteva essere altri che l'avvocato Todisco, che si presentava in piazza delle Erbe con quel modello Mercedes tipo credenza tirolese e uno smisurato nodo di cravatta al collo.

I tre fili di perle Cartier e il tailleur. Alessandro, giulivo col mini i-Pad nuovo, le gironzolava intorno e la sfotteva come al suo solito.

«Zia, ma dove devi andare? Non ti pare di essere troppo bbbbella?».

E continuando a dire cazzate, le circondò le spalle con un braccio.

«Attento moccioso. Giù le zampe! Questo è uno Chanel!».

Buttai fuori mio figlio dalla cucina e chiusi la porta. Misi su la caffettiera e mi accinsi ad osservare la mia amica del cuore. Bella era bella, persino quei chili in più presi recentemente le donavano. La scrutai tutta, dalle scarpe bicolore beige e marrone a mezzo tacco al completo gonna e giacchino panna dell'inconfondibile casa parigina, alle perle e alla messa in piega fatta fresca.

Sembravo un caporale maggiore che passa in rassegna la truppa.

«E i capelli?».

«È venuta Erika stamattina».

«Cooosa? Hai chiamato quella povera ragazza il giorno di Natale?».

«Uè, mica potevo andare da Achi come una strega».

«Achi… lo chiamiamo Achi, adesso».

Mi pareva di vivere in un filmetto americano degli anni Cinquanta con Doris Day. Non potevo capacitarmi di cosa fosse accaduto al mondo in quei pochi giorni. Tutta la letteratura studiata in quegli anni non mi era di alcun soccorso; ero incapace di capire la realtà, erano saltate le mie categorie d'interpretazione. Fino a pochi giorni prima era tutto un Ami. «A Capodanno vado con Ami a Praga, alla Befana regalo i gemelli ad Ami...», intendendo con Ami il fedifrago, che ora per la cronaca giaceva al fresco nella cella frigorifera dell'obitorio di Padova. E si trattava di pochi giorni prima, non mesi o anni. *Nooo...* solo pochi giorni prima. E ora una Anna Laura completamente diversa mi stava dinnanzi, col ciuffo vaporoso, fonato dall'assistente di Giulio, il coiffeur di via Giotto, le perle e le scarpe bicolore. "Cosa mi sono persa?", riflettevo.

«Ieri pomeriggio è venuta in studio una poliziotta».

Mi cadde la tazzina di mano. Non si ruppe. Un segno del destino. "Sarebbe andato tutto bene", mi dissi. "La tazzina è volata sul pavimento e non si è rotta".

«Una ragazza carina, di Napoli. L'hanno mandata qui da poco».

«Calma, calma...», risposi. «Lasciamo stare le vicende della ragazza di Napoli. Che voleva sapere?».

«Se conoscevo Amilcare Borgomastro».

«E tu?».

«E certo che lo conoscevo. Lo conoscevo da anni».

Il cuore mi batteva nel petto, come quando sentivo in aula magna il professor Giudice dissertare sulle ballate di Guido Cavalcanti.

«E mi ha chiesto anche se era da molto che non andavo all'Ikea di Padova. Io le ho risposto che c'ero andata giusto qualche giorno prima, il 21 mi pare... sì, il 21 per comprare dei regalini e delle candele per Natale. Ermi com'è che ogni volta che vado all'Ikea torno a casa con una borsata di cose inutili? Ma te lo ricordi il cucchiaio per scavare i meloni e fare le palline?».

Mi fissava. In attesa.

Capii. Capivo sempre tutto di Anna Laura.

«Ma certo che ci sei andata il 21, c'ero anche io, non ti ricordi? Ci siamo anche accollate quel cuscino per il dolore cervicale che non serve a niente...».

Sorrise Anna Laura. Sorrise e gli occhi azzurri divennero più azzurri e più grandi.

«Mi ero scordata che eravamo andate insieme...».

«Ma sì. Ti avevo detto di no, ma poi ho cambiato idea e sono venuta con te. Siamo state fuori fino a tardi, dopo».

«Vero. Quasi quasi, mi dimenticavo», rispose Anna Laura fissandomi con gli occhi lucidi. Anche lei aveva capito, capiva sempre tutto di me.

«Ora vado. Achi passa a prendermi all'una».

«Vai, hai giusto il tempo per una ripassata di rossetto».

Nell'atto di aprire la porta, tornò indietro. Venne verso di me e mi abbracciò. Potrei giurare di aver intravisto una lacrima sbucare dall'angolo dell'occhio destro. Ma Anna Laura non piange mai. Delle due sono sempre stata io la frignona.

Mancava poco all'una. Tra poco sarebbero arrivati i siciliani. Felice stava apparecchiando la tavola in sala da pranzo, quella delle grandi occasioni; ma era Natale, no? Alessandro, buttato sul divano, si trastullava col nuovo giocattolino. La TV dava le anticipazioni del telegiornale. Il papa augurava buon Natale a tutti. E la tazzina non si era rotta. Mi ficcai sotto la doccia. I pensieri si ammorbidivano sotto il getto dell'acqua calda. La mia risaputa pigrizia mi tornava utile. Il 21 dicembre non avevo fatto nulla. Mi ero alzata e non mi ero mossa da casa tutto il giorno. Avrei avuto un sacco d'incombenze in verità, ma la pigrizia mi aveva vinto e me ne sono stata sul divano tutto il giorno a guardare vecchi film in bianco e nero su *Iris*. Dunque, per la polizia potevo benissimo essere stata all'Ikea con Anna Laura.

E trasut e sicc e se mise chiatt

Il giorno di Natale Luana lo passò in questura. Aveva sostituito i colleghi con famiglia in cambio di due giorni tra Capodanno e la Befana, che avrebbe trascorso col fidanzato a Venezia. Era triste da morire, la ragazza, le mancava casa sua, l'atmosfera di festa di Capodichino, la madre che da una settimana cucinava e cucinava, il padre che sorvegliava tutto, approvando o disapprovando a seconda dei casi, i fratelli, le sorelle e quelle calamità dei nipoti.

Aveva un groppo in gola che quasi scoppiava in lacrime. Il telefono, anche se era festa, suonava di continuo. "Non ci siamo... siamo chiusi... oggi è Natale".

Quei pochi sfigati di turno avevano allestito uno pseudopranzo natalizio in sala riunioni. Il questore aveva mandato dolci e bottiglie. Il vicario un biglietto di auguri. Cercando ognuno di celare come meglio poteva la malinconia, si apprestarono a pranzare. Lei, che come contributo aveva portato l'insalata di rinforzo, fu molto apprezzata.

Chiacchierando e sparlando dei colleghi che non c'erano, ma soprattutto delle colleghe, arrivarono al caffè che era pomeriggio inoltrato, quando apparve sulla porta della sala riunioni nientemeno che il commissario capo Loperfido.

Ammutoliti tutti per la sorpresa, che lo facevano a pranzo da qualcuna delle numerose fidanzate o al massimo a casa sua a Vicenza, si mobilitarono a fargli gli auguri e offrirgli qualcosa di quello che era rimasto.

Luana, sorpresa più che mai, fu colta da un'irragionevole contentezza e cercando di non darsi troppe spiegazioni, gli propose di uscire per una passeggiata sotto i portici. Il turno lo finiva alle sei e, mio Dio, cosa sarebbe dovuto succedere in quelle due ore di assenza dalla questura? Il commissario autorizzò l'uscita e gli ispettori, scambiandosi occhiate d'intesa, assicurarono che alla bisogna avrebbero chiamato.

Non appena furono usciti, le congetture degli agenti si sprecarono e il tono andava da: «E vuoi vedere che Loperfido castiga pure la Esposito?», a «Che dritto... non se ne lascia scappare una».

Il centro della città era affollato di gente che sperava di neutralizzare il pranzo di quattromila calorie con quattro passi. C'era un grande sfoggio di stivali all'ultima moda, cappotti colorati e giacconi tecnici. Luana, con la sua divisa ammazza sedere, si sentiva mortificata nella femminilità e sperava segretamente che Loperfido avesse occasione di vederla in borghese, allora sì che sarebbe stata tutta un'altra storia. Naturalmente l'aveva rampognata per il suo eccesso di zelo: «Esposito, il giorno di Natale la divisa potevi risparmiarcela», sibilò dopo che l'ennesimo forestiero si era avvicinato per chiedere informazioni. Lui con la barba lunga e l'aspetto trascurato stava bene lo stesso. Il giaccone, che doveva aver visto tempi migliori, gli dava un'aria da hipster che lo rendeva ancora più fascinoso.

«Ho parlato con la signora Bottacchi».

«Mmmm...».

«Era anche lei all'Ikea il pomeriggio del 21 con la sua amica Erminia Mangiagalli, docente di Lettere al Bo».

«Mmmm...».

«Non significa niente. Una pura coincidenza».

«Mmmm...».

«Commissario la finisce di fare *mmmm*? Mi pare una mucca al pascolo».

Interdetta dalla sua stessa audacia, Luana arrossì e cercò di porre rimedio alla sua lingua biforcuta.

«Mi scusi, mi scusi, la prego. È che... ecco, è Natale e sono qui sola. La mia famiglia sta festeggiando, il mio fidanzato è ad Avellino e io sono di pessimo umore».

«Mmmm... l'avevo notato. Certo che il Borgomastro qualcuno deve pur averlo accoltellato. Che ha detto quella dei suoi rapporti con la vittima?».

«Niente, si conoscevano e intrattenevano da anni rapporti di collaborazione. Molti anni fa il Borgomastro lavorava alla filiale di Padova, si sono conosciuti e poi il rapporto d'amicizia è durato negli anni. Il Borgomastro passava alla Bottacchi delle pratiche che il suo studio evadeva. Tutto regolare, niente d'illecito».

«Ti convince?», chiese Loperfido, osservando la vetrina di una libreria.

«Mmm... no», fece decisa la ragazza. «Vuole sapere come la vedo?».

«Sono tutt'orecchie».

«I due avevano una tresca. Da anni. Lui magari avrà anche promesso di separarsi e vivere con lei. Ma, come nelle migliori tradizioni, si è guardato bene dal farlo. Lei lo ama. Si beve tutto. Aspetta. Che i bambini crescano. Poi, quando sono cresciuti, che si laureino. Poi, quando sono sistemati, che si sposino. E quando sono sposati e ormai adulti, ecco che la consorte si ammala di depressione o esaurimento nervoso. Minaccia di togliersi la vita. Non ha altro che quel matrimonio sbrindellato. E non ci rinuncia. La donna aspetta. Lo ama. Nel frattempo si è fatta una posizione nel lavoro. Fa carriera. Viaggia. Due o tre viaggi l'anno. Va al mare, in montagna, alla beauty farm. Va al cinema e a teatro. E aspetta. Perché lo ama. Una mattina si sveglia e, mentre è sotto la doccia, una folgorazione. Amilcare Borgomastro: ma vaffanculo! Lo chiama al telefono. Gli dice tutto ciò che pensa. Gli rovescia sul brutto muso tutti gli anni che gli ha dedicato, "Neanche mai all'Ikea mi hai portato!". Il Borgomastro intuisce che non è il solito capriccio di sempre. Spaventato, si affanna a promettere, a giurare amore e fedeltà, a ribadire che senza di lei non può vivere. "Allora portami all'Ikea". Il tono petulante della donna lo rassicura. Tira un sospiro lungo, perché il Borgomastro è davvero innamorato della Bottacchi. Nel suo modo vigliacco, certo, ma la ama e non può immaginarsela una vita senza di lei. Arrivano all'Ikea ognuno per proprio conto».

Il commissario, fermo immobile, ascoltava attento il racconto della giovane agente. Intorno a loro la folla natalizia. Babbi Natale che distribuivano caramelle e organetti a intonare *Jingle Bells*.

«Arrivano all'Ikea ognuno per proprio conto».

«E...».

«E basta. Non lo so più».

«Ma come?», protesta il commissario. «Proprio ora, sul più bello...».

«Andiamo commissario, io ho finito il turno e me ne voglio andare a casa».

Luana aveva mutato umore. Si era fatta seria, la storia che aveva appena raccontato al commissario l'aveva improvvisata al momento e ora questo repentino cambio di umore suggeriva che ne era turbata lei stessa. Con troppa chiarezza aveva visto tutta la vicenda. Al corso gli esperti del crimine dicevano sempre che l'intuito conta moltissimo nelle indagini. Che occorre visualizzare le scene. E lei l'aveva visualizzata bene la vicenda del morto dell'Ikea. Talmente bene che ne era atterrita. Aveva visto tutti i particolari. Le parole, le illusioni seguite dalle delusioni, le attese, gli incontri sempre rubati. E poi un giorno come tanti, sotto la doccia, la realizzazione che l'intera esistenza si basava su un sogno d'amore infranto. Ed era un giorno come tanti.

Giunse finalmente il momento nel quale i siciliani levarono le tende. Li accompagnai di sotto con Felice, più stanca e avvilita che mai. Ero inoltre irritata con Anna Laura, che gozzovigliava dal suo Achille e famiglia. Pure Felice ci si era messo. Da quando faceva lo scribacchino per il quotidiano di Padova, parlava come se avesse vinto il premio Pulitzer. Naturalmente, dopo il pranzo non aveva fatto altro che parlare dell'assassinio all'Ikea. Mio marito, per aver visto Amilcare Borgomastro forse due volte in trent'anni, berciava come se sapesse tutto della sua vita. Con la faccia da schiaffi che solitamente tira fuori in queste occasioni, ovvero quando sta a stretto contatto con i suoi parenti, aveva rivelato che il morto era amico e collaboratore della *nostra* amica del piano di sotto e che in passato aveva lavorato in città per la Banca Antoniana. Giusto per convincere della cosa il sapientone del mio consorte, dissi buttandola lì come per caso: «Ma sapete che il giorno dell'omicidio eravamo anche noi all'Ikea?».

Felice mi guardò interrogativo e credo un pochino confuso. Non si ricordava affatto che io fossi andata all'Ikea di recente, disse.

«Ma sì... ti ricordi che prima non volevo andare, ma poi Anna Laura ha talmente insistito, che l'ho accompagnata?».

L'espressione di mio marito lasciava trapelare il dubbio: «Ma sì! Siamo rincasate tardi e avevo preso quelle brioche che invece erano polpette», insistetti senza pietà.

Non era una vera e propria menzogna, mi dicevo, era tutto vero, solo che il giorno delle polpette era la settimana prima e Felice, impegnato tra la scuola e il giornale, non riusciva a incasellare la data precisa.

Un brillio negli occhi e dice che sì, è vero, ora ricorda.

«Sì sì, ma caspita però, pensa che situazione, magari quel poveraccio l'hanno accoppato proprio mentre eravate lì».

Antonietta dall'alto della sua laurea in medicina espresse l'opinione che era ben difficile accoltellare un cristiano senza che questi emettesse un grido e poi, com'era possibile che nessuno si fosse accorto di niente?

Secondo lei c'era dell'altro, ma gli inquirenti tenevano la bocca chiusa con la stampa.

«Certo che si può», ribadii per il solo gusto di contraddire la siciliana. «Tant' è vero che è successo. Forse la coltellata ha colpito organi vitali, uccidendolo all'istante».

Felice e Calogero scuotevano il capo dubbiosi. No, non è cosa.

«Che poi 'sto morto, almeno dalle fotografie, pareva pure un pezzo d'uomo... possibile che non ha esalato un fiato?», disse Calogero, continuando a sbucciare bagigi. Lo guardai torva, perché anch'io mi ero fatta le stesse domande. La televisione aveva detto che l'arma del delitto, trovata conficcata nella schiena del cadavere, era uno dei coltelli da costata in vendita nel magazzino. Pure onesto, l'assassino non aveva portato via niente. Secondo la ricostruzione dopo il sopralluogo, la vittima doveva trovarsi in piedi davanti a uno dei letti a cassettone tenuti aperti per farli vedere alla clientela, quando è stata colpita da dietro. Caduta in avanti nel citato cassettone, all'assassino era bastato abbassare il letto per nasconderla. Che, infatti, lì era rimasto l'Amilcare fino alla mattina successiva, quando gli addetti alla pulizia avevano notato del sangue sotto il letto. La dottoressa Antonietta continuava a scuotere il capo, per ribadire che la dinamica sembrava inverosimile. Quanto meno una reazione avrebbe dovuto averla, il morto. Non era scientificamente possibile che l'uccisione si fosse svolta così: troppi dettagli improbabili. I conti non tornavano. Ma dove si era mai visto un assassino che con un colpo solo uccideva all'istante? Da dietro per giunta! No, no, ci doveva essere dell'altro.

Ci rimuginai sopra per tutta la sera, avendo come sottofondo molesto le congetture dei siciliani. Mettendo i piatti in lavastoviglie, mi scoprivo a immaginare Anna Laura che assestava il colpo con precisione assoluta nella schiena dell'amante, il quale, spento all'istante di ogni barlume di vita, se ne cadeva senza un fiato nel cassettone, opportunamente pronto per accoglierlo. Ero talmente distratta, che ruppi un calice da vino e dovetti sorbirmi la rampogna di Felice: «I calici devono essere lavati a mano e non in macchina».

«Ma lavali tu, no? Se proprio ci tieni tanto a questi calici, perché non te li lavi tu...».

Verso le dieci, mentre guardavo per la venticinquesima volta *Il piccolo Lord* su Canale 5 e Felice si era ritirato in camera, il lieve bussare alla porta mi avvisava che Anna Laura era tornata. L'aspettavo, sapevo che sarebbe passata. Corsi ad aprire. Saliva da casa sua. Si era cambiata e aveva riposto le famose perle nel nascondiglio segreto. La vidi comparire con uno di quei kimono di raso, tanto cari a sua madre, sopra il pigiamone di pile. "Bel cambiamento dalla mattina, non c'è che dire", pensai.

«Allora?», chiesi ancora sulla porta.

«Allora», fece lei, scostandomi per entrare in salotto. «Allora Achi ha una bella famiglia. I ragazzi sono adorabili, due maschi e una femmina. I due maschi sono entrambi nell'arma, la femmina è avvocato e lavora agli affari legali dell'ASL. Ha due gemelli di quattro anni, che sono da mangiare».

Non resistetti a dire la mia: «Oh, che vuoi fare la nonna?».

«Be'», mi rispose sorpresa. «Che fai, lanci frecciatine?».

«Ma quali frecciatine», ribadii andando in cucina a fare il caffè. «Tutto l'arco ti scaglierei. Altro che frecciatine».

La novella nonna mi seguì, tenendosi con le mani la cintura del kimono. Osservai che solo Anna Laura poteva apparire seria con quella cosa addosso. Era esattamente come sua madre. La signora Ida, con i capelli corti bianchi, i bracciali tintinnanti e il rossetto rosso fuoco, appariva sempre una gran signora. E la figlia aveva la stessa classe.

«Raccontami tutto. La casa, com'è la casa?».

«Riviera Tito Livio».

«Un attico».

«Con altana».

«Epperò!», esclamai.

«Enorme, la sala da pranzo misura come tutto il mio appartamento», continuò Anna Laura. «Dalla cucina e dal salone si accede all'attico, che è davvero delizioso e gira per tutto il perimetro dell'appartamento. Piante e alberi di ogni varietà e una piccola serra per i limoni».

«Ci sono foto della defunta?», chiesi spinta dal mio demone irriverente.

Anna Laura si addolcì.

«Sì. E devo dire che era una bella signora. Ci sarebbe piaciuta. Era un'insegnante di musica, grande lettrice, è morta cinque anni fa… ma non voglio parlarne, scusa».

Capii. Capivo sempre tutto di Anna Laura. Persino queste sue improvvise sensibilità che le abitavano l'anima.

«Lui mi piace Ermi. Anche i figli mi piacciono. Ed è ora che io mi sistemi, non ti pare?».

Non credevo alle mie orecchie. Anna Laura parlava di sistemarsi alla tenera età di quasi… Ah già, dimenticavo, non devo dire quanti anni ha. Non mi perdonerebbe mai un simile affronto.

«La figlia si chiama Caterina e i suoi gemelli sono dei bambini adorabili».

«Insomma, tutto perfetto», esclamai stizzita. «Un quadretto da film di Frank Capra. Che manca? E vissero felici e contenti?».

«Dai Ermi… tu hai Felice che, sia come sia, ti sta accanto e cambia le lampadine. Io non ho mai avuto un uomo tutto per me. Non so nemmeno che vuol dire avere un uomo accanto che ti risolve i problemi; e poi, mi sono stancata di stare sola. Amilcare l'ho amato tanto, tu sai quanto l'ho amato, ma negli ultimi anni non lo lasciavo per paura. Per quanto triste fosse la mia situazione, era pur sempre meglio che la solitudine piena. Non immaginavo che fuori tempo massimo mi sarei sentita così».

Il sospiro eloquente di Anna Laura mi commosse.

«Achille è galante, pieno di premure, è il tipo d'uomo che ti apre la portiera e si ricorda che vino ti piace dopo una sola volta che lo hai detto. È quello che, camminando, ti circonda le spalle con fare protettivo, che si preoccupa se senti freddo o sonno o se sei stanca. È colto, simpatico, e fa pure l'amore in modo divino. Ermi, io me ne sono innamorata. Gli ho raccontato di Amilcare Borgomastro, non tutto ovviamente, ma solo che lo conoscevo per motivi di lavoro, e gli ho detto del nostro giro all'Ikea...».

«Sì, il nostro...», sussurrai ironica.

«E delle domande che mi ha rivolto la poliziotta. Ha detto di non preoccuparmi, che è normale routine fare domande a tutti quelli che conoscevano la vittima. Ha telefonato a un suo amico della questura, che gli ha riferito in via del tutto confidenziale che non hanno appigli per risolvere il caso. Che le indagini sono orientate verso l'ambiente di lavoro, ma anche lì non trovano niente».

«Ma tu, come te lo spieghi che il pidocchioso è deceduto all'istante senza un lamento? Ti pare possibile?», chiesi scrutandola in volto.

Anna Laura sorrise ambigua.

«Sai, questa cosa fa pensare tutti. Ho letto sul "Mattino" che le opinioni degli esperti sono contrastanti. Ci sono quelli che dicono che è possibilissimo, se il colpo è assestato bene, uccidere uno all'istante. Altri lo trovano molto difficile».

«Difficile, ma non impossibile», intervenni.

«Appunto».

«Ma, secondo te, come ha fatto l'assassino?», le chiesi.

«Io penso che abbia atteso il momento propizio. Se, poniamo il caso...».

«Sì, poniamo il caso...», dissi.

«Se mi devo immaginare una dinamica, la vedrei così: l'assassino dà appuntamento alla vittima in un punto preciso del magazzino, al reparto letti. Probabilmente l'assassino è andato varie volte all'Ikea di recente, giusto per farsi un'idea».

«Giusto», acconsentii, ricordando come ultimamente Anna Laura fosse divenuta grande cliente del marchio svedese, in precedenza sempre snobbato.

«Quindi si è celato in uno dei molti nascondigli offerti da tende, mobili e colonne presenti nel reparto in questione. Ha atteso con calma che la vittima fosse in asse e ben eretta nel punto esatto, ossia ai piedi del letto aperto verso l'alto».

«Ci vuole un gran culo però... e se la vittima non si metteva proprio lì?», intervenni scettica.

«Eh! Però può darsi che l'assassino gli avesse detto che era interessato proprio a quei letti. Quelli aperti col cassettone».

«Certo, può darsi», affermai.

«A questo punto, al potenziale assassino non resta che controllare il giro della telecamera e i visitatori. Per la telecamera è facile», riprese Anna Laura. «Fa un giro completo e, se becchi il momento nel quale gira verso le tende, è fatta».

«Un po' più complicato per i clienti. L'assassino dovrebbe contare sul disinteresse di tutti verso tutti, cosa che normalmente accade, però... non credi?».

«Ognuno è così assorto a pensare ai casi suoi, a misurare, apprezzare la qualità dei prodotti che, più spesso di quanto non si creda, non presta attenzione a ciò che succede intorno».

«E il colpo?», chiesi a bassa voce.

«Occipite. Loro hanno detto coltellata nella schiena, ma, secondo me, l'assassino lo ha colpito nel *copin*. La zona delicata delle vertebre cervicali. Un colpo preciso nel punto giusto, ed ecco che è fatta. Poi è bastato accompagnare la caduta con un calcio ben assestato del ginocchio ed ecco che la vittima s'infila senza proteste nel cassettone. Chiuso il letto, che tra l'altro sarà ben oleato e non fa resistenza, *et voilà*... il delitto perfetto. Ovviamente non è andata così. Stiamo solo facendo un *pourparler*», si sentì in dovere di specificare.

«Un *pourparler*».

«Non sai come m'irriti, quando mi fai l'eco dell'ultima parola che pronuncio», mi rimproverò petulante.

Alessandro: siamo dei possibili immersi nel mare delle possibilità

Il 26 dicembre passò, ingoiato dalle fauci spalancate delle ore vuote; la mattina mi sciroppai *Natale in casa Cupiello* su Rai 3 e per pranzo mi limitai a tirare fuori gli avanzi del giorno prima. Alessandro, in partenza l'indomani per la montagna, era affaccendato a prepararsi la borsa. Notai che, nel mettere assieme le cose da portarsi a Brunico, non aveva ritenuto d'includere nemmeno un testo inerente all'esame fissato per il 22 gennaio. Però il mini iPad, il telefonino nuovo e l'iPod se li portava, eccome.

«Non potresti approfittarne per studiare un po'?», lo tormentai, andandogli dietro per la camera ingombra di giubbini e pantaloni da sci.

«Ma', sono in vacanza, ti prego...».

«E certo, con tutto quello che hai studiato negli ultimi mesi, è sacrosanto che ti riposi il cervellino stanco...», non resistevo. Il fatto che mio figlio fosse uno studente mediocre mi faceva ribollire il sangue. E sì che aveva scelto la facoltà a lui più congeniale, Fisica, fisica delle particelle, il bosone di Higgs e tutto il resto. Avrebbe dovuto essere felice di studiare tutte quelle equazioni, che avevano il segreto compito di svelare ai profani la composizione dell'universo. Fisica, la sorella povera della metafisica, secondo me. Fisica, la sorella geniale della metafisica, secondo Alessandro. Ultimamente si era invasato con la teoria delle stringhe. Il suo professore di Quantistica mi aveva rivelato con gli occhi brillanti che il ragazzo era un genietto, che aveva un approccio originale e nuovo alla materia e che non si limitava a studiare ciò che sostenevano gli altri, ma dava lui stesso delle interpretazioni nuove. Se solo si fosse applicato un po' di più, chissà dove lo avrebbe portato il suo ardore di penetrare la materia… se solo si fosse applicato un po' di più.

Ma il somaro non si applicava, viveva di rendita e perdeva tempo su Facebook e WhatsApp invece di preparare gli esami. Se io avessi potuto, l'avrei disintegrato per ricomporlo con più giudizio.

«Ti smaterializzo e ti ricompongo, se non porti un 30 all'esame del 22».

«Ma', sai che nell'ambito dell'infinito, se l'universo è infinito, nulla vieta che ci siano infiniti mondi. E se i mondi sono infiniti, nulla vieta, così a livello puramente teorico, di ipotizzare che in uno di questi mondi possibili, una copia esatta di noi, tu e io, in questo preciso istante, sia immersa nello stesso dialogo. Ossia una madre spaccacazzi, che ammorba il figlio, un brillante fisico delle particelle, con raccomandazioni inutili e prive di senso come il voto all'esame».

La faccia da culo che mio figlio sfoggia in questi casi è davvero allarmante. Il mio bambino, che ho tenuto nella pancia per nove mesi, che mi ha presa a calci di notte, che mi ha fatto uscire le emorroidi, che mi ha gonfiato le caviglie e che mi ha fatto vomitare anche l'anima, se ne stava davanti a me, a darmi lezioni sulla fisica che si infrange nella metafisica, a me!

Il 27 dicembre era fissata l'autopsia di Amilcare. Anna Laura me lo annunciò alle dieci di quel mattino freddo e nebbioso, salendo con i giornali in mano e tutto un tintinnio di bracciali e orecchini.

«Dove stai andando così elegante?», chiesi, notando il cappotto bianco e gli stivali neri delle grandi occasioni.

«Vado a fare colazione con Achille al Pedrocchi. Come sto?».

«Benissimo stai», risposi irritata pensando a me stessa, che da due giorni non mi toglievo quella tuta di acetato. Si tolse il cappotto per mostrarmi l'abito grigio a piccoli pois azzurri che indossava.

«Che dici, m'ingrassa?», chiese andando avanti e indietro sculettando.

«No, non t'ingrassa».

«Ti ricordi quando l'ho preso? Sono sempre stata in dubbio su questo vestito. Ma poi mi sono detta... Anna Laura alla tua età certe insicurezze le devi buttare nella spazzatura... e che sarà mai un po' di fianco forte!».

Era allegra e querula Anna Laura, non gliene importava che l'Amilcare quella mattina l'avrebbero squartato come un pollo per capire se, oltre alla coltellata, c'era dell'altro. Ero sconcertata dal comportamento della mia amica. Normale non era stata mai, sempre che si possa stabilire con precisi criteri scientifici cosa sia la normalità, a parte un insignificante dato statistico; ma questo assoluto scollamento con la realtà mi spaventava. Sembrava quasi che credesse davvero a quello che aveva detto alla poliziotta, che Amilcare fosse un povero cristo morto ammazzato all'Ikea pochi giorni prima di Natale e con il quale aveva avuto solo rapporti di lavoro. E nemmeno tanto frequenti poi... E che corrispondesse alla verità che quel fatidico 21 di pomeriggio io e lei eravamo state *insieme* nello stesso magazzino per acquistare cuscini e candele. "Ma ne è davvero convinta?", pensai. "La sua psiche ha escogitato uno stratagemma per superare la tragedia?". La mia reazione mi faceva impazzire. Io non dormivo di notte, avevo incubi popolati d'immagini di Anna Laura che col sorriso diabolico veniva a sventrarci a coltellate, tremavo quando suonava il campanello, non uscivo di casa, temendo d'incontrare uno sbirro. Mi sentivo una fuorilegge. Che razza di osmosi psichica aveva determinato questa situazione?

La protagonista del thriller, intanto, si era accomodata nel *mio* bagno e si stava profumando col *mio* Chanel n. 5... la *Dalia nera* o la *femme fatale* pensava all'amore suo, nuovo di zecca e tutto azzimato come lei. La novità recente era che insieme avrebbero trascorso il Capodanno nella casa in montagna del generale a Cortina, nientepopodimeno che a Cortina, in mezzo ai vip e alle *siore* impellicciate. La vecchiarda innamorata non vedeva l'ora di partire.

«Tu che fai a Capodanno?», mi chiese col tono mellifluo di chi sa benissimo che non avrei fatto niente.

Felice non amava andare da nessuna parte. Per innumerevoli anni ho trascorso il Capodanno assieme ad Anna Laura davanti alla TV, mentre Felice russava sul divano. Consolavo l'afflitta, togliendole dalla mente le immagini dell'amante, che brindava con la mogliettina depressa in lamé alla casa del liscio di San Luca Polesine.

Se ne andò lasciando dietro di sé dieci euro di Chanel n. 5.

Gabriella Mancuso e Patrizia Gagliardi: ispettori. Professor Guarente Guarenti: anatomopatologo. Carcinoma epidermoide: cancro

Quando il commissario Loperfido arrivò in questura, l'aria di festa non aveva ancora abbandonato gli uffici. Ovunque si vedevano scatole di panettoni e bottiglie sui davanzali. Un certo lassismo faticava a lasciare il posto alla solita frenesia che dimorava in quelle stanze. Si diresse con passo deciso verso la stanza comune degli ispettori della volante, sicuro di trovarci la Esposito che faceva comunella con la Mancuso e la Gagliardi, arrivate con lei a Padova. Vi entrò e senza complimenti fece un gesto alla ragazza, impegnata a mostrare alle altre sul telefono le immagini dell'amato di Avellino.

«Esposito!».

«Comandi».

«Andiamo».

«Agli ordini».

Gli parve, ma non era del tutto sicuro, che la Esposito nel girarsi verso le colleghe avesse fatto una smorfia eloquente.

«Andiamo all'obitorio».

«Certo commissario, non vedevo l'ora stamattina di essere invitata all'obitorio».

Ignorando il commento, Loperfido si diresse verso l'ospedale universitario della città, inveendo contro il traffico che nemmeno nei periodi di vacanza diminuiva.

«Ma dove vanno tutti?».

La sorpresa di quel mattino fu che il dottor Guarente Guarenti, perito del settore di chiara fama, aveva trovato nel morto ammazzato un cancro ai polmoni in stadio avanzato.

«Probabilmente è un carcinoma epidermoide», disse. «Non lascia scampo».

«Ma da quanto?».

«Da pochi mesi, certamente; è un tipo di tumore che si sviluppa abbastanza rapidamente, dando pochi sintomi prima che sia troppo tardi».

«Guardi, se devo dire la mia, commissario, a questo disgraziato gli è andata anche bene. Di sicuro è morto meglio così, che non asfissiato dal tumore».

«E quanto gli sarebbe restato da vivere?».

«Commissario, da come l'ho esaminato io, settimane, non di più».

«Settimane? Così poco?».

«Sì, forse due o tre settimane, poi la massa avrebbe ostruito un bronco e il poveretto sarebbe morto in grande ambascia respiratoria. Oppure sarebbe soffocato per un'emottisi imponente per l'erosione di un'arteria da parte del carcinoma».

«Ma... è possibile che non ne sapesse niente?».

«Commissario, io faccio il medico legale, non l'indovino. Lo vada a chiedere alla moglie, al suo medico, di certo non a me».

Luana, che non aveva detto una parola, per timore di fare brutta figura, si era seduta sul bordo del tavolo di metallo, dove il professor Guarente Guarenti registrava i verbali. E dondolava le gambe avanti e indietro come una mocciosa di dieci anni.

«Ma quanti anni hai, quindici?», l'aggredì Loperfido non appena il perito li lasciò per un altro impegno, che nello specifico era aprire il cranio di un ottuagenario e verificare se, durante l'intervento di rimozione di un meningioma di alcuni mesi prima, non fosse rimasto qualche dispositivo responsabile dell'infezione mortale.

«Vuoi anche il cerchio e la palla?».

«Commissario, ma cos'ha? Perché deve essere sempre così insolente, lei? Se le da tanto fastidio farmi da tutor, lo dica al questore, invece di martirizzare me... tanto per la cronaca, non è che io mi diverta molto a essere affiancata a lei. Il commissario Magnani è molto più disponibile con i nuovi».

«Ecco, brava, allora vai dal questore e fatti assegnare al didattico e pedagogico commissario Magnani», rispose il commissario, indispettito più che mai.

Era noto a tutta la questura, ma evidentemente non alla Esposito, che tra Loperfido e Magnani ci fosse della ruggine. In altre parole, non si potevano vedere, e se la Esposito aveva una probabilità su un milione di far incazzare il suo capo, alla menzione del rivale c'era riuscita in pieno.

Il silenzio si protrasse fino all'arrivo in questura. Non appena ebbero varcato la soglia, la Esposito fuggì in direzione dell'ufficio della volante per farsi consolare dalle sue colleghe, che avevano avuto il gran culo di essere assegnate al commissario più buono e paziente di tutto il Veneto.

L'agente in portineria guardò interrogativo Loperfido e lo collegò alla fuga in lacrime dell'agente di Napoli, quella carinissima gnocca della Esposito e, pur stimando professionalmente le capacità del commissario, lo avrebbe volentieri preso a calci nel sedere.

Come se nulla fosse, verso le quindici e trenta il commissario cercava la ragazza in ufficio per dirle di mettersi in contatto con la famiglia del morto e di verificare se qualcuno fosse informato della malattia. La ragazza gli rispose sostenuta che lo aveva già fatto, a casa non ne sapevano niente, ma il medico curante sì, lo aveva mandato lui a fare la TAC a Verona da un suo amico radiologo e successivamente anche la broncoscopia con biopsia del tessuto. Pertanto il morto lo sapeva, eccome, di essere condannato. Il medico aveva rivelato alla poliziotta di aver insistito col Borgomastro affinché ne parlasse in famiglia, ma lui non aveva voluto sentire ragioni.

«Bene, direi che possono venire a prendersi la salma e procedere con il funerale», concluse il commissario senza il minimo accenno a lodare la tempestività della ragazza.

«Sarà fatto», rispose con tono sempre più sostenuto l'ispettore Esposito Luana, mentre mentalmente lo mandava a fare 'nculu.

I bradipi:
Giorgio Borgomastro, Pamela Borgomastro.
Di fu Amilcare Borgomastro

Quel pomeriggio sonnolento, che seguiva a due pesantissimi giorni di festa, mi trascinavo da una stanza all'altra dell'appartamento senza concludere nulla. Avevo a malapena raffazzonato un pranzo all'una e, senza neppure aver sparecchiato il mezzo tavolo della cucina, mi buttai sul divano del salotto a inebetirmi con qualche altro film natalizio. Pensavo a pellicole recenti come *Lo specchio della vita* con Lana Turner o *Angeli con la pistola* con Bette Davis, che ogni anno immancabilmente trasmettevano nei giorni delle feste. Con il telecomando in mano decisi che per quel pomeriggio non avrei preso in considerazione alcun film che non fosse almeno in bianco e nero. Scorrendo i canali, invece, vidi il faccione a tutto schermo del pidocchioso che mi fissava torvo. Aveva sempre avuto questa particolarità, Amilcare, che nelle foto risultava truce e sinistro. Vidi che si trattava della *Vita in diretta* di Rai 1. Con un barlume d'ironia riflettei che più che la *Vita in diretta* quella era la morte in diretta, caso mai e, alzandomi con insospettata energia, presi il telefono per scrivere un SMS ad Anna Laura.

Digitai, con la destrezza degna del più scafato teenager, la frase «Guarda Rai 1» e la inviai. Dopo qualche minuto, Anna Laura bussò alla porta. Voleva godere della trasmissione appollaiata sulla mia poltrona, piuttosto che a casa sua. Andai ad aprire e lei, senza degnarmi di un saluto quale ospite inattesa, si buttò esattamente lì e mi disse: «Alza il volume!».

In studio la conduttrice bionda, che riesumavano per le puntate dei giorni di festa, non stava nella pelle per la gioia di avere un caso di cronaca che faceva parlare l'Italia. Intimamente, ne ero certa, esultava per la fortuna avuta e mandava cortesemente all'inferno la conduttrice ufficiale, che se n'era andata ai tropici per le vacanze. Compresa nel suo nuovo ruolo di giornalista di casi seri, stava in piedi davanti agli ospiti seduti sul divano, dotata di una cartellina nera e con occhiali da intellettuale. La parete in fondo allo studio era occupata da una gigantografia del defunto che, con sguardo inquietante, pretendeva di essere il protagonista assoluto anche *post mortem*.

«La foto è quella della patente», disse Anna Laura, con amabile osservazione volendo alludere a quanto si esce male nelle fototessere.

La macchina da presa inquadrava il divano. E – *ohibò!* –, chi compariva nel *mio* televisore, a casa *mia*? I figli del morto, i due linfatici bradipi che, tenendosi la mano, cercavano di assumere l'aria più afflitta di questo mondo. A fianco dei bradipi, una scrittrice di romanzi rosa. Cosa ci facesse in una puntata che trattava di cronaca, nessuno lo capiva. Lei si occupava di ragazze povere ma belle, che conquistano l'uomo affascinante, ricco e giovane. Ovviamente, c'era pure il criminologo esperto in analisi scientifiche. In una poltrona vicina al divano, come a suggerire una distanza di rango, il generale Garofalo *criminal profiler*... Non poteva mancare il collegamento. E, infatti, in agguato davanti alla questura di Padova, ecco il giornalista d'assalto che aveva importanti rivelazioni da comunicare e si sbracciava come un pazzo per avere la linea.

«E dategliela, questa linea», imprecò la mia amica.

«De Rossi, ci senti?».

«Sì, studio, vi sento».

Una mano a tenere l'auricolare e l'altra il microfono, il giornalista fece le sue rivelazioni: «Ecco, da indiscrezioni trapelate dall'ambiente investigativo, sembra che la vittima, il dottor Borgomastro, fosse affetto da un male incurabile in stadio avanzato».

Rizzai la schiena.

«Che male incurabile?», feci rivolta verso la poltrona. «Tu lo sapevi?».

«*Shhh*, parla piano», m'intimò Anna Laura, che quanto a parlare a voce alta non la batteva nessuno. «Sì, lo sapevo».

«Oddio... mi sta venendo l'affanno», sussurrai. «Ogni giorno ne scopro una nuova».

«Aveva un tumore ai polmoni. Lo avevo accompagnato io a Verona per la biopsia. Ti ricordi i primi di dicembre, che sono andata a Verona e tu volevi sapere a tutti costi che ci andavo a fare?».

«Sì, mi ricordo. Mi raccontasti una storia su un corso per calcolare l'IMU con le nuove regole del catasto...».

«Sì. Non potevo dirti nulla. Nemmeno io sapevo quanto fosse grave la situazione».

«Ma nei giorni successivi non mi hai detto niente!», strillai acida. «Come hai potuto tenerti dentro questa cosa?».

Anna Laura, improvvisamente addolorata, abbassò il capo. Con una mano si teneva il mento e con l'altra il gomito. Aveva gli occhi lucidi e questo, come accadeva sempre quando la vedevo rattristarsi, mi fece passare subito la rabbia.

«Non potevo, capisci? Gliel'avevo promesso».

Mille dubbi tornarono a dare sollievo alla mia anima lacera. Non è stata lei. Lei lo amava. No, non è stata lei.

I bradipi alla notizia della malattia erano rimasti attoniti; non avevano ancora ricevuto alcun verbale dalla polizia e cercavano con ogni sforzo di mantenere un contegno dignitoso. Pamela voleva scappar via.

Giorgio, il fratello maggiore, si disse amareggiato che notizie del genere fossero apprese dai mezzi di informazione e manifestava la sua preoccupazione per la madre, rimasta sola a Rovigo a reggere quella nuova notizia. Il criminologo sostenne che, alla luce degli sviluppi, il caso andava inquadrato in modo totalmente diverso, senza dire quale. La scrittrice infilò una banalità dopo l'altra sull'ineluttabilità della morte. Suggerì persino l'ipotesi di suicidio.

«Sì», dissi. «Si è suicidato accoltellandosi da solo nella schiena o nell'occipite e poi, morendo all'istante, si è dato un calcio per buttarsi nel cassettone».

Anna Laura si mise a piangere. Per la prima volta, dopo cinque giorni, la vidi piangere. E così mi resi conto che, cieca e incapace di vedere oltre la punta del mio naso, tutta concentrata nei miei dubbi e atterrita dagli stessi, non avevo capito niente. Anna Laura soffriva, eccome.

Mi alzai per mettere su il caffè. Anna Laura mi seguì per andare sul terrazzino a fumarsi la sigaretta.

«Devo smettere», disse aprendo la porta. «Achille non sopporta la puzza di fumo».

«Nemmeno io la sopporto! E sono trent'anni che fumi a casa mia!».

«Ma anche tu fumi!».

«Sì, ma io meno di te», risposi piccata.

Dott. Efisio Ruggiu: questore. Sardo di Sassari

Il commissario Loperfido era fuori di sé dalla rabbia. Si aggirava per gli uffici, rampognando chiunque gli capitasse a tiro, e sbraitava ormai senza voce, domandandosi come facevano i giornalisti a sapere del tumore. Si aprì una disputa, dove quasi nessuno ebbe modo di dire la sua, visto che il commissario dava sulla voce a tutti, continuando a chiedere senza aspettare risposta.

Luana Esposito, seduta alla sua scrivania, fingeva un'indifferenza poco credibile, concentrata com'era sui turni di gennaio appena firmati dal questore.

«Vi avverto! Se vengo a sapere che la notizia è uscita da qui, vi metto le mani addosso uno a uno».

«Scusi commissario, ma lei perché dà per scontato che deve essere uscita da questi uffici? Per quel che ne sappiamo, ci sta un sacco di gente che ha visto il verbale del dottor Guarenti, tra cui assistenti e specializzandi; si ricorda quanti ne giravano il giorno in cui siamo andati all'istituto? I segretari che trascrivevano la registrazione… Perché deve accanirsi su quest'ufficio?».

La perorazione della Esposito sortì una specie di miracolo. Sgonfiò, ammosciandolo all'istante, l'atteggiamento bellicoso di Loperfido.

«Sì, sì», disse, mulinando la mano come a scacciare un pensiero molesto.

«Esposito ha ragione, commissario», diede manforte Scornamiglio. Ora che si era aperta la strada, erano tutti bravi a dire la loro... "Perché non è intervenuto prima lo Scorna?", pensò acida la ragazza.

Si stava diffondendo nel gruppo investigativo, per lo più composto da Loperfido e dalla Esposito con l'aggiunta di qualche agente sottratto ad altri uffici, la sensazione che quel caso sarebbe rimasto irrisolto.

Il reparto della scientifica non aveva trovato niente. "Ovvio", pensava Loperfido. "Con tutte le migliaia di persone che sono passate sulla scena del delitto dopo l'omicidio, che cosa volevano trovare?".

Il responso delle tute bianche era stato: ambiente troppo inquinato. Loperfido lo sapeva che non sarebbe servito a niente, ma i giornalisti lo avevano tirato per i capelli a chiamare il reparto analisi scientifiche. Ogni giorno quei corvacci insinuavano e instillavano il dubbio che non si stesse facendo tutto il possibile per risolvere il delitto dell'Ikea e, tra giornali, servizi in televisione e speciali, il questore si era sentito in dovere di fargli pressione perché chiamasse anche gli esperti, passando sopra all'evidente inutilità.

Quando Loperfido si era sfogato col questore Efisio Ruggiu di Sassari per via della fuga di notizie, questi lo aveva paternamente consolato. Col suo accento pieno di consonanti doppie, lo rassicurò che presto tutto sarebbe stato dimenticato. Erano questi i giorni terribili, nei quali non succedeva niente di più importante.

«È Natale, i politici sono in vacanza alle Maldive o sui monti, il campionato di calcio è sospeso e nessuna minaccia terroristica incombe per ora sul mondo occidentale. Convinto ne sono, tra una settimana nessuno più parlerà del morto dell'Ikea».

Loperfido lasciò il questore che, senza nemmeno attendere la sua uscita, ripristinava sul computer il gioco delle caramelle.

«Convinto ne è...».

Ma era destino che quel mattino il questore Ruggiu non dovesse passare il livello 305 del diabolico gioco.

Neanche il tempo di congedare il commissario ed ecco un altro questuante alla sua porta.

«Venga, venga, dottorressssa! E come mai questa visita? Si sieda la preggo».

Luana Esposito, intimidita dall'autorità che in quel momento era incarnata nella figura tracagnotta del questore, prese un respiro e, dicendosi ora o mai più, espresse il motivo della visita.

«Signor questore, io... sono in grave difficoltà col commissario Loperfido».

"Ah, ci risiamo", pensò seccato il questore. Ai suoi tempi le reclute non andavano a lamentarsi dal capo. L'uomo, seduto alla scrivania, si era proteso vistosamente verso la questuante, dando in questo modo l'errata sensazione di comprendere l'ambascia della giovane poliziotta.

«Io non discuto i suoi metodi...», disse Luana guardandolo negli occhi.

«E ci mancherebbe altro», la voce del capo cominciava a dare segni d'irritazione.

«No, dottor Ruggiu, io sono in difficoltà nel rapporto personale. Lui non mi spiega niente e invece so che il commissario Magnani...».

"Ah!". L'irritazione del capo ormai era evidente.

«Senta, signorina Esposito».

"Ahi", pensò sgomenta. "Siamo passati da dottoressa a signorina". Vedeva nubi nere oscurare il futuro trasferimento.

«Ci sono delle regole non scritte che non v'insegnano alla scuola di polizia. Una di queste è che mai e, ripeto, mai per nessun motivo ci si lamenta del collega scelto per il tutoraggio. La scelta è frutto di ponderata riflessione del sottoscritto e, mi creda cara signorina, si ritenga fortunata che io non abbia deciso di affiancarla al commissario Morosini, che quello sì, è un osso duro; altro che Loperfido, pasta d'uomo sotto la scorza. Ed ora, se mi vuole scusare, avrei affari da sbrigare più urgenti delle sue lagnanze».

Mortificata e registrando che il questore non si alzava per accompagnarla alla porta, farfugliò qualche parola di scusa e col viso in fiamme lasciò l'ufficio, giurando di non metterci piede mai più. Chiudendo la porta dietro di sé, intravide Loperfido che passava nel corridoio. Le parve che un sorrisetto di scherno abbrutisse ancora di più il suo già brutto muso. "Certo, ha indovinato tutto", si disse la Esposito col desiderio di sprofondare per non riemergere mai più. Durante gli studi, gli psicologi e gli esperti relazionali le avevano fatto una capoccia così sul manifestare i disagi per esteriorizzarli... *non tenetevi il malessere dentro, un buon investigatore deve prendere confidenza col proprio vissuto e, se nei rapporti interpersonali c'è qualcosa che non va, occorre palesarlo...* sì, come no!

Nel mondo vero non funzionava così. Nel mondo vero una principiante che va a lamentarsi dal questore di quanto è cattivo il commissario, è appesa per l'elastico delle mutande alla statua della libertà.

Decise di salvare il salvabile e, dato che la figura di merda ormai l'aveva fatta, tanto valeva affondarci anche il collo. Si diresse nell'ufficio di Loperfido, che aveva la pessima abitudine di tenere sempre la porta spalancata, allungò il collo oltre lo stipite della porta e lo vide con i piedi sulla scrivania e l'iPad in mano.

«Posso?».

Il sorriso da iena gli copriva tutta la faccia e sarebbe apparso anche attraente, se non fosse stato inquinato da un diabolico brillio degli occhi.

«Vieni, Esposito, vieni...».

Lei rimase in piedi come una scolaretta e lui non la invitò ad accomodarsi. Luana decise di andare subito al sodo.

«Ho fatto una cazzata».

Loperfido perfidamente abbassò i piedi dalla scrivania e, mettendosi sull'attenti con le braccia conserte, finse un'esagerata attenzione.

«Sono tutt'orecchie».

«Commissario, sono andata dal questore per lamentarmi di lei».

«E...?».

La ragazza teneva gli occhi bassi, l'orgoglio sotto le suole a carro armato di quegli orrendi anfibi d'ordinanza. Rimpiangeva le sue scarpe, che avrebbero mutato il corso degli eventi. Loperfido, sempre con il sorrisetto stampato, continuò il discorso.

«Mi faccia indovinare. Ruggiu le ha detto che è fortunata a non essere stata affidata a Morosini e che ai suoi tempi le reclute ecc, ecc. *Inteso mi hai*?».

Suo malgrado, Luana non poté trattenere un sorriso di fronte alla parodia perfetta del questore e, avendo ormai perso *o scuorno* del tutto, continuò lei l'imitazione.

«Signorina, la scelta è avvenuta dopo attenta e ponderata riflessione del sottoscritto... *inteso mi hai?*».

Si misero a ridere e Luana notò che il sorriso di Loperfido passava con rapidità allarmante attraverso tutta una gamma d'interpretazioni: sardonico, odioso, urticante, aperto, bianco e mooolto attraente.

«Senti, Esposito, stai facendo un buon lavoro. Ma se ti aspetti che ti prenda per mano e ti faccia il *maternage,* hai capito male. S'impara sul campo».

«Ma commissario, sono metodi obsoleti... i nuovi protocolli...».

«Saranno obsoleti e anche desueti, ma sono gli unici che conosco. E siccome *hic et nunc* decido io, meglio che te ne fai una ragione e lasci i nuovi protocolli ai passacarte dell'accademia. Questo è il mondo vero, Esposito, e nel mondo vero ti può capitare la sfiga di lavorare con chi ha spesso le palle girate e l'alito fetido. Non hai finito di raccontarmi la storia dell'ammazzato dell'Ikea. Ma se ti va, me la puoi raccontare davanti a un caffè vero, non a questa porcheria delle macchinette».

«Commissario a me parla di caffè? Io sono di Capodichino e del caffè ne faccio una religione».

«E della pizza», finì Loperfido.

«No, la pizza no. Non mi piace, mi resta sullo stomaco e mi si ripropone per giorni».

«Ah, questa è bella. Una napoletana che non ama la pizza».

«Be', lei è di Vicenza e a quanto mi risulta trova i gatti molto indigesti».

«Uhhh, Esposito! E sii creativa! Ancora con la balla che i vicentini sono *magnagati*».

La vedova e i nani di gesso

Il 29 dicembre diedero finalmente l'autorizzazione a seppellire il pidocchioso. Vennero i bradipi e la vedova in gramaglie e, dopo una breve funzione nella cappella dell'obitorio, se lo portarono via. Destinazione San Luca Polesine, nella tomba della famiglia Borgomastro. Me la immaginavo la tomba di famiglia: un tempietto pieno di colonne e angeli di gesso a sostituire i nani e Biancaneve, che avevano allietato il suo giardino per trent'anni. Anna Laura non volle venire. Insistetti, la buttai sul retorico, sul demagogico, sul sentimentale, ma niente. Non ci fu nulla da fare.

«Vacci tu», mi rispose secca.

«Ma lo hai amato per tre decenni», esclamai ostinata.

«E che ne ho concluso? Niente. Trent'anni di dedizione, di fughe per vederlo un'ora, di attese negli aeroporti di mezzo mondo. Sempre nascosta, sempre un passo o un giorno indietro. Trent'anni a vivere la sua vita di riflesso, a bearmi delle briciole che lo stronzo buonanima lasciava cadere sul mio cammino. E nel frattempo le scuole dei figli, i loro compleanni, la scelta dei regali. Per loro, ovviamente... ah, e le malattie della malata immaginaria, che ogni mese ne tirava fuori una nuova. Ti ricordi cosa diceva mia madre, vero?».

Sì, ricordavo. Ricordavo tutto della signora Ida. Sosteneva che quelli che sono sempre malati non tirano mai le cuoia.

«Quella ci seppellisce tutte e due, cara Ermi. Inizia oggi col marito, e tutti gli altri a seguire. E quando noi due saremo stecchite a piedi avanti dentro la bara, quella ancora andrà in giro a farsi diagnosticare malattie che non ha».

Mi ricordai improvvisamente che c'era stato un momento nel quale avevo intuito che Anna Laura era cambiata nei confronti dell'amante. Mi era del tutto sfuggito questo particolare. Quest'anno, all'inizio di giugno, mentre chiacchieravamo ammirando le stelle, le chiesi i suoi programmi per l'estate. Mi disse distrattamente che Amilcare sarebbe andato in crociera con la moglie, mentre lei avrebbe scelto una settimana a Nizza. Ricordo che rimasi perplessa. Parlammo d'altro. Perché non ho registrato quell'episodio come anomalo? Lì stava l'arcano, ne ero certa. Era in quel momento che Anna Laura aveva cessato di amare Amilcare. Quella notte, nel mio terrazzo, l'amore, curato e protetto contro ogni logica per anni, aveva lasciato il posto al nulla. Ma ero sicura che si trattasse del nulla e non piuttosto di un odio feroce e mortale, com'era stato feroce e vitale l'amore? E se si trattava di odio, poteva spingersi fino all'inconcepibile, come l'amore l'aveva spinta all'assurdo? Poteva l'odio armare la mano di una donna che aveva per amore tollerato tutto?

Oddio… ecco i dubbi. È stata lei. Sì, è stata lei.

Mortui non mordent

Presenziai alle esequie di Amilcare, che furono senza infamia e senza lode. Molta gente, molti poliziotti. Indovinai che la coppia in disparte, imbarazzata e con l'aria di sentirsi fuori posto, fosse formata dal commissario di Padova e dalla giovane poliziotta di cui mi aveva parlato Anna Laura. La signora Borgomastro si era messa la pelliccia. Basterebbe questo particolare a qualificarla, senza infierire sugli occhialoni a visiera, che le coprivano gli occhi asciutti. I bradipi, ai lati della vedova inconsolabile, cercavano di tenere l'aria di circostanza. La figlia aveva avuto il buon gusto di coprire l'imponente deretano con una giacca a tre quarti, mentre il figlio, tutto vestito di nero, pareva il becchino. Seguivano il feretro con occhi bassi mentre la madre, ne ero certa, saettava con gli occhi, opportunamente coperti, per registrare eventuali defezioni da contraccambiare convenientemente. Mi rendo conto di essere perfida e priva di comprensione per la vedova, ma ho sempre avuto l'impressione, per altro suffragata da numerose conferme, che la moglie del "caro estinto" fosse una persona meschina. E tanto per non smentirmi, non le concedevo sconti neppure in questa circostanza. Cercavo di osservare tutto, perché al mio ritorno Anna Laura mi avrebbe fatto di sicuro il terzo grado, visto quanto aveva insistito perché ci andassi. Pensai che non era stata saggia a disertare le esequie. Cosa avrebbero pensato i due poliziotti venuti da Padova? Non sarebbe apparso quantomeno strano che la signora Bottacchi non si fosse fatta vedere, considerati i rapporti professionali che da anni intratteneva con la vittima?

Il prete, durante la predica farcita di luoghi comuni, fece l'elenco delle qualità del deceduto. Per poco non scoppiavo a ridere sguaiatamente a sentir parlare di *padre e marito amorevole e fedele*. Mi hanno sempre fatto uno strano effetto i funerali. M'istigano ai comportamenti più biechi e ai pensieri più irrispettosi. Il desiderio, che sento e reprimo con tutta la forza dei miei anni, è di mettermi a ridere istericamente. Il funerale di Amilcare mi fece lo stesso effetto. Così, mi nascosi dietro una colonna della chiesa e presi a mandare SMS alla mia amica, per descriverle la vedova impellicciata.

«Falle una foto», ebbe il coraggio di chiedermi.

«Ma sei matta? Accontentati della mia descrizione».

Quid veritas?
Ovvero il Trilemma di Agrippa

Le indagini proseguivano, compatibilmente con i rallentamenti e le difficoltà dei giorni di festa. L'ispettore Esposito era andata a Rovigo e aveva parlato col medico curante della vittima, il quale aveva confermato quanto già espresso al telefono. Il Borgomastro era malato e gli restavano solo alcune settimane di vita. Lo conosceva da molti anni e, a parte la gastrite e la pressione alta, non aveva nulla da dire sul suo stato di salute fino ai primi di dicembre. Il dottore raccontò che gli si era presentato in ambulatorio spaventato da macchie di sangue sputate con la tosse. Da un primo esame obiettivo, il dottore l'aveva trovato dimagrito e si era attivato immediatamente per sottoporlo a esami più approfonditi.

«La cosa che mi sorprese fu la sua insistenza ad andare fuori Rovigo. Capii che voleva salvaguardare la sua privacy. Perciò non obiettai nulla e lo indirizzai a Verona, dove ho una serie di colleghi con i quali sono in rapporti di amicizia».

Il medico pareva addolorato e costernato per la fine del dottor Borgomastro e non riusciva a capacitarsi che una persona tanto perbene fosse morta in quel modo.

"Be'...", pensò la poliziotta. "Tanto perbene non doveva essere, se l'hanno accoltellato a tradimento".

Finito il colloquio col medico, la ragazza passò alla banca di cui la vittima era il direttore. Il solito coro di attestazioni di onestà e lodi; nessuno riusciva a immaginare che il direttore avesse dei nemici. Era stato un gran lavoratore, onesto e probo. La sua segretaria si spinse oltre e, piagnucolando e tirando su col naso, mostrò alla poliziotta il regalo di Natale che aveva in serbo di donargli.

«Sa, ogni anno ci scambiavamo qualche pensiero...», e giù lacrime. «Un direttore umano, comprensivo con tutti. Che perdita mio Dio...».

"*Quid veritas?*", si chiedeva la giovane poliziotta di fronte al diluvio di glorificazioni che proveniva da ogni dove.

Il vicedirettore non era reperibile perché si trovava in vacanza in Kenya; probabilmente in quei giorni si divertiva sulle bianche spiagge di Malindi, «con l'ultima fiamma», dissero i funzionari della sezione Credito Problematico. Era stato avvisato, certo. Con aria di disapprovazione il responsabile del reparto mutui e prestiti disse che evidentemente il vice non aveva ritenuto d'interrompere la vacanza. La poliziotta intuì che il vice di Borgomastro non era altrettanto benvoluto, perché, disse a se stessa, non era morto.

«E quando torna dalle vacanze il vicedirettore?».

«Dopo la Befana», rispose arcigna la segretaria del Borgomastro.

«Però!», si disse la ragazza. «Ecco perché sta sulla panza a tutti».

Tornò a Padova che erano quasi le otto di sera e rimase sorpresa nel vedere la macchina di Loperfido nel parcheggio. Decise di andare a riferire dell'incontro col medico e con i colleghi della banca, ma l'aria deserta della questura e il buio nebbioso la fecero desistere; così mollò l'auto di servizio e, senza neppure entrare in ufficio, si prese la sua Mini e se ne andò a casa.

Dopo una cena malinconica a base di cracker, olive e speck, aspettando che il caffè diffondesse il suo aroma nel minuscolo appartamento, si mise in chat con Saverio, il fidanzato. Si sentiva sola e al lavoro le cose non ingranavano con quel caso che, da qualunque parte lo prendesse, scivolava via. Lei la sua idea se l'era fatta, anche se aveva delle lacune sostanziali per quel che riguardava la dinamica. Ma un conto era avere l'idea, un altro dimostrare le tesi. E al momento la verità era che non potevano dimostrare un bel niente.

Dopo l'imitazione del sardo di Ruggiu e il caffè preso insieme, i rapporti con Loperfido erano migliorati. Aveva fatto bene, si disse, a prendere atto dell'errore di essersi lamentata e lui aveva apprezzato. Mentre era a Rovigo le aveva mandato un SMS. Luana avrebbe scommesso il lauto stipendio che, quella di sapere se aveva parlato col medico di Borgomastro, era solo una scusa. Non era un'informazione così determinante da non poter attendere la sera o la mattina dopo. Con un pizzico di follia decise di mandargli una email dove gli riassumeva le impressioni di quel giro nella città del morto.

Chiuse la chat con Saverio che, tanto, non rispondeva e si mise a scrivere a *loperfidoperfido@...it*. Quattro righe per informarlo che sarebbe anche potuta non andare a Rovigo; il medico non aveva detto niente di più di quello che già aveva comunicato al telefono. In banca, tutto un lodare e disperarsi per la dipartita del direttore che, e per quanto si era scoperto, non aveva nemici. Il vice, l'unico sul quale lei aveva una qualche speranza di scoprire se c'erano irregolarità in banca, era in vacanza a Malindi e prima del 7 non si sognava di tornare.

Dalla famiglia non aveva ritenuto di andare: la moglie e i figli avevano già il loro da fare per metabolizzare quella tragedia e secondo lei non era lì che dovevano cercare. Senza pensarci su più di tanto, schiacciò il tasto INVIO e, appena un attimo dopo, capì che era davvero informale inviare una email al commissario alle dieci di sera.

La risposta arrivò immediata: «Esposito, da questo caso non ne tireremo fuori un cazzo. Loperfido».

«Incoraggiante», rispose.

«Realista. Cosa stai facendo?».

Si spaventò. "Oddio", si disse. "Troppo intima come domanda".

«Bevo il caffè».

«Buonanotte, Esposito».

«Potrebbe chiamarmi per nome, per favore?».

«No».

«Perché?».

«Il tuo nome non mi piace».

«'Nculu...», digitò Luana. Ma non inviò il messaggio. Si rimise in chat con Saverio. Non vedeva l'ora d'incontrarlo, ma quei giorni non passavano mai. Sarebbero andati a Venezia, si sarebbero ritrovati.

Le mancava.

Fratelli.
Particelle di un universo alternativo

La sera in cui il Borgomastro fu restituito al riposo eterno nel tempietto di famiglia, fui avvisata da Felice che ci sarebbe stata una puntata speciale di *Porta a porta* sui casi di cronaca non risolti.

«Sono venuti al giornale», disse mio marito dandosi eccessive arie, visto il suo inesistente coinvolgimento alla realizzazione dei collegamenti. Tutto tronfio e sentendosi infuso dello spirito di Woodward e Bernstein, girava per la casa come se avesse mille incombenze, senza dedicarsi invero ad alcuna. Io ero stanca e immalinconita dal viaggio a Rovigo; i funerali mi rammentano sempre qualcosa che vorrei dimenticare, ossia che siamo esseri finiti. Per quanto piacevole sia rimuovere l'idea della nostra mortalità, di tanto in tanto qualcosa ci ricorda che non siamo altro che uno sputo nella storia millenaria dell'universo e che, ci piaccia o no, la morte di qualcuno ci obbliga a pensare che tornare nel nulla equivale a non essere mai vissuti. Allietata da simili riflessioni filosofiche, scomodai persino Heidegger e il suo *Essere e tempo*; non ero nella disposizione d'animo adatta per vedermi girare intorno Felice senza reagire. Perciò, con la grazia che mi contraddistingue ogni qual volta molesti pensieri mi disturbano, lo aggredii accusandolo di farmi girare la testa col suo andirivieni.

Anna Laura era immersa nel faticoso compito di decidere cosa portarsi a Cortina e ogni tanto mi telefonava per ragguagli fondamentali quali: «Ma che dici, il completo porpora lo porto? Meglio un pantalone morbido con casacca o un tubino di tweed per il viaggio?».

Assorta in queste occupazioni, lei non degnò d'interesse duraturo la notizia che a *Porta a porta* avrebbero parlato di Amilcare.

«Ancora?», si limitò a commentare.

Andy Warhol aveva ragione. A ognuno i suoi quindici minuti di celebrità.

Invano cercai di spostare la sua attenzione sulla drammatica eventualità che, prima o poi, sarebbero arrivati alla sua relazione trentennale col morto; l'unico risultato che ottenni fu un urlo straziante alla scoperta che quel maglione, del quale non poteva proprio fare a meno sulle Dolomiti, era macchiato! Ah! Quale tragedia incombe sulla vita della nostra sfortunata eroina.

«Portane un altro», sospirai, cominciando a perdere la pazienza.

«Giammai. *Jamais*», ribatté petulante l'eroina. «Voglio questo».

«E allora mettitelo con la macchia».

«Uè... non scherziamo. Lo lavo adesso e lo metto sul termosifone, così domani sarà a posto». Eccola la mia amica. Pur di non pensare al dramma che aveva investito le nostre vite, s'ingegnava come poteva per non restarne schiacciata e, sfoggiando un cinismo che Diogene (compresa la botte) non si sarebbe neanche sognato, si dedicava agli accidenti, tralasciando l'essere.

«Vieni su, dopo?».

«Dopo quando?».

«Quando hai terminato il corredo da duchessa reale che ti stai preparando», risposi in falsetto.

«Sì. Vengo su. Da sola non lo posso affrontare Vespa che si torce le mani di fronte all'omicidio di Amilcare».

Mancava poco a mezzanotte quando il segnale sulla porta mi avvisò che Anna Laura era salita. La puntata era iniziata da una mezz'ora e, sempre più sgomenta, non potevo staccare gli occhi dal plastico dell'Ikea, con i lettini a cassettone in miniatura e i modellini di persone che rappresentavano la vittima e il carnefice. Il figurino che fungeva da vittima era stato piegato in avanti, come immerso nell'osservazione dei particolari del cassettone. Il piano della rete e il materasso stavano sollevati in alto, per rendere evidente l'ampio spazio nel quale si potevano stipare le cose. Un esperto scrittore di libri gialli si era posto accanto al plastico. Sosteneva che la vittima doveva necessariamente essere piegata in avanti verso il cassettone in modo da esporre la nuca, unica sede anatomica sulla quale l'assassino poteva sferrare il fendente mortale, silenziando il malcapitato nell'urlo agonico. Non credevo alle mie orecchie. E ai miei occhi. Un medico legale, presente in studio, avallava questa teoria, portando a suffragio tutte le difficoltà anatomiche che impedivano di credere a un colpo unico in una zona diversa da quella occipitale. Difficile, molto difficile, secondo l'esperto, che un solo colpo nella schiena avesse provocato un decesso così immediato da impedire alla vittima anche un solo lamento.

«Difficile, ma non impossibile», aizzava il conduttore.

Anna Laura alla vista del plastico sbiancò, poi arrossì e infine si accasciò sulla mia poltrona.

«Non finisce mai questo strazio…». La voce, ridotta a un sussurro, mi commosse.

«Siamo solo all'inizio», sentenziai.

Rimanemmo mute a osservare le immagini corredate dalle sciocchezze che ogni esperto si sentiva in dovere di dire al pubblico; chi a un titolo, chi a un altro, ognuno aveva la propria personale teoria di come si erano svolti i fatti. Avevano scomodato persino un professore di antropologia per rendere edotti i telespettatori di come la tendenza al crimine sia connaturata all'essere umano.

«*Homo homini lupus*, non siamo altro che lupi famelici sotto i panni sgargianti della civiltà e l'unica cosa che siamo stati capaci di creare per difenderci è quel mostro del Leviatano…». Il professore antropologo, terminato il suo fervorino che non aveva incontrato molta condivisione, s'immerse di nuovo nel suo silenzio di saggio inascoltato e si estraniò completamente dalla puntata.

"Ma che l'hanno invitato a fare un antropologo?", mi chiesi non senza disgusto

«Asini. La spiegazione più semplice è quella giusta».

Assunta: apprendista filosofa

Il 31 dicembre Luana Esposito era in piena sindrome da Calimero. Si sentiva sola e abbandonata, tutti avevano qualcosa da fare tranne lei, che fino alle diciotto sarebbe stata di turno in questura e poi a casa a guardare alla TV il solito show che Carlo Conti, sempre più abbronzato, propinava ogni anno. Le sue amiche della volante, in verità, l'avevano invitata a una festa, ma, poiché erano tutti in coppia, aveva declinato l'invito, timorosa di sentirsi una specie di reggicandela scoppiata. Quella notte Saverio era di servizio ad Avellino e poi sarebbe stato dai suoi al pranzo dell'indomani, mentre lei, confinata a Padova, si sentiva più triste che mai. Fuori servizio, lei e il commissario avevano cominciato a scambiarsi email. Aveva scoperto così che lui non era sempre stronzo e spinoso come appariva al lavoro. Aveva un sacco di interessi, leggeva molto, specie i romanzi di fantascienza e dell'orrore e aveva un sacco di amici. Si sapeva che era sposato, ma forse il matrimonio era finito, perché non nominava mai la moglie e viveva da solo un po' a Padova e un po' a Vicenza, dove aveva la casa ufficiale. I colleghi in questura dicevano che avesse una tresca con una donna della procura, ma Luana non sapeva se crederci o no. Ne dicevano tante di sciocchezze, compresa quella che ora si era incapricciato di lei. “Sì, figurati”, pensava. Non avrebbe dovuto, eppure quel pensiero la lusingava. Quando si era confidata con la sua amica del cuore di Napoli, questa le aveva suggerito di velocizzare il trasferimento, perché stare troppo a lungo da sola col fidanzato lontano metteva strane idee in testa. La irritava che ultimamente il suo pensiero corresse di frequente al commissario. Più di una volta l’aveva sorpreso a fissarla con insistenza. Vanitosa come tutte, avrebbe voluto presentarsi nella veste migliore, non certo con quella divisa che solo alle attrici delle fiction stava decentemente. Vergognandosi un po’ di se stessa, quella mattina andò in questura in borghese. Si era portata la divisa nel sacco portabiti. Sperava segretamente d’incontrare il commissario prima di cambiarsi. Si era messa la gonna corta nera e gli stivali col tacco, abbigliamento che fu prontamente omaggiato da un fischio di approvazione da Scornamiglio e dall’agente in portineria. Fece due volte il giro del corridoio passando dall’ufficio di Loperfido ma, quando vide la porta chiusa, capì che non c’era. “Certo”, si disse. “Se ne sarà andato a Vicenza”. Delusa, senza volerlo ammettere, indossò l’uniforme, imprecando contro l’ignaro fuggitivo: «’Nculu… pure la fatica di mettermi le calze *slim-fit* ho fatto».

Alle macchinette del caffè l’atmosfera era più rilassata del solito. Scorna la aggiornò sugli spostamenti di tutti i membri della questura. «Ruggiu torna dopo la Befana, Loperfido se n'è andato a Vicenza stamattina e torna il 2, restano i vice e gli sfigati come noi». Luana pensò che avrebbe rivisto il commissario solo il 2 per fare il punto della situazione sul morto dell'Ikea, anche se non c'era molto da discutere a indagini ferme per mancanza di appigli. Eh sì, perché poi il 3 lei sarebbe andata a Venezia con Saverio e sarebbe rientrata solo il 5 pomeriggio per il turno della sera. Si aggiunsero alle macchinette anche le due nuove della volante, tutte e due in fibrillazione per la festa di quella sera. Quel pigro pomeriggio in qualche modo passò tra chiamate ordinarie e mitomani che vedevano ladri ovunque. Alle diciotto, senza neppure rimettersi gli abiti della mattina, fece il giro degli uffici abitati per fare gli auguri e se ne andò, sorda alle insistenze delle colleghe affinché si recasse con loro alla festa del *Prince*.

Si fermò alla rosticceria Padova Food e, per sentirsi un po' a casa, si prese la lasagna e il capitone in umido, una pastiera e gli struffoli confezionati, che se l'avesse vista sua madre, la regina degli struffoli, le avrebbe tolto il saluto. A casa, si fece la doccia e rimase in accappatoio sul divano, incapace di scollarsi di dosso una pesantezza che l'ammorbava. Le veniva da piangere, un culo così negli studi, sempre la prima della classe, l'università finita a tempo di record, la scuola di polizia... per ridursi in un monolocale di quaranta metri quadri, sola e con gli struffoli confezionati la notte di Capodanno. Cedette all'autocommiserazione e, sentendosi molto come la piccola fiammiferaia, si fece un bel pianto a dirotto. Assolta l'incombenza si alzò, si mise gli slip rossi che le aveva regalato Saverio, la tuta di felpa e si sedette al computer. C'era una email del commissario. Eccitata e speranzosa la aprì, ma era solo un augurio di buona fine. «Buona fine, Esposito».

"'Nculu... s'è sprecato", pensò.

Gli rispose con una email di auguri molto più articolata, prolissa e retorica, grondante di luoghi comuni e immagini edificanti come calici di champagne e tappi che saltano. La spedì e cominciò ad aspettare un'eventuale risposta.

Alle venti si scaldò la lasagna, il capitone e sul divano attaccò gli struffoli confezionati. Ascoltò il messaggio del presidente della Repubblica e decise che avrebbe cercato un bel film strappalacrime o in alternativa una cosa tipo *Scuola di polizia*... Passò più di un'ora al telefono con la sua amica di Napoli, parlando di Loperfido, del morto dell'Ikea e della borsa nuova che si era comprata con la tredicesima, dei propositi per l'anno nuovo, che erano sempre gli stessi ogni anno e che si riassumevano in: mi metto a dieta, vado in palestra, mi esercito con l'inglese. Si scambiarono gli auguri e chiusero la comunicazione. Non si era neppure resa conto che era quasi mezzanotte.

«Evvai!», si disse contenta. «Pensavo peggio...».

Tanto per fare, buttò l'occhio al PC e vide che era arrivato un messaggio. Loperfido.

«Esposito, non hai di meglio da fare che scrivere queste stronzate?».

«E lei non ha di meglio da fare che leggerle?».

«In effetti, no. Cosa stai facendo?».

Fu presa dalla tentazione di raccontargli un sacco di palle, tipo che era a una festa con un abito da urlo e i tacchi a spillo, ma da ragazza onesta qual era, gli scrisse che aveva appena terminato una sontuosa cena di Capodanno proveniente da Padova Food e, in tuta da ginnastica e con la maschera sul viso, aspettava che questo cazzo di Capodanno passasse.

«E lei?».

«Leggo. Buon anno, Esposito».

Simmetrie nascoste

Trascorsi il Capodanno da mio fratello Mauro e la moglie Cesarina. I loro figli, miei nipoti, erano partiti anche loro per la settimana bianca, ma quella depressa di mia cognata, in piena crisi da nido vuoto, non faceva altro che messaggiare e chiamare i ragazzi. Ansiosa com'era, aveva cresciuto la prole trasmettendo loro tutte le sue paure e anche quelle degli altri, e a nulla valevano le mie raccomandazioni. Ancora adesso, che erano studenti universitari, organizzava le loro vite come se fossero alle elementari. Mauro abitava in campagna, faceva l'agronomo ed era specializzato nelle viti da prosecco; il loro casale era pittoresco e spazioso, ma io non avrei vissuto in mezzo a quelle colline neppure minacciata di morte. Mauro mi disse, accogliendoci in giardino, che più tardi – prima di mezzanotte – sarebbe arrivato Augusto con la russa.

La cena fu all'altezza della depressa e quando, verso le ventitré, Augusto fece la sua comparsa con la russa, eravamo sazi e ben disposti al dialogo dalle vivande ottimamente preparate. Ludmila doveva aver frainteso il luogo dei festeggiamenti, giacché sfoggiava un abito da mezza sera che sarebbe stato opportuno a una prima della Scala; ma, sforzandomi di registrare ogni dettaglio dell'abbigliamento per riferirlo ad Anna Laura al rientro dalle vacanze cortinesi, decisi di godermi la serata con i miei fratelli e posticipare l'analisi sulla mancanza di gusto dei russi. Alessandro mi telefonò pochi minuti dopo la mezzanotte e il mio cuore di mamma fece un triplo salto carpiato avvitato. Il mio *bambino* pensava a me all'alba del nuovo anno. Nonostante le fidanzate scheletriche con la riga in mezzo e gli amici ubriachi nella baita sulla neve, lui pensava alla sua mamma. Tronfia come una gallina che ha fatto l'uovo più grande, presi a darmi tutte le arie che potevo con la depressa, perché a lei i figli non avevano ancora telefonato. Iniziai un panegirico infinito sul rapporto eccellente che ero riuscita a instaurare con mio figlio. Ovviamente mi guardai bene dal menzionare gli scarsi risultati universitari e i continui rinvii degli esami, concentrandomi invece su quanto mi fosse legato questo mio ragazzo. La conversazione era animata e quando mi avventurai fuori in cortile, Augusto mi seguì col suo sigaro di proporzioni imbarazzanti. Stavo per dire una furbata sul sigaro come simbolo fallico, quando mio fratello maggiore mi prevenne chiedendomi di Anna Laura. Da ragazzi avevano avuto una storiella poi naufragata e io, che avevo accarezzato l'idea di vedere sposati mio fratello e la mia amica, ero rimasta molto male. Ancora adesso sono convinta che i disastri sentimentali di Augusto siano dipesi in gran parte dall'abbandono di Anna Laura che, improvvisamente e senza spiegazioni, troncò la relazione pur rimanendogli amica. Gli parlai di Achille, gli raccontai che era a Cortina e che l'avevano interrogata in merito al morto dell'Ikea. Rimasi sorpresa dal fatto che il mio distratto fratello, tutto dedito al suo lavoro di consulente finanziario, conoscesse bene la vicenda. Conosceva, ovviamente, ciò che passava dai mezzi d'informazione e che a tutti era noto. Sapeva benissimo che Anna Laura e Amilcare si conoscevano e collaboravano dal punto di vista professionale. Stringendomi nel cappotto e resa sentimentale dall'ottimo vino bevuto a cena, mi sentii di dire che, se la sua storia con Anna Laura fosse durata, tutto sarebbe stato diverso.

«Sì, tutto», rispose Augusto, intossicandomi con una nuvola del suo fumo. Restammo senza parlare per un po', poi Augusto se ne uscì con un'affermazione che mi lasciò senza fiato e preda di una violenta tachicardia: «Di' ad Anna Laura che deve stare tranquilla. Non hanno niente in mano».

Spense il sigaro e, senza guardarmi nell'oscurità dell'aia, tornò in sala da pranzo, lasciandomi sola e con mille domande che mi mordevano l'anima. Lui sa tutto. Augusto sa tutto. Oddiooooo.

Cesarine e matrioske

Il Capodanno da mio fratello Mauro non fu tanto male. La mattina del primo ricevetti la telefonata di Anna Laura: era nel centro di Cortina a pavoneggiarsi col generale lungo la via centrale. Avevano in programma di pranzare e poi di far visita a degli amici di Achille in una località dei dintorni. Mi sentivo strana. Ero felice per Anna Laura ovviamente, ma in fondo all'anima una spina mi pungeva. Era paura. Paura di perderla, di non averla più tutta per me, come era stato per decenni. Dovevo trovare il modo di far quadrare il cerchio, dovevo ripensare il nostro rapporto con criteri diversi.

La storia col generale poteva rivelarsi più di un flirt, lei poteva addirittura sposarsi… e lasciare piazza delle Erbe! No, impossibile. Impossibile anche solo immaginare una simile spaventosa eventualità… glielo chiesi a bruciapelo: «Se ti sposi col prode Achille… lasci l'appartamento?».

La risata di gola mi calmò all'istante.

«Sciocchina», mi rispose. «Ma ti pare che io possa convivere con un *uomo*? Non potrei in generale vivere con qualcuno, ma con un *uomo*? *Mai, jamais*! Ora ti lascio, ho visto una cosetta per te qui davanti. Ciao ciao...».

Mi diedi della stupida. Perché avevo pensato che sarebbe cambiato qualcosa? Siamo collaudate io e lei, come dicevamo sempre. Gli uomini vanno e vengono... a parte Felice che resta, ma noi saremo sempre noi.

Da Mauro si erano fermati per la notte anche Augusto e Ludmila, la quale si era presentata a colazione con una vestaglia di pizzo che sarebbe stata bene in un film con Lauren Bacall. Con le pantofole piumate il travestimento sarebbe stato perfetto. Persino la depressa resuscitò da chissà dove un po' di spirito. Scendendo dalla scala che portava in cucina mi sussurrò: «La russa arriva *en travesti*». Non le feci osservare che la definizione non era appropriata. *En travesti*, secondo una stortura del francese, indica un attore che in teatro interpreta un personaggio di sesso opposto. Eppure era già qualcosa che lei avesse fatto una battuta. E poi non volevo essere petulante. Sapevo che in segreto mi chiamavano *la maestrina*. Alle dieci del mattino mia cognata, operativa da almeno tre ore, aveva sistemato le vettovaglie della notte precedente, allestito il pranzo e rigovernato la cucina. Fatta colazione assieme agli altri con caffè, tè, latte, biscotti e marmellate fatte in casa, me ne stavo sullo sgabello a fianco della finestra col pigiama di Gatto Silvestro (mi era parsa cosa appropriata). Osservavo Ludmila che, per nulla a disagio, s'ingozzava di ogni alimento presente in tavola.

«Cesarina, non hai *nutela*?», chiese divorando una fetta del pandoro avanzato dalla sera. Cesarina tirò fuori la *nutela* e io, che convivevo con almeno otto chili di troppo, mi dissi che, tempo due anni, anche lei sarebbe diventata una culona. Si sa che le russe sono belle fino a trent'anni, poi hanno il declino rapido. E i cazzoni che se le sposano, come mio fratello, credono, invece, che saranno belle per sempre; non sanno che diventeranno delle matrioske enormi. Felice era uscito con Mauro per vedere la vigna nuova e Augusto era andato a piedi in paese. Al terzo caffè decisi di lavarmi e vestirmi. Più per proforma che per reale intenzione, chiesi se potevo dare una mano in qualche modo, ma Cesarina, opportunamente, mi rispose di no, che tanto aveva tutto sotto controllo. Eccomi qua, con una cognata che è l'incarnazione della casalinga perfetta, fa le conserve, il punto croce e persino il pane e non trovi un granello di polvere in tutta la casa nemmeno a metterci una taglia. Eppure è depressa. L'altra, una ragazza bellissima, con laurea in Ingegneria mineraria a Mosca, si sposa un sessantenne, e forse lo ama pure. E io? Io sono una docente di Letteratura. E sto scrivendo un libro. Un romanzo, in verità, che di saggi ne ho già scritti più di uno.

E di cosa parla il libro? Di due bambine che abitano nello stesso palazzo. E poiché in quei giorni avevo la lacrima facile, mi commossi e mi misi a piangere.

Scornamiglio: ispettore capo.
Passarelli: ufficio armi.
Pompinello: applicamarche

La mattina del 2 gennaio, alle otto in punto, Luana Esposito si presentò in questura. Loperfido tornava quel giorno e di sicuro avrebbe fatto una mini riunione per fare il punto della situazione. I giornalisti avevano continuato a gonfiare a dismisura il caso del morto all'Ikea. Ora si sprecavano oceani di parole per convincere il mondo che la vittima aveva qualcosa da nascondere, ed era tornata in auge prepotentemente la pista del riciclaggio dei soldi. Alla ragazza veniva la nausea a sentire tutte quelle sciocchezze e, anche se sapeva che la maggior parte delle notizie erano farlocche, non riusciva a capacitarsi di come fosse possibile manipolare la realtà delle cose. Parlavano di un oscuro segreto nel passato della vittima e di un regolamento di conti della malavita organizzata. Testimoni rigorosamente anonimi affermavano che il direttore era sotto ricatto. Doveva parlarne con il commissario. Nella sua ingenuità credeva che ci fosse qualche possibilità di arginare quell'emorragia d'insulsaggini. Nell'ultimo periodo si era trovata quegli avvoltoi di giornalisti ovunque. Da una decina di giorni c'era un bivacco all'ingresso della questura. Loperfido era stato chiaro: nessuna notizia, né ufficiale né ufficiosa. «Prima o poi si stancheranno», diceva. "Ma questi non si stancano", pensava la poliziotta. La notizia aveva avuto una tale rilevanza, che pure i suoi a Capodichino ne erano rimasti impressionati e ogni giorno le chiedevano se c'erano novità. Specialmente suo padre, maresciallo dei carabinieri in pensione nonché appassionato di gialli, le dispensava suggerimenti e visioni nuove del caso. Ma la verità era quella che aveva detto Loperfido. Da questo caso non ne tiriamo fuori un cazzo.

Quando Luana entrò in ufficio vide che la porta del commissario era chiusa. "Non c'è, doveva rientrare oggi", pensò con delusione. Nella stanza che divideva con Scornamiglio c'era il solito caos di tutte le mattine: agenti di altri servizi che passavano per salutare, per fare sosta alle macchinette, per sentire le ultime novità. Il vice di Ruggiu aveva preso sul serio il ruolo e, volendo strafare, si presentò in questura alle sette e quarantacinque a detta di Scornamiglio, informato dall'agente di guardia.

«A quest'ora si sta segnando tutti quelli che arrivano dopo le otto per andare a riferirlo al sardo», malignavano Scorna e i suoi amici della volante.

Posata la borsa sulla spalliera della sedia, Luana si accinse a leggere gli appunti che aveva preso durante la visita a Rovigo. Di nuovo non era uscito niente. In banca, anche se il vicedirettore non era stato interrogato, non c'era nulla da trovare. In giro per la città non si sentiva una sola voce discordante su lodi e attestati di stima per l'assassinato dottor Borgomastro.

Anche se giovane, Luana sapeva che in questi casi, nel mezzo di tante dichiarazioni buoniste, dopo qualche giorno sarebbe arrivata la critica. Sì, certo però... si dice che bevesse... gran brava persona, però amante dei siti pornografici... ecc. Nel caso del morto dell'Ikea, invece, a distanza di tanti giorni non una voce si era levata fuori dal coro. Non un'insinuazione, una mezza frase buttata là, un sussurro, una lettera anonima... niente.

"Che dobbiamo pensare?", si chiese l'ispettore Esposito che tornava, suo malgrado, alla prima intuizione. "Una storia di corna. Di quello alla fine si doveva trattare. Una storia parallela che aveva trovato la sua degna fine". Lavorò ad altri casi, pensando continuamente a quella signora che aveva interrogato come collaboratrice e amica della vittima. Le tornava alla mente a tradimento, e con lei anche l'altra, la sua amica docente del Bo. C'era qualcosa che le sfuggiva. Tutte e due erano all'Ikea quel 21 dicembre. Mah...

Era così assorta a immaginarsi una delle due donne nell'atto di accoltellare il Borgomastro, che non si accorse di Loperfido. Le stava davanti, col giaccone ancora addosso e gli occhiali da sole sulla testa. "Che sole che ci deve essere!", pensò lei ironicamente una volta visto il commissario. La giornata era tetra come può accadere all'inizio di gennaio, con il ghiaccio sulle strade e il freddo che punge le ossa. "E questo ha gli occhiali da sole...".

«Esposito, dormi?».

«No, commissario. Stavo pensando. Quelle due di piazza delle Erbe, la Bottacchi e la sua amica, la professoressa di letteratura. Non sarebbe meglio risentirle?».

«Esposito, se la cosa ti rende felice, le puoi risentire, ma non servirà a niente. E in più, non possiamo giustificare in alcun modo una nuova chiacchierata e rischiamo pure che si incazzino e facciano casino».

«Però io intendevo che dovesse esserci anche lei. Credo che, se le convocassimo a titolo puramente informativo per fare quattro chiacchiere, non avrebbero alcun motivo di lagnanza. E lei potrebbe farsi un'idea in prima persona».

«Esposito, io le ho già viste. So benissimo chi sono. Una e anche l'altra. La Bottacchi è una commercialista molto stimata, amica di questo e di quello; e la professoressa una specchiata docente, sulla credibilità della quale tutti i papaveri della città sarebbero pronti a giurare. Quindi, salvo che tu non abbia delle novità sorprendenti con le quali motivare la convocazione, ti suggerisco di accantonare l'idea».

«Ma commissario... al corso...».

«Esposito, al corso non ci devi più pensare. Al corso non ci sono avvocati, principi del foro che ti fanno un culo così, se non giustifichi ogni singolo passo».

Detto ciò con tono che tradiva una frustrazione profonda, Loperfido lasciò l'ufficio della poliziotta e si diresse nel suo. Poco dopo tornò per chiederle quando sarebbero andati a Rovigo per interrogare il vicedirettore.

"Andati? Wow", pensò Luana con un guizzo. "Ci andiamo insieme".

«Il vice di Borgomastro rientra dal Kenya dopo l'Epifania», rispose cercando di occultare la contentezza con un tono di voce distaccato.

«Benissimo». E se ne andò nuovamente.

Scornamiglio stava inserendo nel computer i rapporti dell'ultima settimana quando, alzando la testa, ricordò a Luana la cena organizzata per quella sera dagli agenti della volante.

«Ah, sì!», disse la ragazza.

«Lo dici tu a Loperfido?».

Presa alla sprovvista, reagì immediatamente e si alzò, grata di quella scusa per tornare nell'ufficio del commissario. Non volle interrogarsi su quell'eccessiva gioia; semplicemente, ignorò i segnali che la ratio le mandava. È una realtà indiscutibile che quando vogliamo fare i sordi agli avvertimenti che noi stessi ci lanciamo, siamo bravissimi a ignorarli. Salvo poi recriminare sulla nostra grande stupidità. Pertanto Luana Esposito, ispettore della omicidi, felicemente fidanzata, accantonò tutta la messaggistica che il suo sistema limbico le inviava e non si chiese perché da qualche giorno non si ricordava di rispondere agli SMS di Saverio. "Saverio... ma io lo amo Saverio", e irritata liquidò l'argomento.

«Senta commissario, stasera hanno organizzato una cena da Nella; ci saremo tutti, almeno quelli oggi in servizio. Se vuole, alle ventuno ci troviamo lì».

Loperfido ascoltò, ma non rispose. Semplicemente non disse nulla. Luana, non sapendo che fare, rimase per qualche istante impalata davanti alla scrivania, poi, visto che reggere lo sguardo di Loperfido era impresa superiore alle sue capacità, girò sui tacchi e tornò da Scornamiglio. Girò sui tacchi... un modo di dire, perché si trattava dei soliti anfibi. Ebbe la sensazione di essersi portata dietro quegli odiosi calzari e di aver lasciato il cuore davanti alla scrivania.

Scornamiglio la guardò interrogativo.

«Be'? Che ha detto, viene?».

«Non ha detto niente», rispose la ragazza tornandosene mogia alla sua postazione.

«Come non ha detto niente. Allora viene? Dobbiamo telefonare alla Nella per avvisare che siamo uno in più». Uh... la pignoleria di Scornamiglio!

«Che differenza vuoi che faccia uno in più o in meno», rispose irritata al collega. «Uno, Scorna, mica dieci...».

«E no, dobbiamo essere precisi, metti che manca un coperto».

«Ma, siamo in quindici... che cambia se diventiamo sedici? Si aggiunge una sedia, no?».

«Eh no, a me queste cose raffazzonate non mi piacciono; quando si organizza lo si deve fare per bene, poi la Nella si lamenta con me».

«Allora telefona. Se poi non viene non cambia niente», tagliò corto la ragazza, che cominciava a non poterne più della pedanteria di Scornamiglio. Il cattivo umore non la abbandonò per tutta la mattina. Inutilmente si sforzava di pensare al viaggio a Venezia e, altrettanto inutilmente, si dedicava a stilare l'elenco dei vestiti da portare. Poco prima di Natale, in un momento di lascivia, aveva acquistato una guêpière di pizzo nero che, secondo la commessa, avrebbe fatto di lei una seduttrice irresistibile. La commessa sapeva il fatto suo e Luana era una *tonna*: le aveva ammollato un reggicalze con annesse calze di seta color carne che, per imparare come si agganciavano, ci voleva un master in meccanica delle componenti elementari. Il massimo cui si era spinta non andava oltre le semplici calze autoreggenti, e anche lì non si capiva per quale misteriosa ragione alle altre stessero su perfette, mentre a lei si arrotolavano e la parte siliconata diventava un cappio intorno alla coscia.

Il telefono suonava di continuo, impedendole di decifrare quel disagio che sentiva dentro, e quando Scornamiglio le disse che dovevano uscire per via di una lite tra vicini di casa, accolse l'incombenza con sollievo. Andarono fuori e Luana passò davanti all'ufficio di Loperfido. Come al solito, la porta spalancata mostrava il commissario nell'atto di farsi gli affari suoi con l'iPad. Luana pensò malignamente che stesse inviando email di contenuto peccaminoso alla donna della procura.

«Commissario, andiamo...», ma non finì di spiegare dove sarebbero andati, perché Loperfido, senza degnarsi di alzare gli occhi dal minischermo, fece l'eloquente gesto col braccio di togliersi dalle palle.

"'Nculu, facc' e merd'...", lo salutò mentalmente Luana.

Uscire con Scornamiglio era ritenuto divertente dai nuovi. Gli aneddoti si sprecavano e tutti avevano avventure divertenti da raccontare. Così, quando Scorna le chiese se voleva andare con lui e l'agente Patanè, lei acconsentì, speranzosa di migliorare il proprio umore. Saverio aveva chiamato due volte, una per dirle che l'amava e l'altra per confermarlo, e Luana fu insolitamente sbrigativa e irritata.

«Ma sì, ci vediamo domani, ciaooo».

Senso di colpa. Il più inutile dei sentimenti.

Signora Ida Malfatti: stilista

«Alla fine ce la siamo passata bene da Mauro, no?».

Felice, assorto alla guida, rispose con un mugugno.

«Due bei giorni e, in fondo, a starci insieme, la depressa non è tanto male».

«Certo, lavora come *'na scecca,* cucina, pulisce e non ti fa fare niente... ci credo che ti piace», bofonchiò mio marito.

M'innervosii e, come facevo quando avevo voglia di sfogarmi, presi a scaricare su Felice tutto il malumore che mi era franato addosso quella mattina. Fui capace, nel relativamente breve tragitto Conegliano-Padova, di dire cose terribili sui parenti di mio marito, scomodando persino nonni e bisnonni. Le feste di Natale mi facevano sempre l'effetto di rivalutare i miei fratelli e le loro famiglie e così anche quel gennaio mi sentivo particolarmente legata e vicina a Mauro e Augusto. Mi venivano in mente episodi di quando eravamo bambini e mi pareva di amarli da scoppiare, questi due miei fratelli. Poi riprendeva il solito tran tran e passavano mesi senza che ci vedessimo o sentissimo. Ma forse, pensavo, lo scopo recondito delle feste di Natale è proprio questo: nuclei familiari sfaldati da lontananze si ricompattano e tutti concorrono alla grande finzione, che vuole famiglie unite, buoni sentimenti, fratellanza e un senso di amore cosmico che fa tanto bene allo spirito. Ci sentiamo più buoni, ci scordiamo di quanto sia invidiosa nostra cognata e ci concentriamo su quanto abbia lavorato a preparare il pranzo, fingendo d'ignorare che le melanzane le ha fatte apposta, perché sa che ci sono indigeste. Anna Laura, da bambina e poi da ragazza, ha sempre invidiato la mia famiglia.

«Che bello... hai dei fratelli, non sarai mai sola. Io, quando morirà la mamma, resterò sola. Tu avrai Mauro, Augusto, qualcuno che ti rammenterà sempre chi sei e da dove vieni, qualcuno che alimenterà la memoria familiare...».

Io all'epoca non capivo questa smania di Anna Laura e la rassicuravo dicendole che non sarebbe mai stata sola al mondo, perché aveva me.

«Ma è diverso», insisteva col tono sconsolato di chi non è compresa. «Quando non ci saranno più i tuoi, non perderai le radici. Ci sono Mauro, i suoi figli. In loro vedrai un tratto o un atteggiamento di tuo padre o tua madre. Così la tua storia familiare non andrà perduta». Allora non capivo, ma col passare degli anni cominciai ad intuire il senso delle parole di Anna Laura. Davo per scontata la mia famiglia, era una cosa ovvia, padre, madre, nonni, zii e zie rompiscatole, per i quali la domenica dovevi metterti il vestito della festa e recitare la poesia in piedi sulla sedia.

La famiglia di Anna Laura allora era composta dalla sola Ida. Da ragazzina volevo sempre sapere se la signora Ida avesse sorelle o fratelli. Venni a sapere dalla merciaia che non ne aveva. Me lo disse con un velo di tristezza. Mia madre poi apprese dalla signora Bureghin del panificio in fondo alla via che era orfana ed era stata cresciuta dalle suore di Santa Maria Bertilla a Vicenza. Un pomeriggio d'estate io e Anna Laura frugavamo di nascosto nell'armadio della signora Ida alla ricerca di abiti e di scarpe per giocare alle signore. Mi ero incaponita a cercare un cappello con veletta. Quando finalmente lo trovai e lo tirai fuori da una scatola, mi accorsi che nel fondo del ripiano del grande armadio, proprio dietro le cappelliere, c'era uno scrigno di legno scuro. Vederlo e decidere di aprirlo fu una cosa sola. Quale alchimia irresistibile impone a chiunque, adulto o adolescente, di non resistere alla vista di uno scrigno segreto? È qualcosa di archetipico, proprio della dimensione misteriosa dell'essere umano; in fondo siamo tutti alla ricerca di un tesoro nascosto.

Sedute sul letto della signora Ida che, se scoperte, ci avrebbe fatto una ramanzina epocale, lo aprimmo con mani tremanti, tra paura ed eccitazione. Dentro c'erano alcune fotografie di Anna Laura appena nata, altre della signora Ida con una divisa da scolara in mezzo ad altre scolare del tutto simili e altre ancora, sempre della signora Ida, in compagnia di due suore con l'abito bianco e il velo a cappellone. Sotto le fotografie trovammo una medaglietta d'argento raffigurante Santa Maria Bertilla e un'altra foto più piccola.

Era di una suora giovane, con sullo sfondo delle persone in abiti laici. Facemmo mille congetture su quelle fotografie. Il passato di Ida apriva la nostra fantasia. «Te ne andrai di sicuro in paradiso, con queste zie», dissi.

Anna Laura si mise a ridere e mi rassicurò che, se ci fosse mai andata, avrebbe messo una buona parola anche per me. Da adulte scoprimmo che con le fantasie di bambine non eravamo andate tanto lontano dalla realtà. La signora Ida, nella sua condizione di persona anziana, ritenne giusto raccontarci la verità. In effetti Ida era figlia di una suorina del convento di Santa Maria Bertilla. A soli sedici anni, sedotta e ingravidata da un riccone, fu internata dalla sua famiglia nel convento, dove maturò la vocazione. Partorì la bambina assistita dalle suore, specialmente dalla superiora, che era anche infermiera. Le fu imposto il nome di Ida, lo stesso della madre superiora prima dei voti. La famiglia della ragazza non si fece vedere. Nessuno dei suoi fece mai visita alla nipotina. Così, per evitare ogni scandalo, fu registrata come orfana, abbandonata davanti alla porta del convento. Il cognome lo fornì la suora cuciniera, impegnata in quei giorni a impastare biscotti malfatti, tanto buoni quanto diversi uno dall'altro perché tagliati, appunto, grossolanamente. E così la piccola Ida divenne Ida Malfatti. Crebbe in convento, dove studiò tecniche commerciali, stenografia, un po' di francese e poco altro. Sua madre, pronunciati i voti, rimase vicino alla piccola senza mai rivelarle la sua identità. A diciotto anni, dopo aver appreso il mestiere di sarta, le fu trovato un impiego presso una bustaia di Vicenza. Lasciò il convento in un giorno di pioggia. Tra lacrime e cuore pesante salutò tutte le suore, che a turno le avevano fatto da mamma. Solo una non l'accompagnò. Rimase tutto il tempo dei saluti a guardare dalla finestra della sua cella. E quando vide la ragazza, col cappottino marrone e una valigia nella mano, seguita da una processione di veli e sottane, avvicinarsi al pesante portone di legno nero, con gli occhi lucidi supplicò: «Madonnina fa che si volti ti prego, ti prego, ti prego, Madre Santa fa che si volti verso di me».

Ida attraversò il portone senza voltarsi. La suora alla finestra si accasciò sul davanzale. Ma, pochi istanti dopo, ecco la ragazza tornare indietro e dirigere lo sguardo verso la cella in alto a destra, alzare un braccio e mandare un bacio con la mano. Poiché la signora Ida era in vena di ricordi, continuò la narrazione e ci raccontò delle lettere che negli anni si era scambiata con le suore di Vicenza. Da loro aveva saputo tutto. Lo rammento come fosse stato ieri mentre è passata una buona decina d'anni. Era inverno, c'era la nebbia. Dopo aver messo a letto Alessandro ero scesa da loro per fare quattro chiacchiere e per lamentarmi del nepotismo imperante all'università. Con i miei titoli sarei dovuta passare al concorso per ordinario, ma come accade spesso mi ero vista superare dal solito figlio di…

Eravamo in salotto. La signora Ida stava nella sua poltrona, avvolta in una vestaglia di seta dai colori sgargianti, le gambe appoggiate su un poggiapiedi e il bastone da passeggio ritto accanto a lei. Da quando si era fratturata il femore, camminava con difficoltà e non si separava dal suo bastone intarsiato.

«La merceria dove avrei lavorato era la più elegante della città. L'insegna recitava: "MAGDA GAUTAMACCHI – MERCERIE, BUSTI, CORSETTI SU MISURA. VICENZA". Il lavoro mi piacque da subito e siccome le suore mi avevano insegnato i fondamentali del cucito e del ricamo, non ci misi molto a imparare a fare busti, pancere e reggiseni conformati per le matrone sovrappeso della città. La signora Magda mi adorava e quando si accorse che il suo unico figlio mi faceva gli occhi dolci, incoraggiò lieta la nostra relazione nascente fino al matrimonio. Lui si chiamava Stefano Bottacchi. Tutte le suore del convento di Santa Maria Bertilla si applicarono per confezionarmi un corredo fantastico. Suor Laura mi regalò il velo, che mi fece consegnare da una consorella. Il giorno delle nozze la signora Magda mi disse che fuori dalla chiesa aveva visto una delle suore del convento intenta a guardare dentro, ma quando si era avvicinata per invitarla ad entrare, era fuggita via senza dire una parola. Il resto lo sapete. «Nascesti tu», fece Ida rivolta alla figlia.

Eravamo donne fatte, con qualche accenno di zampe di gallina intorno agli occhi, eppure ci commuovemmo fino a piangere senza ritegno. Anna Laura si passava il dorso della mano sul naso; io, che avevo preso il rotolo di carta da cucina dalla mensola sul frigo, ne consumai più di metà, inzuppandolo di lacrime e secrezioni nasali.

«La signora Magda morì improvvisamente l'anno successivo e poco dopo il figlio la seguì, ucciso da una peritonite mal curata. Me ne andai da Vicenza. Con i soldi della vendita della merceria e della casa comprai qui. E ora che il drammone è terminato, vogliamo farci un caffè?».

«Oh mamma...», continuava a singhiozzare Anna Laura. «Che bella storia struggente».

«Sì, una bella, struggente storia».

Ora capivo, e anche Anna Laura capì improvvisamente perché la signora Ida, che non andava mai a messa e conduceva una vita sentimentale piuttosto allegra, aveva quel trasporto per tutte le suore che incontrava. E capii perché, anni prima, avesse fatto una notevole donazione al convento delle orsoline di Padova, e perché si recava ogni anno in visita alle suore di Vicenza. "Tutto è chiaro", pensai.

Anna Laura non si muoveva dai piedi della madre. Singhiozzava che non era vero che loro non avessero una famiglia. La loro famiglia era il convento di Vicenza. Tutte le volte che lei avesse sentito il bisogno di immergersi nel suo passato, era là che sarebbe dovuta andare. Non riuscivo a smettere di piangere e, pur tra le lacrime copiose che m'inondavano il viso, mi resi conto che, se volevamo una tazzina di caffè, avrei dovuto farlo io, come sempre.

Saverio e il pelo pubico estirpato

Alle sette di sera di quel 2 gennaio, trascorso inutilmente come altri giorni sprecati, Luana, con il balsamo districante sui capelli e l'accappatoio umido addosso, stava sprofondata sul divano guardando il televisore acceso senza audio, incapace di compiere una semplice azione come prepararsi la borsa per l'indomani. Non vedeva Saverio da fine settembre e aveva contato i giorni e le ore in attesa di queste fatidiche date: 3 gennaio, 5 gennaio. Venezia. Hotel Santa Maria del Giglio, a due passi da San Marco. Quando aveva prenotato, si era accertata che le finestre si affacciassero sul Canal Grande. Aveva immaginato le notti d'amore in quella stanza dal copriletto damascato e la tappezzeria in seta azzurra. Aveva immaginato il loro arrivo, la reception, la consegna delle chiavi, mentre Saverio già nell'ascensore l'abbracciava e la baciava con l'urgenza del desiderio represso. Dopo, molto dopo, momentaneamente sazi, avrebbero camminato per la città. Mano nella mano, approfittando di ogni calle nascosta per abbracciarsi e baciarsi. Le venne da piangere. Si sentiva miserabile e meschina, si sentiva in colpa per l'eccessiva importanza che stava dando a quella serata in pizzeria con i colleghi. Si sentiva in colpa per l'eccitazione e per l'inopportuno desiderio che il commissario alla fine si facesse vedere. "Che m'importa di quello? Ma chi lo calcola?", si diceva come per convincere qualcuno che stava dentro di lei e che improvvisamente si era messo a fare i capricci, scompigliando le carte della sua ordinata vita amorosa. Si dette della stupida per aver pensato, in un momento in cui l'autocontrollo era andato a farsi un giro, di mettersi al meglio: vestito corto, tacchi e calze velate. "Che vedesse che belle gambe che ho". Ma ora se ne vergognava. Lei amava Saverio. Era per lui che avrebbe voluto essere al meglio, per lui che si era depilata completamente per fargli una sorpresa... "Oddio", si disse. "E se non gli piace?". Maledisse i consigli di Assunta, che era una teorica del *mons Veneris* implume. Tanto aveva fatto che l'aveva convinta. Ceretta brasiliana. Un dolore atroce. "Mai più", si promise.

La telefonata della Gagliardi la distrasse dall'ansia del pelo pubico estirpato. Voleva sapere se andava con la sua macchina o se doveva passare a prenderla.

«No, no», rispose. «Vengo con la mia... sai, domani parto presto e così torno a casa quando voglio».

Luana Esposito! Si rimproverò davanti allo specchio del bagno, ancora appannato dal vapore. Chi vuoi prendere per il culo? Vai con la tua macchina per essere più libera. Metti che ci sia da accompagnare Loperfido... Era noto a tutti in questura che il commissario non amava guidare. Faceva molto uso di taxi e si muoveva spesso a piedi. Utilizzava la sua auto solo per tornare a Vicenza.

I capelli, asciugati col diffusore e la schiuma, divennero mossi e vaporosi. Decise di truccarsi il meno possibile. Che non venisse in mente a qualcuno che si fosse messa in tiro per una pizza tra colleghi. Poco fard, un po' di mascara e, come tocco finale, un rossetto ambrato. Si mise un vestito corto. Al posto delle décolleté a tacco alto che aveva previsto, scelse gli stivali bassi, meno pretenziosi e più sportivi. S'infilò il cappottone nero, la sciarpa, i guanti e uscì.

Arrivò dalla Nella alle ventuno e qualche minuto. Fuori sostava un capannello di colleghi, intenti a fumare e chiacchierare. Ma quando vide le colleghe, le venne un colpo. Anche con i cappotti addosso si vedeva chiaramente che avevano tirato fuori l'artiglieria pesante: tacchi, minigonne, scollature, e sotto un giaccone aveva intravisto persino un bustino alla burlesque. Camminando spedita con i suoi comodi stivali bassi, li raggiunse.

«Esposito», l'apostrofò Scornamiglio. «Lo dico sempre che a te la divisa non rende merito...».

«Baci, abbracci con tutti. Chi manca?».

«La solita, la Gagliardi», disse la Mancuso. Le altre colleghe le conosceva solo di vista: c'era la culona dell'ufficio armi con una mantella color zucca che la faceva sembrare un tendone da circo e, accanto a lei, la raccomandata dell'ufficio passaporti, la scheletrica Manganello soprannominata da tutti Pompinello, per via di una storiaccia risalente ad alcuni anni prima. Della storiaccia non si parlava più, ma il soprannome era rimasto. Entrarono e Nella in persona andò loro incontro per accoglierli. Presero posto con la consueta confusione che si vede in questi casi. Ognuno cercava di sedersi vicino a chi conosceva meglio. Luana si posizionò tra Scornamiglio e la Gagliardi, arrivata in quel momento. La Gagliardi aveva un bambino che gestiva con mille difficoltà e un marito che spesso non faceva la sua parte. Di Loperfido nessuna traccia. La serata fu un mezzo disastro, almeno dal punto di vista di Luana. In realtà l'unico motivo per il quale era andata era la speranza che ci fosse il commissario; per il resto le cene tra colleghi le trovava stucchevoli e noiose. Ognuno se la faceva con chi conosceva già e se lo scopo era far avvicinare colleghi di altri settori, non lo si raggiungeva mai. Le postazioni si dividevano inesorabilmente per reparto e se lei doveva passare una serata attaccata a Scornamiglio, che già vedeva dieci ore al giorno, no, grazie!

Cercò di partecipare alla conversazione, s'informò sulle attività dei colleghi vicini, chiese alla Gagliardi se per caso le avessero concesso la riduzione del turno per occuparsi del bambino; le rispose che non l'aveva nemmeno chiesta. «Ruggiu non gradisce, *inteso mi hai*? Se vuoi fare un minimo di carriera qui dentro», riprese la collega, «meglio che certe cose le lasci perdere». Lei pensò che non avrebbe voluto fare carriera a Padova… se ne voleva andare al più presto e cercava di fare del suo meglio solo per accelerare i tempi del trasferimento. A Napoli sarebbe stato tutto diverso, ne era certa. Poi si era anche iscritta al corso di specializzazione, che prevedeva otto settimane a Quantico in

Virginia, per un laboratorio di comunicazioni e computer, dove gli agenti americani erano inviati per diventare agenti speciali dell'FBI. Tutti le avevano detto che era quasi impossibile entrarci, che ci volevano raccomandazioni molto in alto, ma lei la domanda l'aveva fatta. Era talmente certa che l'avrebbero presa, che già si stava attivando per migliorare il suo inglese. La Gagliardi l'ascoltava ammirata. «Ecco l'atteggiamento giusto», interloquiva. «Non farsi influenzare da cosa dicono gli altri; tu sei la prova che persino in questo paese ogni tanto le cose seguono una certa giustizia...». Improvvisamente la collega alzò gli occhi in direzione della sala e disse: «Oh! Oh! Ecco il nostro caro commissario che viene a farci un salutino». E in effetti Loperfido, con tutta la sua perfidia al seguito, era entrato nella sala della cena e, facendo lo sforzo di fare un saluto comune alzando il braccio verso la tavolata, prese una sedia e si mise a fianco della Pompinello e della sua amica grassona.

I convenevoli si sprecarono. Scornamiglio solerte si alzò da tavola per fare gli onori di casa e quel lecchino di Patanè non sapeva più che pesci pigliare, perché portassero qualche genere di conforto all'eroe in disarmo.

«Il commissario s'è messo vicino alla Pompinello», le sussurrò sotto voce la Gagliardi. «Sentirai domani le chiacchiere...».

Luana finse di sorridere, ma l'umore, già non brillante, divenne nero.

«Che cazzo è venuto a fare a mezzanotte? A rimorchiarsi la Pompinello?». Sorprendendo se stessa e anche la Gagliardi, che l'aveva sempre vista come una ragazza posata e fine, non usa a pettegolezzi, si scusò con una giustificazione patetica sul brutto caso dell'Ikea e sottolineò come Loperfido fosse in perfetta sintonia col suo cognome. Poco dopo il caffè, Luana non riusciva più a guardare il commissario che faceva il cicisbeo con la Manganello. Eh, sì! Lui rideva e, sorpresa delle sorprese, sussurrava all'orecchio della poliziotta cose molto divertenti, visto che lei sembrava una gallina col carnet di ballo pieno. Così decise di andarsene. Salutò tutti con la scusa che l'indomani sarebbe dovuta partire presto, e si diresse al guardaroba per riprendersi il cappotto. Loperfido si alzò, la seguì e la raggiunse, mentre lei combatteva per indossare una delle maniche. Galantemente l'aiutò tenendoglielo dal bavero e le chiese: «Dove vai domani Esposito?».

«Come dove vado? Ho i due giorni liberi, vado a Venezia. Me le ha firmate lei le ferie, non si ricorda più?».

«Esposito, non è che io tenga a memoria tutti i particolari relativi alla tua vita».

«Certo che no. Ma siccome sono settimane che ne parlo...».

«Ah, vai a Venezia in gita romantica col tuo fidanzato?».

«Sì. E non vedo l'ora», si sentì in dovere di aggiungere, dandosi immediatamente della sciocca. A cosa serviva puntualizzare una cosa che doveva essere ovvia?

«Commissario io vado, sono sicura che la dottoressa Manganello si starà chiedendo dove sia finito». Con quest'ultima battuta, che era un autogol per il suo orgoglio, gli voltò le spalle e uscì dal locale. L'aria era fredda: sarebbe ghiacciato, quella notte. Con la testa insaccata dentro le spalle per proteggersi dal gelo, si trovò a sperare che il commissario la seguisse. Ovvio che lui non lo fece. Doveva intrattenere con facezie divertenti l'ispettore Pompinello, dell'ufficio passaporti.

Dubito dunque sono

L'appartamento di piazza delle Erbe era vuoto e desolato. Anna Laura era ancora a Cortina, dimentica di tutto e, abbarbicata al suo generale, probabilmente si sollazzava con amplessi luuunghi, molto luuunghi. Alessandro era in montagna e le altre amiche se n'erano andate a Sharm el Sheik a godersi le bellezze del Mar Rosso. Quelle due, che non sapevano nemmeno nuotare! Mi sentivo sola e abbandonata da tutti e se non fosse stato per Felice mi sarei sentita ancora peggio. Con un ritrovato slancio nei confronti di mio marito, lo raggiunsi in studio dove si era rinchiuso sin dall'arrivo da Conegliano e, cogliendolo alla sprovvista, lo circuii con avance degne di una seduttricc consumata. Stupito da tanto ardore Felice reagì prontamente e pur sorpreso da tanta iniziativa, non perse tempo ad analizzare il fenomeno. Se lo godette, punto e basta. Se c'è una cosa che con Felice ha sempre funzionato, è il sesso. Anna Laura saggiamente commentava che, finché c'è sesso, c'è speranza.

Con l'umore migliorato dopo un'appagante sessione di sesso domestico, mi accinsi a lavorare. Andai in camera mia e decisi che quella sera avrei scritto almeno venti pagine del mio infinito romanzo. Acceso il PC, cercata la cartella denominata “Erm Rom”, ecco che il telefono iniziò a vibrare. Anna Laura.

«Ermi, come stai?».

«Be’? Cos’è, ti sei improvvisamente ricordata che esisto? O il generale ha finito le munizioni?».

«Ermi, ti voglio bene».

«Lo so».

«Ermi, sono tanto felice».

«So anche questo». Lo dissi, ma in realtà non lo sapevo davvero. O meglio intuivo che l’incontro col generale e il corteggiamento con tutti i crismi, al quale lei non era avvezza, l’avessero destabilizzata. In fondo, Anna Laura per trent’anni non aveva saputo cosa fosse essere la donna numero uno di un uomo. Quella canonica. Era stata solo quella che si deve far arrivare con la propria auto, che se no qualcuno la vede. Capivo, quindi, la sua felicità. Mi sfuggiva, invece, la logica di tutto ciò. “Ragioniamo”, mi dissi. Se l’ha ammazzato lei il *viscido*, sebbene a mio parere abbia fatto benissimo, come può non avere rimorsi? Ha paura che la scoprano? Deve ancora elaborare il delitto commesso? L’adultero, per quanto difficile da credere, era pur sempre un essere umano e Anna Laura era incapace persino di pestare una blatta. Quando le trovava in casa le prendeva con una salviettina e le buttava fuori dalla finestra. Cazzo, come ha fatto a piantare un coltello da costata nel *copin* del pidocchioso? E dopo averlo fatto, se lo ha fatto, come può essere andata a Cortina a ballare il tango col generale, guancia a guancia e con una rosa tra i denti? Se invece non è stata lei, cosa che io personalmente ritengo più verosimile, come spiegare la sua assenza di dolore? Incomprensibilmente per me, che l'ho conosciuto, lei amava Amilcare. O quanto meno lo ha amato fino all'alienazione. E Amilcare muore ammazzato all'Ikea di Padova, lui che è di Rovigo e all'Ikea non ci aveva mai messo piede. Ora qualche domanda dovrebbe pur farsela, no? Ma chi è stato? Ma come è possibile? "Il mio amore Amilcare, morto accoltellato" e invece niente. La sera dopo il fendente mortale se ne va al circolo ufficiali e incontra Achille. E Amilcare? Dimenticato. Forse l'amore delle donne, quando è forte e lotta contro tutto, alla fine si smemorizza. Mi persi nei miei pensieri dimenticandomi di Anna Laura all'altro capo del telefono. A proposito di smemoratezze varie.

«Ermi, avevo così paura della solitudine che mi ero convinta di amarlo, anche quando in realtà non lo amavo più. Ermi?».

«Sì?».

«Ermi, se sapevo che era così, lo ammazzavo prima...».

Panico.

«Oddio! Anna Laura, cosa hai detto?».

«Ma dai che scherzo, Ermi». La risata era sgorgata repentina dalla gola di Anna Laura. Segno inequivocabile che si stava prendendo gioco di me.

«Anna Laura ti prego. Non scherzare mai più in questo modo. Tu scherzi, ma intanto alla polizia sono convinti che sia stata tu».

«Ermi non sono stata io. Eravamo insieme all'Ikea, ti ricordi? Quando lo avrei accoltellato?».

Non capivo. Stava scherzando o si prendeva gioco di quelli che intercettano i telefoni? Perché di una cosa era convinta Anna Laura. E lo compresi bene anch'io. Il suo telefono era controllato. Diversamente, non si spiegava questa farsa della chiamata con tanto di presa per il culo degli inquirenti. "Anna Laura sta giocando col fuoco", pensai. "Macché fuoco", mi dissi poi. "Quella sta facendo dello spirito, e intanto un meteorite si è staccato da un asteroide e si sta dirigendo ad una velocità di ben quarantaquattro volte superiore a quella del suono a frantumarsi sulla sua testa".

Porgendo gli *adieux* a Saverio.
M'è scarut' do core!

Alle ore diciotto del 5 gennaio l'agente Luana Esposito rientrava in servizio. In portineria c'era un agente che Luana trovava simpatico come una *defecatio* su un cespuglio di ortiche. Mostrò dunque il tesserino e, senza dire una parola, entrò nel suo ufficio. Era deserto.

Scornamiglio era in riposo e sarebbe tornato solo l'indomani. In questura regnava la desolazione. Poco mancò che la ragazza girasse i tacchi e se ne andasse via. Sulla sua scrivania c'erano due post-it che l'avvisavano di chiamare Loperfido al rientro e il solito raccoglitore che, dotato di vita propria, si riempiva appena giravi gli occhi dal tavolo. Erano una cancrena, quelle carte. Se ti mettevi in testa di evaderle giorno per giorno impazzivi perché, come ne eliminavi un mazzo, eccone un altro che si materializzava prodigiosamente sulla pila. Per questo i suoi colleghi avevano adottato la strategia dell'indifferenza, a parte Scornamiglio naturalmente. Il suo raccoglitore di carte era sempre ordinato, ossia vuoto. Come facesse, era un mistero rimasto insoluto. Si affacciò alla porta dell'ufficio delle colleghe Gagliardi e Mancuso, ma non c'era nessuno.

Dagli uffici più lontani giungevano un mormorio e gli squilli del telefono. "Bene", si disse. "Almeno non sono sola in questa pianura spopolata".

Andò alle macchinette più per abitudine che per vero desiderio di quella brodaglia che si ostinavano a chiamare caffè. C'era il *caffè* e poi c'era quella cosa delle macchinette. Si sentì incoerente, ma si sottomise alla forza dell'abitudine e schiacciò il tasto "caffè lungo". Il rumore del bicchiere e poi il sibilo del liquido la calmarono. Si sedette sulla panchina del corridoio, fissando inebetita le scritte dei bidoni della spazzatura. PLASTICA. NO LATTINE. CARTA. NO OGGETTI IN METALLO.

Vedendola da lontano, le si avvicinò la più volte citata collega dell'ufficio armi: la culona, per chi se ne fosse dimenticato. Luana registrò con invidia che non portava la divisa. "Non ce ne sono della sua taglia", si rispose maligna.

«Ciao, anche tu in servizio, eh?».

"No, sto aspettando che mi ricrescano i peli", avrebbe voluto risponderle.

«Sì, arrivo adesso».

«Qui? Tutto calmo?».

Si sforzò di mettere insieme qualcosa che avesse una parvenza di conversazione.

«Sì, niente di speciale, il solito».

«Vabbè, ti saluto, vado via. Buon lavoro».

«'Nculu... *Tropp' care e amare m'è custat' stu cafè*».

Decise di chiamare Loperfido il più tardi possibile. Era meglio se prima si fosse immersa completamente nell'atmosfera della questura, si fosse riletta tutti i rapporti ai quali stavano lavorando, specialmente quello sul morto dell'Ikea, del quale c'era poco da leggere, e avesse riposto nel cassetto della sua mente i due giorni a Venezia.

Era in lacrime, quando la sera prima aveva chiamato Assunta. Si era nascosta nel bagno della sontuosa camera dell'albergo e, facendo scorrere l'acqua, aveva fatto il numero dell'amica, pregando che non fosse occupata a limarsi le unghie. La fortuna le fu madrina e Assunta rispose al primo squillo.

«Assù...», singhiozzo. «Assù...». Tirata su col naso. «Assù, non so che mi succede...».

«Uè Luà, *calma e sang fridd n'aggiu capit nient*».

«Assù...».

«E Assù, Assù... *sugn cà*...».

«Assù, sono a Venezia. La stanza è una favola. Dal letto si vedono il Canal Grande e tutte le luci della città. Pare una fiaba».

«E?».

«Assù, non lo voglio più Saverio!». Ecco, l'aveva detto.

«*Shhh*, parla chianu... Lui dov'è?».

«Sta a letto. Si sta riposando».

«Ma è successo qualcosa?».

«No, niente. Quando sono arrivata ieri, lui già mi aspettava a piazzale Roma. Mi è corso incontro. Poi siamo venuti qui».

«E allora? Che è, non gli è piaciuto che *ti si levat i pil*?».

«Ma che pil Assù, anzi... No, ero io che... non so come dirti. Ho faticato a mostrare un po' di passione. Mi capisci?».

«Ma lui si è accorto di qualcosa?».

«No, non credo. Assù, io tutto il tempo pensavo di stare con un altro. Solo così ho potuto».

«*Rafaniell fatt'accattà a chi nunt conosc*... e scommetto che l'altro in questione teneva la faccia da culu del commissario».

«Assù, aiutami che devo fare?».

«Calma, ora non devi fare niente. Mo te ne vai di là e ti metti a letto abbracciata a Saverio. Ti passi sti due giorni meglio che puoi. Poi, quando torni a Padova, ci pensi e ci rifletti bene. Davvero vuoi mettere a repentaglio la tua storia con Saverio? Questo è un momento, un capriccio dovuto alla noia di startene da sola lassù. Vedrai che domani, appena Saverio parte, ne sentirai la mancanza. E ti renderai conto che lo ami ancora».

«Sì, Assù! Sì. Davvero andrà così?».

«Certo che andrà così».

Era tornata a letto e si era rannicchiata in un angolo per non svegliare il suo fidanzato. Se si fosse svegliato, ne era sicura, avrebbe voluto di nuovo fare l'amore. E lei non ce la poteva fare di nuovo. Cercava di riportare alla mente gli amplessi passati, di ridestare il desiderio per quell'uomo che si era perduto chissà dove, di come un tempo riuscivano a far l'amore ovunque e in ogni momento, quando all'inizio della loro storia dovevano ritagliarsi le poche ore libere dallo studio o dal lavoro. Si sentiva depressa e svuotata. Aveva finto un trasporto che non provava affatto, aveva risposto simulando una passione che era ben lontana dal sentire, maledicendosi nel constatare che quella di lui era intatta e immutata. Quando la notte prima aveva graffiato a sangue la pelle della schiena di Saverio, lui aveva pensato che fosse il piacere a guidarla. Invece era una rabbia furiosa, una rabbia che la spingeva a graffiarlo e picchiarlo con le nocche delle mani, mentre, disgustata da se stessa, non faceva altro che aizzare l'eccitazione di lui. Neanche le lacrime aveva capito. Quando ansante le rotolò a fianco e le vide gli occhi pieni di lacrime, Saverio la strinse a sé, chiamandola amore e vita mia.

I due giorni tanto attesi erano arrivati, ma lei non era più la stessa. E col dolore che mordeva come una muta di cani rabbiosi, continuava a chiedersi cosa fosse successo. Solo una volta lo sguardo di Saverio si era fatto più indagatore. Erano a cena. Passeggiando per la calle lunga, che avevano scoperto tra San Barnaba e San Trovaso, assorti a contemplare la magnificenza della Serenissima, si erano imbattuti in un ristorante che aveva l'aria di non essere il solito posto da turisti. Erano entrati e in poco tempo avevano avuto un tavolo. Saverio si era intrattenuto col cameriere e dopo qualche minuto erano già amici. Avevano un passato comune come maratoneti. A breve si sarebbe svolta la Strà-Venezia, la famosa gara podistica lungo le vie e i ponti, come segnalavano ovunque i manifesti e le locandine pubblicitarie. Il ristorante figurava tra gli sponsor della maratona e Saverio si spinse fino al punto di volersi iscrivere. Quando il ragazzo li lasciò alla loro intimità, lui la fissò negli occhi con insistenza. Per qualche istante Luana temette che le avrebbe chiesto qualcosa. Ma il momento passò e Saverio tornò sorridente a osservare la gente che li circondava.

Il nominato caffè lungo delle macchinette le bruciò lo stomaco. Luana si prese una merendina al distributore per attenuarlo. Cercando di aprire la confezione con i denti, si avviò nel suo ufficio e, poiché non lo aveva visto, si scontrò con Loperfido che arrivava dalla direzione opposta.

«Esposito, non te ne hanno dato da mangiare a Venezia?».

«Commissario... stavo giusto per telefonarle, avevo capito che non c'era».

«E, infatti, non ci sono. Io non sono qui, chiaro?».

Col cuore che batteva come se avesse corso a perdifiato, la ragazza abbassò il braccio con cui teneva la merendina e decise di andarsene nel suo ufficio, ignorando ostentatamente l'uomo che la seguiva. Non appena entrata, la ragazza chiuse la porta in faccia al commissario che, riapertala di colpo, l'aggredì con un: «Ma che fai Esposito?». Lei ignorò la domanda e richiuse la porta. Lui la riaprì.

«Che gioco è? Che magari mi diverto anch'io».

Lei lo ignorò. Si sedette alla sua scrivania e si mise a selezionare le carte accumulate. Poi avviò il computer e prese a rileggersi il rapporto del caso dell'Ikea.

«Esposito che gioco è?».

«Scusi commissario, ma io non vedo nessuno qui. Lei ha appena detto che non c'è. Quindi decida lei: c'è o non c'è?».

«Esposito, l'ironia da strapazzo riservala per i tuoi fan, ok? A proposito, non hai l'aria di chi ha passato notti di selvaggia e animalesca passione, lo sai? Hai l'aria di chi è delusa e frustrata e si attacca alle merendine del distributore. Attenta Esposito. Rischi di diventare una culona come la Passarelli».

«Commissario, bentrovato. È appena arrivato?», replicò la ragazza con tutta la faccia tosta che riuscì a mettere insieme. «Visto che è qui non serve che le telefoni, giusto? Di cosa mi voleva parlare?».

Loperfido, per la prima volta spiazzato, non seppe come rispondere e, per mantenere un barlume di dignità, se ne uscì dall'ufficio della ragazza per andarsene nel suo. Luana sentì sbattere la porta. Così Loperfido l'aveva chiusa: sbattendola. Questa sì che era una notiziona.

Diablo.
Certe sintonie trascendono il tempo, lo spazio e la specie

Il commissario Loperfido, all'età di quarantasei anni, aveva all'attivo un divorzio, una relazione successiva finita dopo nemmeno un mese di convivenza e una serie di varie amicizie con donne e ragazze che si erano illuse di poterlo domare. Poiché l'accusa che le sue, chiamiamole così, fidanzate gli rivolgevano più spesso era di essere anaffettivo, ossia con una grave patologia emotivo-relazionale, volle confutare tale assunto in maniera definitiva. Si comprò un cane. La fidanzata numero tre, dall'alto della sua laurea in Psicologia, interpretò l'arrivo di Diablo come una conferma della sua diagnosi e, poiché l'esemplare canino in questione era tutto tranne che simpatico, l'interpretazione della psicologa si spinse fino a parlare d'identificazione dell'uomo con il cane. Le domande sul perché proprio *quel* tipo di cane si sprecarono. Per amore di verità narrativa, infatti, va detto che, fermo restando l'amore appassionato per tutti gli animali, il Diablo in questione era davvero un odioso, abbaiante, isterico microcane, che chiunque avrebbe volentieri spiaccicato sotto le suole delle scarpe. Chiunque, tranne Loperfido. Lo amava teneramente e col trasporto che si dedica ad un figlio.

Fu amore a prima vista, un *coup de foudre* come mai aveva sperimentato nei confronti di una donna. Neppure per sua moglie, che pure riteneva di aver amato alla follia. Diablo entrò nella vita di Loperfido un sabato mattina. Lui era alle prese con un caso complicato. La fidanzata dell'epoca lo tormentava, accusandolo di intrattenere rapporti stretti con la ex moglie. Mandò all'aria un fine settimana al mare con la ragazza e si trovò a vagare da solo per la città senza sapere cosa fare. Il centro di Vicenza al mattino gli era sempre piaciuto. Passeggiava distratto, cercando di decidere in quale bar fermarsi per un aperitivo, quando si accorse che, dove una volta c'era un negozio di tendaggi e accessori per la casa, avevano aperto un negozio di animali. Si fermò a guardare la vetrina, affascinato da un acquario, nel quale nuotavano pesci dai colori improbabili, e lettini e culle per cani e gatti. Nella vetrina a fianco c'erano delle tartarughe di terra talmente brutte da risultare simpatiche e delle gabbie con pappagallini nani che si dondolavano nell'altalena della voliera. Entrò senza averlo deciso veramente.

Il negozio era grande ed era gestito da un ragazzo con i capelli rasta, lunghi e tutti arruffati, tenuti indietro con un cerchietto di brillantini blu elettrico. Completavano il look dei pantaloni col cavallo alle ginocchia e una maglietta verde militare. Poteva passare benissimo per uno spacciatore. Il poliziotto osservava la delicatezza e l'abilità con cui il giovane maneggiava criceti e uccellini, puliva le gabbie e curava quei minuscoli animali con una grazia che mal si adattava al suo abbigliamento. Con le mani dietro la schiena si aggirava per il locale, quando volse lo sguardo verso il punto dal quale proveniva un abbaiare stridulo. In una cesta, ai piedi della porta che conduceva sul retro, c'erano dei cuccioli di cane di una razza che Loperfido non aveva mai visto. Erano quattro, ma uno era particolarmente arrabbiato e continuava ad abbaiare istericamente, agitando il corpo canino in miniatura. Il ragazzo si diresse verso la cesta e si abbassò con dolcezza. I pantaloni già pericolosamente bassi lasciarono in evidenza il giovane deretano, bianco, peloso e tatuato.

«*Shhh*, bello che c'è?».

Prese in braccio l'isterico e cercò di cullarlo come avrebbe fatto un padre amorevole col neonato in preda alle coliche. Gli altri fratelli, finalmente liberati dallo spaccapalle, si calmarono, mentre il ragazzo continuava a cullare e consolare l'ossesso.

«Scusi, ma che razza è?», chiese Loperfido, improvvisamente interessato.

«È un zwergpinscher toy, gli altri li ho venduti, li tengo solo fino a che non li svezzo, ma questo non lo vuole nessuno perché ha un caratteraccio». Loperfido si avvicinò e fece l'atto di prenderlo dalle braccia del proprietario.

«Guardi che non è molto socievole», fece il ragazzo sorridendo. Loperfido, senza dire una parola, continuava a tenere le braccia tese. Il ragazzo gli porse la bestiola, che riprese ad abbaiare e ad agitarsi furiosamente. Il giovane desistette e se lo riappoggiò al petto. «Su, su Lapo... *shhh*».

Ritrovatosi sul petto del padrone e momentaneamente tranquillizzato, l'animale puntò gli occhi canini in quelli dell'uomo davanti a sé. Erano occhi di sfida.

"Mi sta mettendo alla prova", si disse il commissario. «Va bene cane. Tu mi sfidi? Eccomi!».

Trattenne gli occhi in quelli neri e rotondi della bestia. Per una manciata di secondi si osservarono senza che nessuno dei due volesse cedere per primo. Sembrava un film western di Sergio Leone dove i due pistoleri, fronteggiandosi, si guardano con cattiveria negli occhi per un tempo insopportabilmente lungo.

"Cane, io non cedo", gli disse mentalmente Loperfido.

"Uomo, figurati io", gli rispose mentalmente il microcane.

"Cane! Io e te andremo d'accordo".

"Uomo! Non credo proprio".

"Cane! Proviamoci".

"Uomo! Non ho alcuna intenzione di fare da cavia a te. Sparisci, se no mi metto ad abbaiare che ti stimpano".

"Cane! Io sono un poliziotto. Non ti piacerebbe fare il cane di un poliziotto?".

"Cane-poliziotto? Mmm, potrei pensarci".

"No, non cane-poliziotto. Non hai il fisico per fare il cane-poliziotto. No no, solo il cane *di un* poliziotto".

Il ragazzo che, a dispetto dei tatuaggi e dei capelli, era veterinario con tanto di laurea con quarantotto esami e di specializzazione negli animali da affezione, assisteva senza manifestare la minima sorpresa al dialogo muto che si stava svolgendo tra il suo Lapo e quell'individuo e, poiché a stare tanto con gli animali si finisce per capire qualcosa di più anche degli uomini, aveva compreso che Lapo aveva trovato una casa. Porse il cane a Loperfido, sicuro della sua mossa. Loperfido lo prese in braccio; era piccolissimo, ma non tremava. Lo guardava negli occhi con cattiveria e sfida.

"Io accetto di fare il cane di un poliziotto, ma ti avverto: ho un caratteraccio", gli dissero quegli occhietti tondi e lucidi.

"Nemmeno io scherzo", rispose il poliziotto con i suoi occhi chiari e umidi.

"E tanto perché tu lo sappia, vengo con te solo perché potrebbe capitarmi di peggio: una fraschetta bionda che mi mette un ridicolo collare di brillantini e mi trasporta dentro una borsetta di Hermès... e mi continua a chiamare Lapo, bleah!".

"Niente collare di brillantini e niente Lapo, te lo prometto", rispose mentalmente Loperfido.

"E niente borsetta", ribadì il cane. "Nemmeno di Gucci o Chanel o altro".

"Niente borsetta".

"Mi tratterai come un vero cane?".

"Sì, te lo prometto".

"Ok!".

Il veterinario che osservava il cane in braccio al nuovo padrone aspettava di sentirsi rivolgere le solite domande: quanto cresce, cosa mangia e via di seguito. Loperfido non chiese nulla. Neppure il prezzo. Chiese solo quando poteva portarselo a casa.

«Ancora due settimane», replicò il rasta. «Lo vaccino, gli metto il chip e poi lo potrà portare via».

Quando glielo rese, sentì le braccia improvvisamente vuote. E sì che quel cane non pesava niente.

«Si chiama Lapo», disse il negoziante.

Loperfido non rispose. Lapo era un nome che al cane faceva schifo. Glielo aveva detto chiaramente che una delle condizioni per accettare di fare il cane di un poliziotto era cambiargli il nome. Ne voleva uno più appropriato. Un nome che lo qualificasse per quel che era, un cane da difesa, cattivo e aggressivo. Anche se piccolo.

"Che ne dici di Diablo?".

"Dico che può andare", rispose la bestiola.

Entropia, disordine, caos

La sera dell'Epifania, che tutte le feste si porta via (*alleluia*), mentre stavo cambiando tutti gli avverbi delle poche pagine del mio romanzo, arrivò un SMS di Anna Laura: «Sono tornata, salgo».

«Oh! Uccidete il vitello grasso gente, è tornata la figliol prodiga», dissi ad alta voce. Siccome la casa era deserta, nessuno mi rispose che non era tempo di vitelli grassi, che al massimo si potevano citare le vacche magre. Ero sola, tanto per cambiare. Alessandro sarebbe tornato l'indomani e Felice era al giornale. O almeno così mi aveva detto, uscendo di casa.

«Ermì», con l'accento sulla "i". «Vado al giornale...».

Trovavo insopportabile quell'Ermì con l'accento. I parenti di Felice si chiamavano tutti con nomignoli con l'accento: c'era il cugino Fefè, il secondo cugino Sasà e il cognato Mimì... ah sì, poi c'era Totò, Pepè e via accentando. Anche Anna Laura mi chiamava Ermi, ma senza accento e, se permettete, è tutta un'altra cosa. Chiusi la cartella "Erm Rom" senza aver modificato un solo avverbio e per l'ennesima volta mi dissi che questo romanzo non l'avrei finito mai. Andai in cucina a preparare la moka come al solito. La vacanziera di sicuro avrebbe detto: «Ci facciamo un caffè?», che nel suo linguaggio voleva dire «Fallo». Mi disposi nell'attesa del solito bussare. Eccola. Aprii la porta, mio malgrado felice che fosse tornata. Mi era mancata Anna Laura, nonostante le giornate che mi aveva fatto passare, oltre la rabbia di saperla felice come una quindicenne al primo amorazzo, invece che devastata dal dolore. Mi ero dimenticata che mi aveva coinvolta in quel casino con la polizia. Entrò e, dopo l'abbraccio di rito, mi guardò corrugando le sopracciglia e sentenziò: «Ermi, hai messo su un paio di chili».

Ci aveva preso come sempre. Lei invece era in forma smagliante, leggermente abbronzata e colorita dall'aria aperta. I capelli finalmente naturali senza le fonature di Giulio coiffeur, le stavano bene. Mi parve addirittura più snella.

«Tu invece sei dimagrita. Cos'è, il generale ti consuma?».

«Ermi... il sesso con Achi è una cosa sublime».

«Ma fammi il piacere», sbottai seccata.

"E che cazzo!", pensai. Oltre che aitante, benestante, galante, elegante e tutti gli ante a seguire, cos'è anche, un fenomeno del materasso? Eh no, cara. Qualche tara ci deve essere in questo prodigio della natura".

«Credimi, Ermi. Amilcare faceva il suo, non dico di no... ma Achi! Oh cielo, Achi!».

«Ma tu guarda», dissi fingendo un tono nauseato. «Cosa mi manca di sentire? Che vi trasferite a Paperopoli?».

«Senti Ermi, mi ha richiamata la poliziotta», fece improvvisamente seria. «Mi ha detto chiaramente che non sono obbligata e nemmeno tu, che si tratta solo di un incontro informale e bla bla bla, ma vorrebbe risentirci un giorno della settimana prossima. Mi è parsa tanto carina e gentile, con quell'accento simpatico che hanno a Napoli, e così ho detto di sì».

Atterrita da un nuovo incontro con la polizia, mi misi a urlare che era pazza.

«Non ce la posso fare… no, ma che ti salta in mente? Se non siamo obbligate non ci andiamo… neanche per sogno, io non ci vengo».

«Calma Ermi. Credimi, era così carina che non ho potuto dire di no. E poi perché dovevo rifiutare, mica abbiamo niente da nascondere noi, no?».

«Io di sicuro non ho niente da nascondere. Tu», ribattei accentuando il *tu*, «… non lo so».

«Senti Ermi, anche Achi ha detto che, trattandosi solo di un incontro informale, non c'è motivo di fare tante storie. Il commissario mica ci ha mai sentite a noi».

«Il commissario?!», feci incredula e sempre più spaventata. «Sarà presente il commissario? Cazzo, Anna Laura, ma ti rendi conto che è una trappola? Quelli, la poliziotta soprattutto, sospettano di te e sanno che io ti sto coprendo con la storia di essere stata all'Ikea con te. Sono complice, mi arresteranno… oddio Anna Laura che figura in tutto il paese. Pensa che delusione per il professor Giudice!».

«Il professor Giudice?», mi rispose esasperata. «*Tu* ti preoccupi di cosa potrebbe pensare il professor Giudice? Poi sono io che ho perso la testa... Pensi al tuo professorino invece di pensare a tuo figlio. Bene bene Ermi, vedo che parli bene e razzoli male come il tuo solito».

«Anna Laura senti, io non lo posso affrontare il commissario. Sarà di sicuro uno di quelli che capiscono tutto come in TV. Mi leggeranno nel pensiero e capiranno tutto».

«Ma che devono capire? E poi, chi credi che ci interroghi, Montalbano in persona?».

«Oddio...», ero talmente agitata che camminavo per la stanza torcendomi le mani. «E se mi contraddico?».

Lei, con la sua olimpica calma se ne stava seduta nella *mia* poltrona a sorbire tranquillamente il caffè che *io* avevo preparato.

«Ermi non ti contraddirai. Se si dice la verità, è impossibile contraddirsi».

«E quale sarebbe la verità?».

«Che il 21 dicembre siamo andate all'Ikea. Tu all'inizio non avevi voglia, ma poi ti ho convinto. Abbiamo comprato le candele, queste», disse indicando con la mano le candele sparse per il salotto, «e anche le polpette. Poi siamo andate al ristorante del magazzino. Abbiamo girato per i reparti fino a tardi. Nella zona letti non ci siamo andate. Non ci interessavano le soluzioni per il sonno. Ma il resto lo abbiamo visto tutto».

«Sì, sì hai ragione. Sono una stupida ad agitarmi così».

«Possibile che non ti ricordi di quel pomeriggio?».

«Ma, Anna Laura», dissi abbassando la voce, «io il 21 all'Ikea con te non ci sono venuta».

«Sì che ci sei venuta. Abbiamo comprato i tappeti per il mio bagno».

«Era la settimana prima», insistetti.

«Ma sì, che importa. Noi gli diciamo che era il 21. Tutto uguale, ma cambiamo giorno».

«Sì, ma il piccolo particolare è che il 21 *tu* ci sei andata da sola a quella cazzo di Ikea».

«Sì è vero, ma mica l'ho accoltellato io l'Amilcare!».

«Lo spero», dissi con un sospiro. «Lo spero proprio».

«Allora senti, ho detto che saremmo andate in questura l'8 gennaio nel pomeriggio. Loro il 7 devono andare a Rovigo per interrogare il vice di Amilcare. Così ho preso accordi con la poliziotta tanto carina per l'8».

Irritata per essere oggetto di accordi senza nemmeno essere stata consultata, feci la petulante e misi il broncio.

«E se io l'8 avessi un impegno?».

«La chiamo e lo sposto», replicò Anna Laura con calma. «Sai Ermi, quella poliziotta mi piace. Ha una voce gentile e davvero non abbiamo nulla di cui preoccuparci».

Cuofan' saglie, cuofan' scenne

Il giorno della Befana Luana Esposito non fece in tempo a entrare in questura che già i commenti con annessi auguri da parte dei colleghi piovvero a dirotto. La ragazza pensò infastidita che, in qualunque latitudine e a qualunque livello, il giorno della Befana era sempre la stessa musica. Sul computer trovò decine di messaggi di quei burloni con la fantasia di un geometra del catasto che, con disegni, vignette e altre amenità, le auguravano buona festa. Neanche alle medie si era visto uno spreco simile di originalità e di intuizioni. Alle macchinette del caffè trovò Loperfido che si intratteneva piacevolmente con la Pompinello e un'altra della narcotici. Lui rideva, per giunta, mostrando loro qualcosa sul suo telefonino. I gridolini delle due oche arrivavano fino all'ufficio armi. In effetti, poco dopo ecco affacciarsi la culona senza divisa che, col sorriso da licaone costipato, si aggiungeva al gruppo dei sollazzanti. Luana, al primo impulso, voleva fingere di andarsene da un'altra parte e proseguire ignorando il quartetto, ma la culona la vide e la chiamò subito a guardare il prodigio, che tutte le altre, a bocca aperta, stavano ammirando.

«Esposito, vieni a vedere che meraviglia», la chiamò la Passarelli, invitandola con un gesto del braccio che emergeva da un poncho frangiato. Sembrava Clint Eastwood in *Il buono, il brutto, il cattivo.* Le mancavano il sigaro e il cappello, e naturalmente mancava il buono.

Luana si avvicinò al gruppetto e subito la Pompinello, mettendo una mano sul braccio del commissario (gesto che, secondo la ragazza, rivelava una certa intimità), lo invitò a mostrarle la foto che tutte avevano omaggiato di infiniti *ahhh* e *ohhh* e *uhhh*.

Loperfido la guardò. Nello stesso istante, Luana lo minacciò mentalmente che, al proferire di una e dico una sola parola relativa alla Befana, lo avrebbe preso a pugni. Al corso era stata la migliore nel kick boxing. Si avvicinò e, senza eccessivo entusiasmo, indirizzò gli occhi verso il display del telefono.

«Esposito, ricordati che dopodomani dobbiamo andare a Rovigo».

Seccata per quell'insinuazione sulla sua organizzazione lavorativa palesata davanti alle super poliziotte Passarelli e Pompinello, che si erano distinte *cum laude* nel pericoloso compito di mettere dei timbri sui passaporti, replicò tagliente: «Commissario, se lo ricordi lei. Per quanto mi riguarda ho già fissato l'appuntamento con la segretaria della banca».

«Ollalà», fece la grassona. «Lingua calda la nostra Esposito».

Stava per replicare, riversando una cascata di piacevolezze alla Passarelli, gran parte delle quali inerenti alla sua indiscussa avvenenza, quando Loperfido, forse intuendo ciò che stava per accadere, prevenne il disastro diplomatico e le piazzò sotto gli occhi il telefono.

«Questo è Diablo», disse col tono che Scornamiglio cacciava fuori quando ammorbava i colleghi con le foto del suo Edoardo, mesi quattro, che compiva gesta eroiche e miracolose come succhiarsi l'alluce, mostrare la lingua e fare bolle con la bava. Luana cercò di mettere a fuoco l'immagine di una cosa nera, dotata di orecchie mozze e muso da cane che stava su un prato. *Sembrava* un cane. Solo che doveva essere una specie di scherzo perché, vicino al cane, c'erano i piedi di una seggiola da giardino, di quelle bianche di plastica, e il presunto cane in proporzione non arrivava neanche a metà della gamba della sedia.

«Ma che è?», chiese con una smorfia.

Loperfido, punto sul vivo nel suo affetto più caro, ritrasse il telefono e con malagrazia rispose che era il suo cane Diablo. Lei guardò le colleghe sdilinquite in *ohhh ihhh uhhh* di meraviglia e, scuotendo la testa, visto che non capiva cosa ci fosse di bello in un cane che pareva un sorcio, si prese il suo caffè lungo e abbandonò il sultano con tutto l'harem. Depressa più che mai, tornò in ufficio solo per sorbirsi le lagnanze di Scornamiglio sui turni supplementari. Da quando era diventato padre, si lamentava sempre degli orari che gli impedivano di pulire il culo a quel prodigio di Edoardo. Luana pensava che la moglie di Scornamiglio invece benedicesse a mani giunte quei turni aggiuntivi, almeno si toglieva dalle scatole per un po' quella piattola che era diventato suo marito dopo la nascita del bambino. Sapeva tutto lui, nessuno lo cambiava meglio di lui e nessuno gli faceva il bagnetto altrettanto bene. Fortuna che non aveva le tette, se no nessuno lo avrebbe allattato come lui...

La giornata si trascinò lenta. Loperfido se n'era andato prima dell'una, dato che era festa e non aveva impegni. "Cosa era venuto a fare, se non ad allietare la Pompinello", si diceva, maligna, Luana. Rimase tutto il giorno a compilare moduli e ricevere chiamate in un susseguirsi di incombenze mortalmente noiose. Alle diciassette uscì dall'ufficio. La serata era fredda e il buio era meno sicuro di sé dei giorni precedenti, come se ci fosse già nell'aria una promessa di luce. Lasciò la macchina nel parcheggio della questura. Decise di fare una passeggiata verso il centro e di comprarsi persino le caldarroste, anche se le facevano venire il bruciore di stomaco. La sera prima, parlando con Assunta, aveva sviscerato la crisi esistenziale che le era franata addosso. L'amica, da quella gran filosofa che era, aveva formulato la diagnosi. «Luà, ti sei incapricciata del commissario. Prima te lo cacci dalla testa, meglio è, se no t'inguai».

Con questa sentenza capitale Luana aveva faticato ad addormentarsi. Al colmo della sfiga, il romanzo che leggeva prima di dormire parlava proprio di una ragazza che si innamora di un suo superiore che nemmeno la vede. "Io non mi sono innamorata di Loperfido", si diceva. "Ma chi lo calcola a quello... È solo che mi fa rabbia. Deve sempre farmi passare per scema".

A piazza delle Erbe si mise a guardare svogliata uno spettacolo di acrobati di strada e poi, proseguendo, si attardò ad ammirare gli abiti, per lo più da sposa, esposti nelle vetrine del grande negozio sovrastato dalla scritta "ATELIER IDA MALFATTI, ABITI DA SERA, DA SPOSA E DA CERIMONIA. ANCHE SU MISURA". Il negozio era aperto e, senza sapere per quale strana ragione, entrò nell'elegante sala dalla moquette rosa pallido. Una delle commesse le chiese se avesse bisogno di aiuto.

«No grazie, do solo un'occhiata...».

Erano esposti degli abiti da sogno. Non aveva mai pensato davvero di sposare Saverio, non seriamente comunque, ma quando pensava a un suo possibile abito nuziale se lo immaginava come quello che era appeso alla parete vicino alla cassa. Di raso pesante, color avorio, stretto e con le maniche al gomito. Semplicissimo ma solo apparentemente, perché, se poi lo guardavi bene, notavi il finissimo pizzo che sormontava il raso e le migliaia di perle bianche cucite dentro la stoffa. «*Maronn*... quant'è bello».

Con un sospiro fece il giro dell'atelier. C'erano abiti per tutte le occasioni, da mezza sera, da sera e di gala, di chiffon, di seta, di organza, di pizzo, abiti per cerimonie di ogni tipo, laurea, matrimonio, ricevimenti dell'alta società, e scarpe in raso, stole e borsine da sera che erano gioielli. Stava osservando, deliziata, quando si accorse che sulla cassettiera antica, che divideva i due camerini di prova principali, c'era un portafotografie in argento. La foto era di una signora anziana con i capelli corti e bianchi, gli occhiali contornati di brillantini e il rossetto rosso vivo sulle labbra, atteggiate a un sorriso ironico. Tutto in quel volto sembrava dire: non penserete mica che sia una cosa seria? La commessa, che la vide assorta in contemplazione del ritratto, la raggiunse: «È la signora Ida. Il negozio lo ha fondato lei. Ora lo gestiscono mia madre e mia zia, che erano sue commesse. È morta anni fa». A Luana era sembrato che la ragazza, forse una studentessa che aiutava in negozio durante le vacanze, dicesse quelle ultime parole con rimpianto misto ad affetto. Ne fu commossa. Non sapeva nemmeno lei perché. Uscendo dall'atelier Malfatti, mentre la giovane le teneva aperta la porta, si scontrò con l'ultimo uomo al mondo che avrebbe voluto incontrare: il commissario Loperfido.

«Esposito», la aggredì. «Guarda dove vai. Cos'è, ti devi comprare il vestito del matrimonio?».

«Scusi… io…», la commessa con un sorriso di intesa salutò la ragazza e richiuse la porta.

«So che voi napoletani fate dei matrimoni in grande stile», continuava col suo tono perfido la vittima dello scontro.

«Veramente, stavo solo guardando».

«E so che voi a Napoli organizzate l'evento mesi e mesi prima. Un mio collega anni fa mi invitò al suo matrimonio dieci mesi prima». Lo disse come fosse la cosa più assurda che avesse mai sentito. «Ma come si fa a invitare la gente un anno prima? E se poi ti lasci? E se muore lo sposo? O la sposa? Ma a Napoli fate così».

«Senta commissario, mi sono scocciata di sentire che noi a Napoli facciamo così e facciamo cosà. Non lo so che gente ha frequentato lei. Per quanto mi riguarda non credo nell'istituzione del matrimonio. Buonasera».

Tirò dritta, fingendo di avere molta fretta di arrivare in qualche posto. Sentì il cuore che, a tradimento, aveva accelerato il battito. S'impose di non voltarsi per vedere se il commissario fosse rimasto lì impalato per la sorpresa. S'infilò nella prima traversa e la fece quasi di corsa, ripetendosi che stavolta l'aveva fatta grossa ad averlo piantato lì in quel modo. La traversa, che aveva imboccato tanto celermente, portava ad un giardinetto, di cui aveva ignorato l'esistenza fino a quel momento. D'altronde, erano molte le cose che ignorava di Padova. Si sedette su una panchina e con un gesto automatico prese il telefono per chiamare Assunta. Non raggiungibile. Disperata, imprecò contro l'amica che, rea di avere una vita, non era disponibile ventiquattro ore su ventiquattro a interpretare le vicende che costellavano la sua esistenza. Le mandò un SMS grondante tragedia: «Chiamami al più presto». Stava per alzarsi per tornarsene a casa. La giornata era stata fin troppo turbolenta, quando dal lato opposto del parco li vide. Loperfido e la Pompinello. E non solo: lui aveva il braccio intorno alle sue spalle. Della Pompinello. *Applicamarche* di chiara e universalmente riconosciuta abilità.

Rimase inchiodata dov'era per la paura che la vedessero. Richiamò Assunta. Non raggiungibile. Si mise a piangere. Se Assunta avesse risposto, invece di dedicarsi ad attività inutili come fare sesso col suo fidanzato, le avrebbe chiesto cosa c'era da piangere, visto che Loperfido poteva farsi i cazzi suoi con chi voleva, compresa la Pompinello. E poiché lei lo detestava mentre amava e, ripeto, *amava* il suo Saverio, allora si può sapere che significava sta *chiagnuta*? Così avrebbe detto Assunta. Ma lei non era raggiungibile. E Luana Esposito era sola su quella panchina di una città ostile, e faceva freddo.

La perfezione di uno schema sbagliato

Il 7 gennaio era ripresa la vita normale. Tutti più stanchi, più svogliati per via delle abbondanti libagioni e dal pigro rincorrersi dei giorni di festa, per ognuno era giunto il momento di riprendere i propri doveri. Per chiunque, tranne che per mio figlio Alessandro che, appena tornato bello abbronzato dalla settimana bianca, pagata con i *miei* soldi, mi comunicava col sorriso che l'esame del 22 lo avrebbe rinviato a febbraio. Ho tirato fuori tutto il repertorio, compreso «questa casa non è un albergo» e «finché pago io, fai come dico io». Mi sono vergognata di me stessa. Mi pareva di sentire mia madre trent'anni fa. Possibile che non mi fossi inventata niente di meglio che «questa casa non è un albergo»?

Dopo una lite furibonda, durata più di un'ora, senza una sola replica da parte di lui, mi resi conto che la battaglia dialettica era in realtà un monologo. Al culmine dell'ira e della disperazione, raggiunsi l'apice. Lanciai l'ultimatum: «O passi l'esame o ti taglio i viveri. Ti cerchi un lavoro e provvedi a te stesso. Sono stanca di mantenere fannulloni in questa casa». A quel punto intervenne Felice che, stanato dalle urla, si mise in mezzo e, senza che nessuno l'avesse interrogato, mi chiese perché mi fossi espressa al plurale.

«Che plurale?».

«Tu hai detto *fannulloni* in questa casa… ti riferivi forse a me?».

«È a lui che mi riferisco», dissi puntando il dito verso il fannullone per antonomasia, che se ne stava buttato sulla poltrona a giocare con il mini iPad.

«Ah, ecco volevo ben dire…».

Detto questo, ebbe termine il contributo del padre. Felice si rintanò nuovamente nel suo studio, disinteressandosi della catastrofe universitaria di nostro figlio. Eh sì, se ne frega, lui… se ne frega, se suo figlio rimane un asino senza prospettive e senza la possibilità di uno straccio di occupazione decente.

Perché è toccato a me questo somaro? Perché, perché?! Pensavo con invidia ai figli di mio fratello Mauro. Tutti e tre laureati e una pure specializzata…

Nel bel mezzo della lite con Alessandro, comparve Anna Laura. Compiaciuta, mi annunciò che quella sera eravamo invitati a cena da lei e Achi. Mi girai di scatto incredula.

«Quando mai hai fatto una cena *tu*?».

Era noto che lei faceva cucinare me e si atteggiava a splendida, quando invitava i suoi amici a casa mia. E se la vergogna di ammollarmi la preparazione delle sue cene la distraeva un po' da se stessa, invitava la gente al ristorante, berciando la scusa della ristrutturazione della *sua* cucina. Senza garbo, senza finezze, quelle poche volte che ho preso il caffè da lei lo ha versato in un bicchiere e me l'ha dato in mano. E sì che la madre era un'eccellente padrona di casa. Tutti quei bei servizi in porcellana e in argento che sfoggiava alle sue cene… a parte le cose che ha regalato a me, sono ammassati nella credenza sotto montagne di polvere.

«Infatti, non la faccio io. Andiamo da Giovanni».

Giovanni era il nostro ristorante preferito a Padova. Ci andavamo spesso, quando dovevamo festeggiare qualcosa. Ci andavamo nei momenti più importanti della nostra vita. L'ultima occasione fu lo scorso anno, quando vinsi il concorso da ordinario. E dunque Giovanni era il posto dove per tradizione festeggiavamo le cose belle.

«Che dobbiamo festeggiare?».

«Achille mi ha chiesto di sposarlo», sparò, placida come nonna papera a un concorso per torte.

«E tu?», chiesi con l'ansia che traspariva dalla voce.

«Io cosa?».

«Che cosa hai risposto?».

«Di no».

«Come di no?».

«Sai quanto m'irrita che mi faccia l'eco delle ultime parole», disse alzandosi dalla sedia in cucina per andare a consolare Alessandro, che era rimasto in poltrona e non aveva alcuna necessità di essere consolato. Misi la moka sul fuoco, accesi il gas e corsi in salotto. La trovai seduta sul bracciolo che accarezzava i capelli allo scioperato intento, come sempre, a scrivere su Facebook.

«Sì, liscialo anche… sono nera con lui».

«Ma che ha fatto?», chiese melliflua.

«Vuole rimandare l'esame del 22. Di questo passo si laurea nel 2020».

«Ma è vero? Perché non lo vuoi fare?», gli chiese.

«Zia è difficile. E il professore ce l'ha con me, sono sicuro che non me lo fa passare».

«Ma no caro, vedrai che non è così terribile».

«Ma sentilo», urlai. «Il professore ce l'ha con lui. Ah, tenetemi che lo strozzo. Io l'ho fatto e io lo disfo».

«Ermi dai, non farla così tragica. È un ragazzo, su! Avrà un po' di stanchezza, che cambia se quest'esame lo dà a febbraio?».

«Che cambia, ma'?», ripeté Alessandro.

Tornai in cucina a sorvegliare il caffè, se no li soffocavo tutti e due su quella poltrona.

Intuivo che stessero bisbigliando, poi li sentii ridere. Frustrata e abbattuta, mi sedetti in cucina e guardai fuori dalla finestra. Perché non se lo pigliava lei, visto che andavano tanto d'accordo? Ero invidiosa e gelosa del rapporto che avevano. Ma era facile per lei. Mica doveva indirizzarlo lei. No, doveva fare solo la zia buona… quella che lo difende. È sempre stato così. Mi venivano in mente le scene di Alessandro piccolo, che correva intorno al tavolo in soggiorno per non farsi prendere, e lei che si metteva in mezzo. Proteggendolo col suo corpo m'intimava: «Non azzardarti a toccare il bambino, uè…». E ora che il bambino era un uomo fatto e faceva pure sesso con lo scheletro dalla riga in mezzo… era la stessa cosa.

La moka borbottava e prontamente ecco Anna Laura sedersi a fianco a me.

«Allora?», mi chiese.

«Allora cosa?», risposi incazzata nera.
«Come va?».
«Guarda, non sono io che ho ricevuto una proposta di matrimonio quindici giorni dopo aver... forse... ammazzato l'amore degli ultimi trent'anni...».
«Dai, lo sai che non l'ho ammazzato io Amilcare».
«Chi è che non avete ammazzato?», chiese Alessandro entrando in cucina per prendersi un po' di caffè.
«Nessuno, cucciolo. Era un *pourparler* con la mamma...», la voce di Anna Laura era tranquilla e anche divertita.
«Allora, stasera da Giovanni?».
«Vengo anch'io?», fece Ale.
«Certo che vieni anche tu. Tutta la mia famiglia voglio».
A sentire quelle parole mi venne da piangere. Ultimamente mi pareva di non fare altro.
«Ma zia, cosa festeggiamo?».
«Il mio non matrimonio».
«Che?», Alessandro la guardava stupito.
«Sì caro. Facciamo un non matrimonio. Stasera l'annuncio a cena da Giovanni. Poi, in primavera, andiamo sui colli e facciamo un bel pranzo di non nozze tutti noi e i figli di Achille».
Alessandro, trovando la cosa molto divertente, rideva. Io scuotevo la testa, chiedendomi come avesse fatto Achille ad accettare una farsa simile.
«Ma perché gli hai detto di no?».
«Uè!», mi rispose agitando la mano a pochi centimetri dal mio naso. «Non sono mica rimbambita! Stiamo bene così, lui nel suo attico e io qua. Poi a volte mi

fermo da lui, a volte lui si ferma da me. Così non ci verremo mai a noia. Non ti pare sensato?».

«Sì», dissi. «Mi pare sensato». Mio malgrado ero sollevata. Non avrei preso bene un eventuale matrimonio di Anna Laura. Sarebbe stata capace di chiedermi di fare la damigella...

Il sapore mutevole dell'eros

Arrivarono a Rovigo che non erano ancora le undici. Luana alla guida aveva detto sì e no quattro parole. Loperfido, che apprezzava la scarsa eloquenza della ragazza, si era addormentato appena imboccata l'autostrada da Padova. Per dispetto, la ragazza decise di fare una sosta all'autogrill di Monselice e, senza svegliare il dormiente, parcheggiò l'auto e spense il motore.

«Oh! Esposito, siamo già arrivati?».

«No commissario, siamo a Monselice».

«Monselice? E cosa ti sei fermata a fare?».

«*Io* mi prendo un caffè, lei continui pure a dormire».

«Esposito, non siamo neanche usciti da Padova che già ti necessita un caffè? Di questo passo arriviamo domani a Rovigo».

«Commissario, si rilassi! Ok? A che ora è l'appuntamento, alle dodici? Ebbene, alle dodici saremo in banca».

Detto ciò, la ragazza uscì dall'auto senza invitarlo a seguirla.

"Ma dove cazzo va?", pensò Loperfido, stralunato

un po' per il sonno interrotto e un po' per il mutato comportamento della poliziotta nei suoi riguardi. Neanche una settimana prima era tutta sì commissario, no commissario, mi scusi commissario, e arrossiva per niente, e adesso ha una cresta che pare inamidata col calcestruzzo.

"Ma che ha questa napoletana?".

Scese anche lui e la seguì, raggiungendola alla porta girevole. Lei si voltò appena e si diresse alla cassa. Loperfido la rimosse dalla fila e si mise al suo posto.

«Che non si dica che mi faccio pagare il caffè dalle reclute», bofonchiò.

«Se è per questo, si preoccupa d'inezie, commissario. Di lei si dice molto peggio...».

Se ne andò da sola al banco, attendendo che arrivasse con gli scontrini.

«Io il caffè lo voglio lungo. E anche un muffin, cortesemente...».

L'uomo annuì con la testa, evidentemente esasperato.

Quando la raggiunse al banco, vide che stava chiacchierando col barista nel suo dialetto. E rideva. Il barista, napoletano anche lui, doveva aver detto una cosa molto divertente, perché lei si sganasciava dalle risate. Bevve il caffè, maledicendo la sua disponibilità con le reclute, specialmente quelle che sulla carta erano brave e piene di titoli. Gliel'aveva messa Ruggiu sotto l'ala, la napoletana. "Seguimela bene la Esposito eh! Che promette bene. È studiosa e volenterosa e il suo fascicolo è eccellente". E lui l'aveva seguita che meglio non aveva mai fatto. Le aveva insegnato tutto, in quei pochi mesi a Padova. E questo era il ringraziamento. Un'aria da principessa destituita che veniva voglia di bastonarla. Uscirono dall'autogrill senza essersi scambiati una parola.

"E vabbè", pensò Loperfido. "Quando ti sarà passata, fammi una telefonata...", e riprese a dormire.

Il vicedirettore li accolse nell'ufficio del fu dott. Amilcare Borgomastro. Era un piacione alto, elegante e abbronzato che trasudava successo e competenza.

«A questo qui gli ha detto bene l'assassinio del capo», sussurrò Luana mentre il successore si scostava per farli entrare nel lussuoso ufficio. «Non è manco rientrato che già si è accasato sulla sedia del direttore...».

Il vice si mise alla scrivania, dalla quale erano sparite quella mattina stessa le cornici con le fotografie della moglie e dei figli del defunto. Quanto prima avrebbero fatto la stessa fine le stampe dei castelli gotici alle pareti. Si protese verso i visitatori e con l'aria dell'uomo molto impegnato aspettò le domande.

"Vai Esposito", gli fece segno con la testa il commissario.

La ragazza fu colta alla sprovvista, ma reagì subito: sfruttò bene l'occasione e sparò la prima domanda.

«Ha trovato delle irregolarità nell'operato del direttore?».

L'adone abbronzato aveva chiesto di incontrarli a mezzogiorno per avere il tempo di verificare i documenti del Borgomastro, per cui era preparato.

«Nulla, signorina».

«Dottoressa Esposito», prego.

«Mi scusi. Dottoressa». E riprese la parola accecando gli interlocutori col biancore splendente della dentatura.

«Nulla di nulla. Tutto tenuto in ordine perfetto. Ho controllato l'operato del dott. Borgomastro degli ultimi sei mesi con l'aiuto della sua segretaria e non ho trovato nulla di meno che perfetto».

«E neanche qui niente», disse Loperfido, mentre si dirigevano alla macchina. «Ma lo sapevo già».

«E allora cosa siamo venuti a fare fin qui?», rispose Luana seccata.

«Esposito, per farti fare il tutoraggio no? Per cosa se no? Cosa credevi, che il vice avrebbe trovato un ammanco di milioni di euro e che avrebbe scoperto il morto a capo di una cordata di finanzieri internazionali che decidono i destini delle nazioni? E che per questo quei cattivoni dei servizi segreti gli avevano mandato all'Ikea Eva Kant travestita da signora di mezza età per eliminarlo? Te l'ho già detto Esposito. Da questo caso non tireremo fuori un cazzo. Fattene una ragione. Alcune volte i cattivi vincono. E i buoni se la mettono via».

«Mi faccia capire una cosa commissario», disse la ragazza, voltandosi verso di lui. «Chi sono i cattivi in questa storia?».

«Ehhh... Esposito, bella domanda. A volte i cattivi non sono così cattivi».

«Ma ci viene lo stesso all'incontro domani?», chiese.

«Quale, quello con le due donne? Certo che ci vengo. Dopo ti farò fare una bella relazione».

«Anche?».

«Anche».

«E quale sarebbe l'obiettivo di questa relazione, se posso chiederlo?».

«Esposito?».

«Dica».

«Non puoi chiederlo. Guida».

"'Nculu…".

Ludovica: la portatrice di riga in mezzo. Ma a volte anche di lato

Quella serata da Giovanni passò piacevolmente. C'eravamo tutti, Felice e io, Alessandro, che aveva portato la deperita – per una volta senza riga in mezzo ma in parte –, i miei fratelli Augusto e Mauro con le loro consorti e naturalmente loro, i festeggiati. Il generale mi conquistò al primo baciamano. Credo di averlo amato alla prima occhiata. Certo, dopo Amilcare chiunque avrebbe incontrato la mia ammirazione. Ma devo dire che Achille era quanto di meglio potessi augurare ad Anna Laura. Alto e robusto, aveva il viso gioviale e aperto di chi non ha nulla da temere. Gli occhi, straordinariamente azzurri, erano limpidi e schietti mentre si soffermavano sull'interlocutore e, come se tutto ciò non bastasse, era di una simpatia straripante. Felice sembrava conoscerlo da sempre e, come lui, anche i miei fratelli, che lo accolsero in seno alla famiglia con naturale disinvoltura. Mi ero sorpresa che fosse arrivato anche Mauro, dato il breve preavviso, ma la stagione non prevedeva grandi attività nelle sue vigne e la moglie depressa aveva fatto la sua parte per convincerlo a lasciare per una sera il maniero di Conegliano. Non una nube offuscò il clima di serenità che si era creato e, rallegrati da una brillante conversazione, nella quale il generale e Augusto fecero la parte del leone, mai una volta il pensiero corse all'appuntamento dell'indomani. Ci avevo pensato con preoccupazione tutto il giorno e nonostante le rassicurazioni di Anna Laura, continuavo a essere atterrita dall'incontro col commissario. Benché fossi certa che la poliziotta nutrisse dei sospetti, era lui il responsabile della mia afflizione: davanti a quell'uomo avrei detto di sicuro qualcosa di sbagliato. Nel tardo pomeriggio ero riuscita a farmi venire il mal di stomaco a furia d'immaginare le domande che mi avrebbe rivolto il commissario e a definire le risposte che avrei dato. Così, nel frattempo, mi ero esercitata ad assumere l'espressione più serena del mio limitato repertorio. Stanca di giocare alla maga Mery, avevo deciso di farmi un bagno caldo e prepararmi per la cena. Ero talmente affannata che, da quando la mia amica mi aveva rivolto l'invito, non avevo pensato neppure per una volta a cosa avrei messo. In condizioni normali, ossia prima che tutta la vicenda mi franasse addosso, avrei trascorso una buona mezz'ora a passare in rassegna le varie combinazioni abito-scarpe-borsa-cappotto che avrei indossato. Sarei ricorsa perfino alle mani di Giulio coiffeur, elemosinando una messa in piega d'emergenza.

Anna Laura mi aveva fatto compagnia tutto il pomeriggio. «Ti voglio bene», le dissi con la faccia nascosta dai suoi capelli vaporosi, opera delle sapienti mani di un parrucchiere che si faceva chiamare *hair stylist.*

Rientrammo tardi, resi euforici dal buon vino e dall'ottima cena. Giovanni era sempre una garanzia. In via straordinaria, Alessandro ebbe il permesso di ospitare a casa nostra la portatrice sana di riga in mezzo. Liberatami delle scarpe, cominciai a sistemare la camera degli ospiti. Mentre tiravo fuori lenzuola e federe, Felice, invece di aiutarmi, mi disse che era fatica sprecata, tanto i ragazzi avrebbero dormito insieme nella camera di Alessandro. Come dice Anna Laura, dentro di me giace una borghesuccia che, nonostante le tonnellate di autocoscienza e le arie da progressista, se ne sta in agguato in qualche angolo, pronta a sgusciare fuori alla prima minaccia seria all'ordine costituito.

«Non se ne parla proprio», replicai a quel campione di padre moderno, che mi seguiva senza fare niente.

«Ermì, sono stati in montagna insieme...».

«Embè? Che vuol dire che devono... devono... uff...», non riuscivo a dirlo quel verbo, riferito al mio bambino, a casa mia? Dove *io*, la sua mamma, dormivo a pochi metri di distanza?

«No, no, neanche per sogno», e continuai istericamente a tirare quel lenzuolo sul materasso. Lo tiravo da un angolo e se ne usciva dall'altro. Esasperata, intimai a Felice di aiutarmi.

Loro, i piccioncini, si erano messi sul divano del salotto davanti alla TV. Mio figlio, avendo ancora qualche spazio da riempire nello stomaco, si era preso una scatola di wafer, che trangugiava indifferente delle briciole sul pavimento.

«Ale sei una cloaca...», lo apostrofò la ragazza con tono disgustato, mettendo la testa nell'incavo della sua spalla. Anche se mi aveva dato fastidio sentire il manico di scopa trasformare lo stesso mio pensiero in quella cosa straordinaria che è il linguaggio, conclusi che, in effetti, mio figlio era davvero senza fondo. Dopo una cena che ci aveva lasciato gradevolmente satolli, dove albergava il buco nero da saziare con una scatola di wafer? Scossi la testa e, tirando il copriletto, annunciai che la camera degli ospiti era pronta. Che capisse chiaramente che *lei* qui era un'ospite e non si mettesse in testa di venire a bivaccare a casa mia ogni fine settimana. Passando per il salotto augurai loro la buonanotte e, senza essere gratificata di alcuna risposta, mi diressi seccata in camera mia... non potevano mica interrompere il *picci picci* per rispondere a quella rompipalle della madre.

A letto iniziai un conciliabolo con Felice che verteva sulle migliori strategie da utilizzare per spronare nostro figlio a studiare. I contributi di mio marito non andarono al di là di *ehh*, *uhh*, *sì*, *no*, *se credi*, a ogni proposta. Che si trattasse di privarlo della macchina, delle vacanze o buttarlo fuori di casa, i suoni gutturali di Felice non subirono modificazioni. Esasperata e più acida che mai (l'effetto positivo della cena si era già dileguato), gli rammentai che da qualche millennio l'uomo si esprimeva attraverso la parola. La risposta mi fece comprendere che aveva afferrato il concetto: «Hu-hu-mmmm».

Non riuscivo a prendere sonno. Compresi che mi attaccavo alle mancanze di mio figlio per non pensare a ciò che veramente mi angosciava: l'incontro del giorno dopo in questura. "Sono una donna semplice", pensavo per giustificare la mancanza di controllo. Le mie frequentazioni con la legge si erano finora limitate a qualche multa per divieto di sosta. L'idea di dover sostenere un interrogatorio in questura, alla presenza di un commissario di pubblica sicurezza, mi atterriva. Mi vedevo incapace di articolare una frase compiuta mentre, incalzata dall'inesorabile Maigret, crollavo e confessavo tutto. "Ma che devi confessare stupida...", cercavo di ragionare, di fare appello a quella ratio che ancora possedevo. Per qualche decina di minuti ci riuscivo, poi tornavano l'ansia e i ricordi spiacevoli, su tutti quello dell'esame di maturità, quando un professore esterno mi aveva chiesto una data e io ero scoppiata in lacrime davanti alla commissione. E quando il professore mi aveva detto di non aver sentito, io avevo pianto ancora più forte.

Uomini e cani

Rientrati in questura, il commissario Loperfido e l'agente Luana Esposito furono aggiornati sui disastri del mattino. A parte un tentativo di rapina, finito col rapinato che aveva scagliato sulla testa del rapinatore un orologio a pendolo centrandolo in pieno e mandandolo al reparto di neurochirurgia, l'altro caso fresco di giornata era l'uccisione della consorte da parte di un settantacinquenne commerciante in pensione. La donna, settantenne, rea di intrattenere una relazione clandestina col vicino di casa settantaseienne, aveva deciso di uscire allo scoperto e confessare al marito che voleva il divorzio per iniziare una nuova vita con l'amante. E fin qui, a detta di Scornamiglio, l'uomo aveva dimostrato un olimpico distacco. Le cose però si erano complicate quando la donna aveva preteso che l'uomo lasciasse la casa e si trasferisse a Villa Cleofe, la casa di riposo che avevano visitato di recente, così tanto per farsi un'idea. Il tradito, compreso lo scopo della gita a Villa Cleofe, aveva perso *il ben dell'intelletto* e con la pistola legalmente registrata aveva sparato in testa alla moglie. Quindi aveva chiamato il 113 e, dichiarando: «Venite, ho ammazzato quella strega», si era disposto ad attendere l'arrivo della legge con il vestito scuro e la cravatta regimental. Avevano allietato la mattinata un tamponamento sulla provinciale di Padova est e due denunce per furto d'auto.

Il questore, rientrato quella mattina da Sassari, aveva visto il beneficio dei giorni passati dissolversi un secondo dopo aver messo piede nel suo ufficio. Avvisato dell'arrivo del suo commissario preferito, lo aveva fatto chiamare e tempestivamente, senza nemmeno chiedere come avesse passato le feste di Natale, gli aveva somministrato un liscebbusso per l'imperante lassismo in questura.

«Ma quale lassismo?», chiese Loperfido, consapevole di dove sarebbe andato a parare Ruggiu. Ogni volta che rientrava dalle vacanze doveva necessariamente richiamare all'ordine e alla disciplina quelli che non ci erano andati.

Con l'accento più marcato del solito, il questore ricordò che non dovevano distrarsi dal loro compito fondamentale: combattere il male in tutte le sue manifestazioni.

«Non bisogna distrarsi mai... mai perdere di vista l'obiettivo, e *bla bla bla, inteso mi hai*?». Loperfido prendeva le rampogne di Ruggiu col giusto atteggiamento. Ascoltava e lo rassicurava che mai nessuno veniva meno all'imperativo categorico di perseguire il bene e che l'impegno profuso non veniva meno neppure quando il questore se ne andava a Sassari tra Porceddu e Cannonau. Assolto il suo ruolo istituzionale e in pace con la coscienza, il questore allora si rimetteva tranquillo e si dedicava a evadere i suoi compiti d'ufficio. Quella mattina si trattava di firmare i turni di servizio, compilati al posto suo e preparati sulla scrivania dalla segretaria. Consapevole della propria importanza, assumeva l'atteggiamento del capo oppresso dalle responsabilità e in genere licenziava il commissario con un gesto della mano. Loperfido assisteva allo stesso copione da anni e sapeva benissimo che, appena chiusa la porta, Ruggiu si sarebbe messo a guardare le fotografie della casa in Sardegna, impuntandosi per superare il livello 344 al gioco delle caramelle.

Il residuo del pomeriggio passò tra le attività frenetiche tipiche dei primi giorni dopo le feste. Loperfido alla sera entrò nell'ufficio della Esposito e, quando s'accorse che lei se n'era già andata, s'indispettì. Scocciato oltre misura, non si ricordò dell'appuntamento con la dottoressa Manganello e se ne andò anche lui. Arrivato nell'appartamento di Padova, a poca distanza dalla questura, prese Diablo, che era incazzato nero per essere stato lasciato solo tutto il giorno, e lo portò a fare una passeggiata a Prato della Valle, la grande piazza di Padova. Il cane tenne il muso. Aveva creduto di fare il cane-poliziotto, si era immaginato nell'atto di inseguire malviventi che avrebbe immobilizzato attaccandoli alle gambe, cercare spacciatori di droga col suo fiuto infallibile e salvare la vita a Loperfido, sventando una sparatoria tra guardie e ladri… e dove lui, Diablo, era l'eroe di tutto questo. La realtà era che il commissario non si portava neanche la pistola e le sue avventure erano così pallose, che forse era meglio la bionda con la borsa di Hermès. Oltraggiato, abbaiò isterico a ogni incontro con altri cani. Loperfido lo prese in braccio di forza, allontanandolo così dal teatro della rissa.

"Ma com'è che sei così litigioso?", gli chiese.

"Mi rompo le palle, ecco cos'è. Io sono un cane da attacco, e tu fai una vita talmente monotona che non ti serve nessuno per difenderti".

Loperfido lo guardò affettuosamente. Diablo era davvero convinto di essere un cane in grado d'incutere paura; non si rendeva conto delle sue dimensioni e questa considerazione portò il commissario a riaffermare un precetto aureo: quando si è sicuri di sé e del proprio valore, nulla può impedire il raggiungimento di qualsiasi obiettivo.

Nonostante il freddo, la nebbia e le feste ormai finite, c'era nelle strade una moltitudine di persone che si attardava nei caffè per l'aperitivo prima di cena. Sotto i portici di via Roma, il commissario si sorprese a osservare un assembramento di avventori col bicchiere in mano che si erano adattati a stare fuori, dato che l'interno era pieno. I camerieri andavano e venivano con vassoi di spritz e mozzarelle fritte. Improvvisamente si ricordò dell'appuntamento con Alessia Manganello e cercò furiosamente il telefono nelle numerose tasche del suo giaccone techno. Quando controllò il display, vide che c'erano ben quattro chiamate di Alessia. Mortificato, si diede dello stupido e tolse la modalità *silenzioso* dall'apparecchio. La chiamò, cercando nel frattempo una scusa credibile per la ragazza, ma sospettò in anticipo che non sarebbe stato perdonato. Alessia Manganello non era tipo da accettare un pacco simile. Non rispose. Le inviò un SMS: «Scusa ma il mio cane è stato male, sono corso dal veterinario».

"Che infimo uomo", pensò Diablo, guardandolo con disprezzo negli occhi. "Mettermi in mezzo in queste stupide beghe tra lui e le sue donne. Bleah. A me! Che per stare con lui e vivere l'avventurosa vita dell'eroe in divisa, ho rinunciato a farmi vezzeggiare dalle amiche della fraschetta bionda. Avrei avuto più avventure con lei che con questo finto poliziotto, che non ha neanche le manette…".

Loperfido, che sentì su di sé lo sguardo sprezzante di Diablo, cercò di recuperare in qualche modo la dignità andata in frantumi agli occhi del microcane. Cercò di darsi un tono e lo ammonì di non giudicare.

"Tu non immagini neppure come può diventare cattiva una donna che si sente ferita. Non potevo mica dirle che mi sono dimenticato del nostro appuntamento?".

"E allora hai pensato bene di coinvolgere me?".

"Entrambe le mie nonne sono morte. Non potevo certo dire che mi era andata a fuoco la casa o che i borseggiatori mi avevano scippato".

"Giusto perché tu lo sappia, *io* non ho mai conosciuto un uomo più codardo di te".

"Ah sì, facile per te parlare. Tu non devi mica vedertela con Alessia Manganello, domani".

"Bleah, tu sei un poliziotto, mondo cane! Di quelli come il padrone di Rex. Ma proprio a me doveva capitare l'unico commissario scemo con l'estro di avere il cane feroce? Grrr…".

“E non ringhiarmi che non mi fai paura”.

“E dovresti averla invece… grrr e, tanto per la cronaca, io sto benissimo”.

Costatando che per quella sera non sarebbe risalito di un punto nella stima del suo cane, per associazione d’idee pensò alla Esposito. Anche lei ultimamente lo considerava poco e niente. Oggi, addirittura, se n’era andata senza nemmeno salutarlo. L’indomani avrebbero avuto l’incontro con le due donne del caso Ikea, per il quale lo aveva seccato per giorni. Nemmeno una parola aveva detto. Assorto in questi pensieri, quasi non si accorse di averla davanti.

«Oh commissario… porta a spasso il feroce cane?», chiese Luana con un tono così canzonatorio, che subito Loperfido s’incazzò.

«E tu, Esposito, porti a spasso la tua supponenza?».

Diablo al sentire “feroce cane” era scattato sull’attenti e, col muso in alto, si era messo a fissare minaccioso la ragazza. Ci fu qualche attimo di silenzio tra i due umani. Il cane ne approfittò per mettere bene in chiaro, ringhiando bellicoso, che, anche se non se lo meritava, avrebbe difeso il suo padrone fino all’ultimo sangue.

«Sì, commissario. Porto a spasso la mia supponenza come lei porta a spasso la sua amabilità…», e rivolse un’occhiata divertita in basso verso quel topo abbaiante che aveva anche l’ardire di ringhiare.

«E tu», continuò rivolta al cane, «abbassa la cresta, che se no prima ti arresto e poi ti caccio una museruola in quello scherzo di muso, che te la faccio passare la voglia di ringhiare…».

Diablo, sorpreso e lusingato, "mondo cane, questa qui mi prende sul serio", prese ad abbaiarle, lanciandosi sulle sue gambe. Saltava isterico avanti e indietro, cercando di azzannare con i suoi minuscoli dentini, imitazione di canini di vero cane, la pelle degli stivali, e non c'era modo per il commissario di calmarlo.

«Diablo! Calma! Giù!», intimava esasperato, Loperfido. Lo prese in braccio ma l'animale, dimenandosi sempre più agitato e arrabbiato, cercava di lanciarsi in direzione della giovane donna per morderla.

Luana scoppiò a ridere da quanto era comica la scena. Quel fenomeno del commissario Loperfido cercava di blandire l'altro fenomeno di microcane, che credendosi un Rottweiler vero, come tale si comportava. Sempre ridendo, la ragazza si avvicinò all'animale il quale, nonostante l'apparato fonatorio miniaturizzato, abbaiava talmente forte da radunare una piccola folla.

«Microcane», gli fece.

«Si chiama Diablo», puntualizzò Loperfido petulante.

«Bene! Diablo, finiscila, che se no ti spiaccico con la suola degli stivali che volevi azzannare, ok?».

Suo malgrado il cane provò ammirazione per quella ragazza, che pareva avere più coraggio del commissario. "Questa qui sì che ha la stoffa della poliziotta... e sono sicuro che ha anche la pistola e le manette. Non come questo posapiano del mio padrone".

Diablo smise di abbaiare e guardò la ragazza con una nuova espressione. A Loperfido parve che il cane fosse incantato. Ma forse si sbagliava. Si fermarono in un bar pieno di giovani avventori. Loperfido teneva il microcane in braccio per evitare che qualcuno lo pestasse. Mentre ordinava le bevande, lo porse alla ragazza, che lo prese con naturalezza, senza le solite moine e i gridolini variamente dissonanti e, cosa importante, senza toccargli il muso come fosse un neonato da coccolare. "Questa ragazza mi tratta come un vero cane".

Rimasero a parlare fino a tardi, mangiando mozzarelline, pizzette e arachidi. Bevvero due spritz e due calici di Raboso fresco. Luana cominciava a sentirsi euforica. L'imbarazzo reciproco si era dileguato al primo bicchiere, lasciando il posto a uno scambio d'informazioni piacevole e divertente. Loperfido le raccontò il primo incontro con Diablo e Luana la sua prima impressione a Padova.

«Volevo morire… piangevo ogni sera pensando a Napoli».

Alle undici la ragazza li salutò, omaggiando Diablo, che aveva attentamente ascoltato tutto, di una raccomandazione che lo rese felice: «E tu», gli disse, «non spaventare più le ragazze per strada, siamo intesi?».

Quando se ne andò col suo passo svelto, il cane alzò gli occhi, interrogativi e supplicanti, verso l'uomo.

«Niente da fare Diablo. Non ci pensare neppure… no, no no, toglitelo dalla testa».

Donne e gatti, ovvero incertezze e possibilità

Non mi sembra vero. L'incontro con la poliziotta e il commissario è avvenuto e non ci hanno arrestato. Anna Laura, come al solito, aveva ragione; non è stata nulla di più di una chiacchierata per verificare gli appunti della ragazza. L'incontro era fissato per il pomeriggio alle diciassette. Anna Laura mi aspettava in una strada a metà tra il suo studio e la questura; io non ero neppure andata in facoltà quella mattina, da quanto stavo in apprensione. Inutile dire che la notte non avevo chiuso occhio, girandomi e rigirandomi nel letto, mentre visioni spaventose mi passavano nella testa come in un film che non volevo guardare. La mattina cercai sollievo, immergendomi nelle ben venti pagine che avevo scritto negli ultimi mesi, venti pagine che divennero quindici, dopo che le ultime cinque passarono sotto la scure del tasto cancella. Abbandonai la scrittura per dedicarmi all'edificante compito di pulire tutti gli specchi di casa, attività che in altre circostanze aveva avuto il potere di distrarmi; ma, anche con straccio e detergente, fallimento completo. Mi distraevo, chiedendomi chi fosse quella vecchia babbiona che mi guardava con gli occhi stralunati. Decisi che gli specchi non sarebbero stati privati delle ditate proprio quella mattina e così mi ritrovai, senza quasi accorgermene, sprofondata nel divano a fissare lo schermo del televisore, che in quel momento passava il telegiornale di metà mattina. Con l'immaginazione mi vidi protagonista del notiziario: stimata docente di Letteratura tratta in arresto per complicità nel caso dell'Ikea di Padova avvenuto il… mentre passavano una fotografia di quelle dove sembriamo tutti dei pregiudicati. Incapace di gestire l'ansia, chiamai Anna Laura che, al contrario di me, era andata in studio e attendeva alle sue attività, senza che nessuna preoccupazione la sfiorasse. Al telefono fu sbrigativa. Aveva dei clienti in attesa, per cui tagliò corto. «Vai a fare due passi, e già che ci sei», mi disse, «comprati qualcosa. Fa sempre bene». Click. Sì, comprati qualcosa… ma andasse al diavolo 'sta stronza, io mi trovavo in quella situazione per colpa sua e lei mi licenziava con "comprati qualcosa…". Cosa mi dovrei comprare, tanto tra poco ci arresteranno e finiremo tutte e due nel braccio del carcere tra assassine e prostitute… oddio…

All'ora di pranzo si fece vedere mio figlio che tornava dall'università. Mi disse che l'esame non lo aveva spostato e che anzi aveva deciso di affrettare i tempi della tesi. Invece di gioire della notizia, mi prostrai ancora di più. Oddio, proprio ora che il mio ragazzo è stato folgorato dal buon senso, io finirò reclusa e non lo vedrò il giorno della laurea, e neppure quando partirà per qualche importantissimo laboratorio, dove certamente scoprirà i segreti della materia e dell'antimateria…

«Sai ma', se passo anche l'esame di molecolare, il professore mi ha detto che mi tiene in considerazione per quello stage al Politecnico di Torino. Siamo in tanti a volerci andare, ma io ho buone possibilità, perché i miei lavori sono stati i più originali...».

Le fate madrine, che poi sono quelle che assistono le mamme afflitte da figli asini, avevano gettato il loro benevolo sguardo su di me e, resesi conto che avevo sofferto troppo a causa di mio figlio, avevano deciso di aiutarmi. In circostanze diverse, avrei fatto salti di gioia a quella notizia; ma ero oppressa da tristi pensieri. L'immagine di Montalbano che m'interrogava, puntandomi un faro accecante negli occhi, m'impediva di godere della ritrovata serietà di Alessandro.

«Ma', che si mangia?».

"E che ne so", avrei voluto rispondere. "Figurati se penso a mangiare in un momento simile". Tuttavia il senso del dovere, inculcatomi a piene mani da bambina, m'indusse a mettere insieme qualcosa per un pranzo passabile. Scoprii con raccapriccio che non avevo per niente lo stomaco chiuso, come mi era sembrato e, dopo aver mangiato, mi sentii molto meglio. Verso le tre, poiché sono ansiosa per natura, iniziai a prepararmi. Avevo deciso di dare di me un'immagine di affidabilità. Con un tailleur scuro di Luisa Spagnoli chiunque avrebbe creduto alle mie affermazioni.

Non so se fu merito del tailleur o del giro di perle che mi qualificavano come una serissima proffa di Letteratura, ma i due poliziotti non misero in dubbio le mie affermazioni. Quando arrivammo ci fecero accomodare senza snervanti attese nell'ufficio del commissario Loperfido, e già questo mi tranquillizzò. Avevo letto abbastanza Simenon per sapere che Maigret faceva attendere a lungo gli indiziati per abbassare le loro difese, e dunque presi quella disponibilità come un buon segno. Entrammo nell'ufficio. Notai che l'uomo squadrò Anna Laura dalla testa ai piedi e, se ebbe delle perplessità sul cappotto nero con stampate in bianco delle sagome di gatti, non lo diede a vedere. Quel dannato cappotto. Quando la vidi, mi venne un colpo.

«Ma proprio questo ti sei messa?», la aggredii. «E le scarpe in coordinato anche».

«Ma smettila Ermi, basti già tu a fare la parte della gentildonna», mi rispose, squadrando con una sola occhiata densa di disapprovazione tailleur, cappotto e perle.

Quando, tornata da uno dei suoi viaggi segreti a Parigi con Amilcare, mi aveva mostrato il cappotto nero stampato di gatti bianchi, le chiesi se le pareva il caso. Mi guardò compatendomi.

«Ermi tu sei ordinaria...», e tirò fuori il pezzo forte: un paio di scarpe nere di qualche stilista parigino fulminato, con l'immagine lucida di un gatto bianco sulla punta. E fino a qui, potevo pure accettarle, quelle scarpe pazze dal tacco a rocchetto. Il fatto era che il gatto stampato aveva i baffi formati da due nastri di pelle bianca, che sporgevano e dondolavano a ogni passo.

«Tanto, non avrai mai il coraggio di metterti *quelle*!», sentenziai.

«Ah no? Vedrai!».

E lo vidi in effetti. Ebbe il coraggio di indossare il cappotto e le scarpe feline in occasione di una cena da Giovanni per festeggiare l'assunzione di Felice al giornale e un'altra volta a una cena di commercialisti dell'albo di Padova. Quando tornò, a notte fonda, si premurò di svegliarmi, per raccontarmi l'impressione suscitata con la sua mise. Non pensavo che l'avrebbe tirata fuori per un interrogatorio dove, tra l'altro, rischiavamo entrambe di essere arrestate.

Anche la ragazza notò l'abbigliamento della signora Bottacchi e lo ammirò al punto che, a interrogatorio terminato, mentre ci accompagnava fuori dalla questura, chiese alla felina dove avesse trovato quel cappotto e quelle scarpe divine. Così disse. *Divine*.

Anna Laura, alla quale la ragazza era piaciuta da subito, le disse del negozio di Parigi e al sospiro della poliziotta, impossibilitata a recarsi a breve nella *ville lumière* per dotarsi di quei capi *divini,* le promise che avrebbe fatto una ricerca in internet per verificarne il possibile acquisto online.

«Sai cara», le disse con l'aria della gran dama, che si rivolge alla fanciulla ignara del mondo. «Ormai quasi tutti i grandi negozi hanno dei siti dove si può acquistare».

Io fremevo dall'impazienza. Mi sentivo in pace solo lontano il più possibile da quel posto terrorizzante. Controllavo platealmente l'orologio per far capire che avevo fretta, vista la nonchalance della mia amica.

«Bene, signora Bottacchi, la ringrazio...», disse la poliziotta che con me si scusò nuovamente per avermi fatto perdere tempo.

«Proprio deliziosa quella ragazza. Mi piacerebbe come figlia», esordì Anna Laura quando, svoltato l'angolo, ci allontanammo dal palazzo della questura.

«Sì, come no», risposi.

L'avevo sentita innumerevoli volte la storia dei potenziali figli di Anna Laura. Peccato che li sceglieva solo tra i belli, i bravi, gli educati e gli studiosi. Mai che l'avessi sentita dire che avrebbe fatto la madre a una disadattata o a un fricchettone di ritorno con sandali e magliette inneggianti alla pace universale.

Appena mi resi conto che avevamo messo un notevole spazio tra noi e i due poliziotti, mi guardai intorno alla ricerca di un caffè dove sedere, dopo quella che per me era stata una disperante giornata. La felina, sempre arrancando dietro, mi apostrofava con carinerie del tipo: «Ma dove corri? Mi sembri un lacchè».

Finalmente, entrammo in un bar di piazza della Frutta. Sedute a un tavolino, di fronte al Palazzo della Ragione, ironia della sorte, ordinai un caffè doppio e due frolle, dato che ero in deficit di zuccheri e avevo la gola secca.

«Oddio, Anna Laura, è finita», sospirai.

«L'hai fatto troppo grande quest'incontro. Non capisco perché perdi la testa in questo modo».

«Non farmi incazzare, sei tu che prendi tutto sotto gamba», risposi piccata.

«Be', insomma, hai visto e sentito, no? Ci hanno semplicemente chiesto di ripetere quello che già avevamo dichiarato. Con l'unica aggiunta del commissario, se avevamo notato qualcosa di particolare...», rispose Anna Laura, annoiata dalle mie fisime.

Dovetti convenire che, in effetti, avevo esagerato. E mi diedi della sciocca suggestionabile per l'incapacità che avevo dimostrato in tutta la vicenda. Avvicinando la sua testa alla mia, Anna Laura assunse l'espressione particolare di quando faceva dei pettegolezzi, e infatti mi chiese se avevo notato che tra i due, la ragazza e il commissario Loperfido, c'era una strana corrente elettrica.

«Com'è che adesso te lo ricordi, il nome del commissario, e prima lo hai chiamato due volte *Loperdifo*?», le chiesi maligna.

«Secondo me, è accaduto o sta per accadere qualcosa tra quei due», rispose ignorando il mio commento sul nome. «Che romantico...», fece con un sospiro e con gli occhi rivolti al cielo.

«Sei tu che, invasata dalla tua insana passione per il generale, vedi tutto *en rose*».

«Ermi, devi essere sempre così prosaica».

«E tu sempre così *fané*».

Ce ne andammo a spasso per il centro tutta la sera. Anna Laura non tornò in studio e io, troppo sollevata dallo scampato pericolo, avevo voglia di stare fuori e godermi le bellezze della mia città, comprese le folle di studenti sfaccendati per le vie e per i bar che gozzovigliavano con i bicchieri in mano e poi si presentavano agli esami balbettando scuse sul poco tempo avuto per studiare. Anna Laura in questi casi dice sempre che sono una proffa dentro.

Non credo che si tratti di un complimento.

Il possibile che si fa reale

Rientrando in ufficio, dopo aver accompagnato le due donne all'uscita della questura, Luana Esposito non si trattenne e mise la testa dentro l'ufficio spalancato del commissario.

«Oh dottor *Loperdifo*!», esclamò, imitando in modo imperfetto la voce roca della signora Bottacchi.

«Esposito, aria, ok?».

«Commissario *Loperdifo*», continuò implacabile la ragazza, che trovava troppo divertente la storpiatura del nome operata dall'estrosa signora. «Anche se non sono accusata di nulla, ci tengo a precisare, caro commissario *Loperdifo*, che non ho certo accoltellato io il povero dottor Borgomastro… non è vero, signorina Esposito?».

«Esposito! Dacci un taglio». Luana pensò bene di finirla lì con la presa in giro, giacché il commissario si stava incazzando sul serio. Eppure lei si era tanto divertita. Quella Bottacchi col suo cappotto a gatti e le scarpe con i baffi lo aveva preso per il culo tutto il tempo e lui, che se n'era accorto benissimo, ora accusava lei per avergli fatto fare la figura dello scemo. Eh sì, perché era stata lei a insistere per giorni sull'opportunità di risentirle, quelle due.

«Commissario?». L'agente Esposito si era fatta seria e, senza essere invitata, si era accomodata sulla sedia di fronte alla scrivania. «Senta...».

«Ma non ci davamo del tu?», chiese l'uomo.

«Fuori sì. In servizio no».

E riprese, fissandolo negli occhi. «Lei è sempre stato convinto che questo caso non lo avremmo risolto. In realtà, lo abbiamo risolto».

«Ah sì?».

«Sì. Per come la vedo io, sì».

«E come la vedi tu, Esposito?».

«Primo, la TV e i giornali hanno finalmente smesso di darci addosso e del disgraziato dell'Ikea non importa più a nessuno».

«Finalmente», esclamò Loperfido.

«Secondo: non abbiamo indizi seri contro nessuno. Terzo: la Bottacchi e il Borgomastro avevano una storia».

«Ehi ehi...», la interruppe Loperfido. «Questo lo stai dicendo tu. Per quanto ci riguarda, si conoscevano e collaboravano professionalmente».

«Sì ma, commissario, lo sa benissimo anche lei che il Borgomastro intratteneva la sua relazione con la Bottacchi da decenni e magari avrà illuso quella povera donna, promettendole chissà cosa».

«Esposito, ti pare che la Bottacchi si possa definire una povera donna illusa?».

«No commissario, ma sa, quando si ama...».

«Ma fammi il piacere, Esposito. Quella è una furba».

«No commissario. Lei era innamorata. E quando ha preso coscienza che erano passati trent'anni, nei quali si era abbeverata delle frottole dell'amante... ecco, qualcosa dentro di lei si è rotto».

«Qualcosa dentro di lei si è rotto e ha pensato bene di eliminare dalla faccia della terra il suo grande amore, accoltellandolo con un colpo da professionista nello spazio tra l'atlante e l'epistrofeo». Rispose l'uomo con tono scettico.

La ragazza osservava il commissario attentamente. «Quindi lei non ci crede che sia stata lei? Per questo non ha infierito più di tanto?».

«Certo che non ci credo. Per un killer professionista, addestrato e col sangue freddo necessario a gestire tutte le complicazioni potenziali di un omicidio in simili circostanze, sarebbe stato possibile. Un colpo solo, tanta gente intorno, le telecamere che girano in continuazione. Ma la signora Bottacchi? E la sua amica poi... ma l'hai vista? Al massimo può fottere un suo studente a un esame se si presenta con la camicia sbagliata, ma fare da complice a un omicidio... naaaaa».

«Eppure, commissario, secondo me quelle due c'entrano».

«Ascolta Esposito, la legge è una strana scienza. Non è esatta, neppure infallibile; è dinamica, strafottente e in alcuni casi noiosa. Ma è grandioso immergersi nei testi di filosofia del diritto e comprendere con la ragione che non sempre la legge è giusta. A volte, anzi molto spesso, è profondamente ingiusta e passibile di più interpretazioni secondo i punti di vista. Eppure proprio qui sta il suo fascino. È appassionante avere a che fare con una dottrina che non è mai uguale a se stessa. E il bello, Esposito, è che non potrebbe essere altrimenti. Per loro natura la legge e la giustizia sono concetti in divenire, in movimento, e la comprensione profonda della grandezza che sottostà a questo predicato è la ragione per la quale tutti noi ci sacrifichiamo in questa professione. E ora che ti sei sorbita il pistolotto d'ordinanza, Esposito, vorresti essere così gentile da spiegarmi perché, secondo come la vedi tu, questo caso sarebbe risolto?».

«Commissario, da un punto di vista puramene filosofico, l'ha detto lei che la legge spesso è ingiusta».

«Sì l'ho detto io». Loperfido si era chinato sulla scrivania e con le mani si teneva il mento pronto ad ascoltare la geniale veduta della dottoressa Luana Esposito, ispettore di fresca nomina.

«Ecco commissario, poiché non abbiamo trovato niente di niente che giustificasse l'omicidio di Borgomastro, né all'interno dell'ambiente di lavoro né in famiglia, la spiegazione più semplice è che sia stata l'amante, no?».

«Esposito, tu ti sei tuffata sulla tua prima impressione e da lì non ti schiodi. Ti ripeto che nessuno ha dichiarato che i due erano amanti. Persino la moglie ha negato che il maritino avesse una relazione».

«Ma dai, commissario, lo sa anche lei come son le mogli. Cosa pretendeva, che quella confermasse l'esistenza di un'amante trentennale e che il marito tanto amato fosse una specie di bigamo? Ovvio che da lì nessuna conferma. Ma io sono convinta che i due fossero amanti da almeno trent'anni...».

«Sì, ho capito Esposito. E una mattina lo fa arrivare da Rovigo appositamente per accoltellarlo...».

«Lo so, sembra inverosimile eppure...».

«Senti Esposito, io potrei anche crederci. Mettiamo che la Bottacchi e la sua amica siano molto più diaboliche di come appaiono... e che in qualche modo la Bottacchi organizzi l'omicidio e poi convinca la sua amica a collaborare per l'alibi. Rimane il problema grosso che, se ci presentiamo con questa tesi, abbiamo chiuso. Tu vai a far compagnia alla Manganello all'ufficio passaporti e io a sostituire il commissario Basettoni a Topolinia... Vedi? Torniamo alla fallibilità della legge. E ti dirò una cosa Esposito: se anche fosse stata lei, cosa di cui tu sei convinta, io non perderei di certo il sonno sapendola libera di fare ciò che vuole. Perché, se davvero è andata come tu dici, ebbene il Borgomastro se l'è cercata. E c'è un'altra cosa che non consideri, cara la mia investigatrice. Il Borgomastro aveva poche settimane di vita. Chi mi garantisce che non si sia organizzato l'omicidio da solo? Preso dal terrore di morire soffocato, voglioso di una morte scenografica che avrebbe fatto parlare tutti, che ti fa? Assolda un killer dell'Est e ottiene i suoi quindici minuti di celebrità».

«Commissario, mi prende in giro. Al massimo, se la Bottacchi l'ha accoltellato, visto che di sicuro conosceva le condizioni di salute della vittima, allora ciò che l'ha spinta non sono stati l'odio e le speranze deluse, ma l'amore... sì, l'amore, commissario».

«Uuuuh, Esposito non cambi mai idea! Deve per forza essere stata la Bottacchi».

«Sì, commissario, è stata lei. E la docente la sostiene. Ma sa cosa credo, anche? Che neppure la sua amica lo sappia con certezza, se è stata lei o no. Sospetta. E siccome lei non vuole sapere la verità, ha deciso di credere che il 21 dicembre erano davvero insieme. E se qualche volta il dubbio la avvolge, lei non fa altro che scacciarlo via da sé».

«Esposito sono le diciannove, non ho più voglia di pensare alle diaboliche. Io me ne vado, tu che fai?».

«Commissario, gliela posso fare una domanda personale?».

«Spara».

«Cos'è successo con la dottoressa Manganello?».

«Perché?».

«Stamattina sembrava una furia alle macchinette del caffè. E la Passarelli non stava più nel poncho; se n'è uscita dicendo che gli uomini sono proprio stronzi e con la testa faceva segno verso il suo ufficio».

«E tu hai subito pensato che lo stronzo in questione fossi io?».

«Ehhh...».

«Esposito?».

«Dica».

«Fatti i cazzi tuoi».

«Agli ordini».

Luana Esposito lasciò l'ufficio del commissario velocemente e senza voltarsi. Non voleva che lui vedesse il sorriso a piena faccia che le era venuto.

Quella sera a consulto con Assunta si spinse fino ad affermare di non essere indifferente a Loperfido.

«*Guagliò*..., l'hai chiarita la tua posizione con Saverio?».

«Sì», mentì Luana. In realtà aveva solo chiesto tempo. Non aveva fatto parola al fidanzato del turbamento nei confronti del commissario. Non voleva farlo soffrire e inoltre reputava che non ci fosse nulla d'importante in quell'infatuazione passeggera. Anche se non cambiava la cosa fondamentale: Loperfido o no, lei Saverio non lo amava più.

«Assù, dove va l'amore quando finisce?».

«Iiih Luà...», rispose l'amica seccata. «Non ho voglia di pensare a 'ste cose profonde. Non lo so, dove va. Non so nemmeno dove sto andando io, figurati se posso pensare a dove va l'amore...».

«Tu lo sai, dove stai andando», replicò Luana. «Tu e Salvatore state andando dritti dritti a sposarvi».

«Ma quando mai...», fece l'amica.

«Assù, mi stai nascondendo qualcosa».

«Luà, te lo volevo dire quando vieni qua a febbraio. Mi hanno accettato alla specializzazione di Pavia. Avevo fatto due domande: una per ginecologia e una per cardiologia. Ebbene mi hanno presa a Pavia. Farò cardiologia e quindi per quattro anni dovrò stare lì».

«Assù, ma è una notizia bellissima... e Salvatore?».

«Salvatore resta qua. Che dovevo fare? Rinunciare per lui? *Troppo bbello o mobbile*».

«Assù?».

«Sì?».

«Segui la tua strada. Va, dove ti porta il muscolo cardiaco... ah ah ah».

«Fai la spiritosa anche...».

«Se il commissario m'invita a cena ci vado».

«E se non t'invita, invitalo tu».

«Brava Assù . Ora poi che con la Pompinello è finito tutto…».

«Luà…», fece Assunta poco prima di riattaccare.

«Dimmi».

«Ma questo commissario, quanti anni ha?».

«Sicuro sicuro non lo so, ma mi pare che stia sotto la cinquantina, perché?».

«E non ti pare un po' passatello per te?».

Nessun effetto è senza causa

Al ritorno dalla mia scorribanda cittadina con Anna Laura, dopo l'incontro in questura, trovai Alessandro e la portatrice sana di riga in mezzo che discutevano animatamente su quanto la filosofia di Hegel si discostasse da quella di Aristotele. Mi fermai per un momento in corridoio ad ascoltare e mi resi conto che, presa dai miei pensieri e dalle mie afflizioni, non avevo mai indagato veramente su quella ragazza. Era piacevole stare ad ascoltarli senza intervenire e segretamente esultavo per come la ragazza contraddiceva la visione assolutista di Alessandro.

«Ma ti rendi conto della contraddizione che sta nel tuo stesso approccio teoretico?», chiedeva incredula. «Come un matto cerchi una particella invisibile, di cui si ipotizza l'esistenza attraverso un algoritmo matematico, e non vedi la contraddizione insita nel tuo approccio concettuale».

Dopo un pomeriggio trascorso tra le riflessioni più angoscianti era un balsamo rientrare a casa e sentire i ragazzi immersi in questioni simili. Non m'interessava il lavello pieno di piatti sporchi e di cartoni delle pizze. Felice, rintanato nel suo studio, era immerso nella lettura e, quando mi vide, mi sorrise, sentendosi un ostaggio in casa sua.

«Dopo aver mangiato me ne sono venuto di qua», disse come per scusarsi. Lo abbracciai in un impeto di tenerezza travolgente per quell'uomo che mi sopportava da anni. In un momento d'amore fui sul punto di rivelargli i dubbi su Anna Laura e Amilcare e sulla questione Ikea del 21 dicembre..., ma poi decisi che era meglio di no.

Ultimamente vivevo nel dubbio perenne.

Ero giunta alla conclusione che fosse preferibile per me restare nell'incertezza. Sì, Anna Laura poteva essere l'assassina dell'Ikea! Mi sedetti nella poltrona di Felice e sbirciai cosa stesse leggendo: un romanzone di Ken Follett di ottocento pagine. Quella sera lasciai perdere le mie feroci critiche sui gusti letterari di mio marito e non parlai della prosa medievale e provenzale. «A che punto sei col tuo libro?», mi chiese.

«Ohhh, domanda imbarazzante. Vado a vedere se i ragazzi hanno bisogno di qualcosa», e vigliaccamente fuggii dallo studio.

Ai ragazzi, impegnati com'erano in una battaglia dialettica senza vincitori né vinti, di me non fregava nulla. Passando nel salone, mi affacciai alla finestra per ammirare piazza delle Erbe illuminata nella sera invernale. Amavo quella piazza e amavo quella casa; amavo tutto lo stabile, i portici, le bancarelle, il riso indiano e amavo Volto del Salone, con le sue drogherie divenute boutique del gusto. Osservando la piazza popolata di giovani, di uomini e donne, ognuno con la sua storia, mi parve di scorgere vicino alla fontana due figure familiari… ma sì, erano loro. Il commissario e la ragazza tanto simpatica ad Anna Laura. L'uomo teneva in braccio un cane di quelli piccoli.

Passeggiavano.

Lei, con le mani nelle tasche del cappotto, rideva. Portava un cappello rosso. Lui, col giaccone bene aperto, aveva un sigaro spento tra le labbra. Entrarono in un bar. Quando scomparvero all'interno del caffè, mi mancarono. Ricordo bene quella sera. Mi chiusi nel mio studio e cominciai davvero a scrivere.

Luana Esposito chiuse il telefono, sorridendo delle ultime parole di Assunta. "E non ti pare un po' passatello per te?".

Sarà stato quasi cinquantenne, ma quanto le piaceva. Non aveva mai amato particolarmente gli uomini con la barba, ma Loperfido la portava con una tale naturalezza, che era come se fosse nata con lui. "Un neonato con la barba", si sorprendeva a pensare… una barba nera, come i capelli, solo leggermente spruzzati d'argento. Capelli troppo lunghi sul collo, che si arricciavano e stavano disordinati alla *sanfasò*, avrebbe detto sua madre. Tutto in Loperfido era disordinato. I capelli, la barba che, lungi dall'essere una di quelle scolpite che si vedevano in giro, era invece incolta, libera di occupare lo spazio che credeva in quel viso leggermente tondo. I capelli e la barba facevano un tutt'uno e si contendevano il poco spazio glabro sotto gli occhi e ai lati del naso. Gli occhi chiari risaltavano in tutto quel nero. Le sopracciglia erano anarchiche e ribelli. Eh sì, le piaceva Loperfido. Anche se non lo avrebbe mai ammesso, le era piaciuto sin dal suo arrivo a Padova e quando la Mancuso le aveva sussurrato: «Beata te, che sei affiancata al tenebroso della questura», aveva finto un disinteresse sospetto.

Assunta non poteva capire. Non si era mai allontanata da Salvatore; per tutta l'università a Napoli non si erano separati un solo giorno. La voleva vedere adesso che si trasferiva a Pavia. E comunque, non avrebbe capito il fascino che emanava un tipo come il commissario. A lei piacevano quei fighettini tutti lisciati lisciati, con le sopracciglia depilate e il pizzetto disegnato con squadra e goniometro. Figurarsi se trovava attraente un mezzo orso come Loperfido, stazzonato, pieno di peli e puzzolente di sigaro. Si mise al computer e vide che c'era una email.

«Esposito, stasera vado a mangiare specialità norvegesi dietro via Nazario Sauro. Se vuoi saperne di più sul baccalà, raggiungimi».

Gli rispose con un SMS.

«Arrivo».

In velocità si fece una doccia, mentre freneticamente pensava cosa mettersi, scartando sette o otto opzioni. Non voleva sembrare troppo preparata e quindi suggerire a Loperfido di aver dato eccessiva importanza all'invito, ma neppure non comparire al meglio. Simili quadrature del cerchio erano difficili da ottenere in poco tempo. Richiamò Assunta per un consulto d'emergenza.

«Che dici, il vestito verde?».
«Quello preso a Posillipo?».
«Quello».
«E?».
«E cosa».
«Che scarpe?».
«Stivali verdi. E cappotto rosso».
«No, no», fece Assunta scandalizzata. «E che, facciamo la bandiera italiana? No no, o cambi vestito o cambi cappotto».
«Allora il vestito stampato a pappagalli e gli stivali marrone».
«Sì, meglio».
«E il cappotto rosso col basco».
«Vai. Ma ti ha invitato a cena?».
«Non proprio, diciamo una cosa informale».
«E diciamo», rispose Assunta.
«Assù».
«Luà».
«Assù con Saverio è finita. Gli ho parlato».
«E vabbuò Luà...».
I capelli non erano proprio una favola, stavano un tantino mosci con l'umidità di quei giorni, ma avrebbe messo il basco rosso e pazienza.
Si precipitò fuori e fece quasi di corsa tutta via Roma, con i suoi bar che si susseguivano uno all'altro e tutti con gli avventori seduti ai tavolini fuori, nonostante il freddo. Arrivata all'incrocio con riviera Tito Livio, quasi si scontrò con una coppia che entrava in uno dei portoni. Non vide bene la donna girata di spalle davanti al signore che l'accompagnava, ma notò

il curioso cappottino a gatti uguale a quello della Bottacchi... o era lei? Impossible che ce ne fossero due uguali. I due scomparvero nel palazzo e lei, troppo di fretta, non ci pensò più. Arrivata in zona Volto del Salone, chiamò il commissario.

S'incontrarono qualche minuto dopo. Lui attendeva in un bar sotto i portici e... No, aveva lo sputo di cane in braccio.

«Ciao».

«Esposito, hai il fiatone».

«Sai che mi è parso di vedere la Bottacchi poco fa?».

«Esposito?».

«Sì».

«Almeno per stasera dimenticati la Bottacchi, la sua amica, il morto dell'Ikea e la tua storia d'amore e tradimento. Questo caso resterà irrisolto».

«Va bene. Ma dov'è questo posto norvegese? Mai visto, eppure qui ci vengo spesso».

«Ehhh, Esposito, non osservi bene. Ti fissi in un pensiero e segui solo quello».

Diablo fece l'offeso, perché la poliziotta con la pistola e le manette non lo aveva neanche salutato. E così mise su un'aria d'indifferenza sdegnosa che voleva significare "manco ti vedo a te... manco mi spreco ad abbaiare per te".

«Stasera è particolarmente silenzioso, Diablo», disse Luana a un certo punto, osservando il cane mentre camminavano.

«È offeso», rispose Loperfido.

«E con chi?».

«Con te».

«E che gli ho fatto?».

«Non lo hai salutato».

Luana, decisa a prendersela per il tono insolente del commissario, ebbe però il dubbio che questi dicesse sul serio.

Osservò meglio il microcane, guardandolo negli occhi e, quando vide che platealmente girava il muso da un'altra parte, si rese conto che Loperfido non la prendeva in giro.

Si era offeso davvero.

"*Maronn*".

«Ciao Diablo», fece per rimediare. «Come te la sei passata questi giorni? Hai spaventato ancora le ragazze per strada?».

"Tu, poliziotta, mi sei simpatica, ma non credere che io sia scemo e non mi sia accorto che, tutta presa da questo bel tomo del mio padrone, ti sei dimenticata di me, eh?".

«Diablo, mi ci vorresti tu a casa per scoraggiare quei ragazzi che tengono sempre la musica alta. Se avessi te, sono sicura che la finirebbero di rompermi i timpani». La ragazza parlava al cane, guardandolo negli occhi.

"Certo, poliziotta. Io gli farei subito passare la voglia di disturbare con una bella ringhiata e, se non bastasse, non dovresti fare altro che aizzarmi contro di loro. Tze. Vedresti come li metterei a posto".

«Vieni in braccio, Diablito...».

"Diablito", pensò il microcane. "Hi hi, mi piace Diablito... furba questa poliziotta".

Con Diablo passato di mano attraversarono la piazza per andare al ristorante norvegese. Luana parlò della sua famiglia, dell'esperienza alla questura di Napoli, del questore Ruotolo... e del trasferimento chiesto. Ma ora non le importava più di tornare a Napoli, ora attendeva la risposta per il corso di specializzazione. Mangiarono baccalà, salmone e insalate farcite di crema acida e spezie sconosciute e bevvero birra, mentre Diablo fece il bravo tutta la sera. Usciti dal ristorante, Loperfido si accese il sigaro, lasciando Diablo in braccio alla ragazza. Verso le undici piazza delle Erbe era ormai vuota. Fecero sgranchire le zampette al cane, lasciandolo correre vicino alla fontana, poi entrarono in un locale per l'ultimo bicchiere.

Beati quelli che dimenticano, come disse Nietzsche

Se qualcuno mi chiedesse cosa ho fatto nel mese di gennaio, credo che gli risponderei: «Ho scritto». Certamente ci sono state le lezioni, le riunioni in facoltà, gli studenti, la spesa, Anna Laura e le discussioni con Alessandro. Eppure, di tutto questo dentro di me non è rimasta traccia. Quello che ricordo con luminosa chiarezza è che ho scritto. Ho cominciato la sera dell'interrogatorio, dopo aver intravisto dalla finestra i due poliziotti e quel ridicolo cane, e non mi sono più fermata. Ogni tanto Anna Laura insisteva per leggere le mie pagine ma io, risoluta, rifiutavo.

«Ma di che parla in sostanza questo romanzo?», mi chiedeva scettica.

«Di due bambine», rispondevo immancabilmente.

«Sì, ho capito due bambine, ma poi? Che succede? Dai racconta...».

«Succede che le bambine crescono».

«E?».

«E basta».

«Dai, Ermi...».

Siccome non cedevo, alla fine anche lei, come

Alessandro, non chiese più nulla. L'unico a non far domande fu Felice. Ma credo, ahimè, che il rispetto della riservatezza dell'autore non c'entri. Molto banalmente non era e non è interessato a quanto scrivo.

Io e Anna Laura abbiamo sempre detestato il mese di gennaio: è lungo e buio fino alla tetraggine. Nulla rompe la monotonia di giorni tediosi, che si affaticano uno sull'altro. Quest'anno però è volato, tanto che mi sono ritrovata di colpo col ciclo di lezioni terminato e impegnata a fare esami. Febbraio è arrivato all'improvviso come un ospite inopportuno, che ti trova ancora in pigiama. Anna Laura ha continuato la sua love story col generale e lo ha invitato spesso a cena qui da me. Io l'ho trovato sempre più amabile. Non si è più parlato di Amilcare e neppure dell'Ikea, fino a che una mattina d'inizio febbraio Anna Laura è salita su da me prima di andare in studio, chiedendomi a bruciapelo se avesse davvero pianto tutte quelle lacrime per quell'uomo poi tanto facilmente dimenticato. Aveva bisogno della mia memoria storica. Razionalmente sapeva di averlo amato, di aver sofferto per lui, di aver dedicato la sua intera vita a quei furtivi e brevi incontri. Ma emotivamente il ricordo non pulsava. Era come ricordare la trama di un film. La racconti, hai vivide le immagini, le scene, anche le emozioni provate, ma tutto ciò resta a un livello superficiale, non arriva a toccare le viscere. I ricordi sono scollegati dal cervello emotivo. Mi sono sempre stupefatta di questa reazione di Anna Laura. Dal giorno dell'omicidio, l'oblio ha rivestito tutto ciò che riguardava Amilcare. Un oblio imperfetto, che lasciava intatti i ricordi, mentre ne corrompeva una partecipe sensibilità. Un giorno, esasperata, volli scuoterla.

«Ma ti ricordi quella volta che mi hai costretta ad accompagnarti al Lido?», chiesi sconvolta dalla sua mancanza di pathos.

«Sì, certo. Amilcare era lì con la moglie e i figli».

«Eh!», feci io, volendo intendere con quell'*eh* l'oceano di lacrime versato da lei alla vista della famigliola tra le capannine dell'Excelsior... Mi aveva fatto prendere una camera a mio nome e poi, con cappello a falde e occhiali scuri, come le dive degli anni Cinquanta, passeggiavamo per gli immensi saloni, io in avanscoperta e lei dietro, a spiare la famiglia al completo.

«Sì certo, mi ricordo», rispose serafica.

E dov'è ora tutto quel piangere? Ma davvero l'amore finisce così? Un giorno ami con tutta te stessa e fai cose fuori da ogni logica e il giorno dopo l'amore è finito. Dimenticato. E il problema non è neppure la fine dell'amore, ma la fine della memoria di quel sentimento che per anni hai custodito e difeso con ogni forza. L'aspetto della reazione di Anna Laura che più mi mandava in tilt, era l'assenza di memoria amorosa legata ad Amilcare. Se io smettessi di amare Felice, cosa che per altro credo di aver fatto alcuni anni fa, non potrei dimenticare i toni e i colori della nostra storia. Gli attimi di amore completo e quelli di furia cieca, le gelosie, le crisi isteriche quando temevo che mi tradisse, o il senso di pace che mi pervadeva quando ero certa del suo amore. Tutto questo non lo potrei dimenticare, non credo sia possibile. Per questo cercavo, come uno scienziato che studia le molecole per verificarne il comportamento in determinate condizioni, di provocare Anna Laura, per convincermi che tutta quell'indifferenza fosse in realtà una posa, un patetico tentativo di continuare a vivere dopo Amilcare. Non poteva durare in eterno con la sua negazione, mi dicevo. Ma i giorni e poi le settimane e infine un mese erano trascorsi e la sua anestesia emotiva era immutata. Giunsi alla conclusione che l'amore di Anna Laura era finito e con esso se n'era andato tutto. Lo sapevo che non era possibile, eppure lo avevo sotto gli occhi ogni istante, il suo comportamento. Qualcosa era accaduto al suo cervello; aveva spazzato via il ricordo di quei trent'anni e di un amore complicato e difficile.

E ora amava il generale.

Diceva. E io ci credevo.

Non era difficile amare un uomo come Achille. Era praticamente perfetto come imperfetto era stato Amilcare. Ma si poteva ragionevolmente credere che tutta la perfezione di un amore nuovo eliminasse senza dolore e senza esiti il ricordo di un amore grande e perfetto, pur nella sua imperfezione?

La osservavo. Era sempre lei, la mia Anna Laura. Disordinata, apparentemente sconclusionata, eppure inesorabile nel suo rigore mentale. Presa una decisione, consapevole o no, vi si atteneva fedelmente senza deviare dal modello che aveva stabilito. Lo stesso aveva fatto con la storia dell'omicidio. Più di una volta avevo ripreso l'argomento.

«Se fossi stata tu, per me non cambierebbe niente», le avevo detto un giorno davanti al caffè.

«Ermi, lo so cara. Ma non l'ho ammazzato io».

Gli occhi erano limpidi, mentre mi guardava. Non avrebbe potuto mentire così proprio a me. E mi davo della sciocca. Certo che non era stata lei. Lo avevano capito anche i poliziotti, che non era possibile che fosse stata lei, tanto è vero che non si erano più né visti né sentiti... ormai del caso non si parlava più; c'erano altre notizie più succulente da dare in pasto al pubblico, mai sazio. Altri casi occupavano le trasmissioni televisive e del povero Amilcare Borgomastro, padre e marito amorevole, stimato professionista, nessuno s'interessava più. Neppure Anna Laura.

«Ma ti sarai fatta delle domande su chi potrebbe averlo ucciso, no? Non vorrai farmi credere che non hai congetturato, sospettato, ipotizzato?», insistevo ostinata.

«Certo che ci ho pensato. E non ho idee valide. Potrebbe essere stata la moglie, perché no? In fondo, a noi quella non ci è mai piaciuta. Tutta perbenino, con i golfini e le petunie sui balconi...».

«Non dirai sul serio», dissi.

«Certo che no. Se non posso essere stata io, per via della dinamica, figurati quella scema. Ermi non ci pensare più, tanto non lo sapremo mai».

«E se avesse avuto una doppia vita?».

«Una tripla, vorrai dire».

«Sì una tripla vita, che ha nascosto anche a te. Metti che ci fosse una terza donna...», buttai là senza pensarci. «Potrebbe essere, perché no? A conti fatti tu, che ne sapevi di lui, quando stava a Rovigo?».

«Vero. Sarebbe proprio da ridere. La cornuta, la cornuta bis e la terza donna», rispose divertita Anna Laura.

«E se la terza donna avesse avuto un marito, che folle di gelosia lo avesse ucciso?».

«All'Ikea?», fece Anna Laura, sollevando le sopracciglia con aria dubbiosa.

«E se con la terza donna all'Ikea ci fosse andato e solo con te faceva tutte quelle difficolta?», ribattei spietata.

«Mmm... sarebbe proprio una bella scoperta! Con me trent'anni di cautele e uscite furtive e con la terza toh! Bello bello, se ne va pure all'Ikea, 'sto stronzo».

«È morto, Anna Laura».

«Ah sì, è vero. E ben gli sta che l'hanno cecchinato. Chiunque sia stato, ha fatto bene. Ma pensa te. Chissà... una terza donna. E magari pure di vent'anni più giovane».

«Anna Laura, era malato», le ricordai. «E tu lo sapevi».

«Vero, lo sapevo».

«Non mi dici la verità», dissi sgomenta.

«Ermi, non la so la verità. So che era malato. Ma non so altro. Tu lo sai che non sono stata io. Ti deve bastare questo».

«Ma per me non cambierebbe niente!».

Mi misi a piangere per la frustrazione di non riuscire a farla confidare. Mi nascondeva qualcosa. A me!

«Lo so. Non cambierebbe niente neanche per me, se tu ti trovassi al posto mio. Farei di tutto per te».

«Anch'io lo farei. E l'ho anche già fatto», risposi tra le lacrime.

Vedere solo ciò che si crede possibile

In questura ebbero inizio le chiacchiere. Non si sa come e neppure perché, ma da qualche giorno si era diffusa la nuova che tra Luana Esposito e il commissario capo Loperfido ci fosse del tenero. Luana, avvilita e preoccupata, fingeva di ignorare le occhiate malevole della coppia Pompinello-Passarelli e le strizzatine d'occhio di Scornamiglio. Per non parlare dell'agente di guardia in portineria. Sembrava lui il fidanzato tradito e abbandonato.

"Ma come si è sparsa questa voce?", si chiedeva la ragazza. Nella realtà dei fatti, non erano andati più in là di un paio di cene e qualche uscita a spasso col microcane, e già si parlava di tresca. Una mattina di febbraio la Mancuso si mise in agguato davanti alle macchinette e, tutta elettrizzata, le intimò di sputare i particolari.

«Che particolari?».

«Dai, dai», rispose quella sfregandosi le mani, avida. «Com'è?».

«Ma com'è cosa?».

«Il commissario, com'è?».

«Ma che ne so, com'è...», rispose seccata.

«È vero quello che si dice?».

«E che si dice?».

«Che sia un grande amatore...», la Mancuso aspettava trepidante.

«Quando lo scoprirò, credimi che sarai una delle prime a saperlo, Mancuso. Ora, siccome non ho notizie da darti, torno a lavorare».

«Sì sì», ribattè la collega col sorriso di chi la sa lunga. «Sappi comunque che un giro di manopola col tuo commissario qui se lo farebbero in parecchie. Compresa me!».

Col bicchiere in mano se ne tornò nel suo ufficio per sentire Scornamiglio che, alzati gli occhi dalla sua scrivania super ordinata, con la cartella dei rapporti vuota e col sorriso ebete che lo contraddistingueva quando voleva fare il furbo, le chiedeva se fosse assonnata.

«Sì, sono assonnata come tutte le mattine, perché?».

Si pentì immediatamente del tono astioso, adatto solo a confermare le insinuazioni del collega.

«Il commissario non è ancora arrivato. L'hai visto?».

«Scornamiglio, perché dovrei averlo visto?».

«No così, dicevo tanto per dire».

«Scorna, così tanto per dire... io, di dov'è il commissario non ne so niente, ok? Fine delle trasmissioni».

«Ok, ok, ma non t'incazzare».

Luana pensava che all'origine dei pettegolezzi ci fossero la Pompinello e la sua amica grassona. Quelle due avevano sparso per tutta la questura la calunnia di una tresca tra lei e Loperfido, e il bello era che adesso ci credevano tutti. E lei non ci faceva una gran figura. Che banalità... col commissario!

La ragazza era ancor più irritata, perché non era successo proprio niente, e non se ne spiegava il motivo. Erano usciti diverse volte e una sera lei lo aveva persino fatto salire nel suo appartamento per un ultimo bicchiere. E... niente. Si era seduto sul divano, aveva bevuto, si era guardato intorno e, dopo qualche chiacchiera, si era alzato e se n'era andato. Lei ci aveva ripensato tutta la notte. La mattina dopo si era reso necessario un consulto urgente con Assunta. Avevano preso in considerazione tutte le variabili. Secondo l'amica era semplicemente un uomo educato che non salta addosso a una donna al primo appuntamento.

«Assù, saranno quattro o cinque volte che usciamo insieme».

«Embè! Che ti credi che sono tutti degli allupati come i nostri qui?», intendendo dire con questo che i giovani di Napoli non si sarebbero fatti lo scrupolo di aspettare il secondo appuntamento.

«Ma almeno ti ha baciato, quando se n'è uscito?».

«No... sì... sulla guancia».

«Sulla guancia?».

«Eh... Assù, e se non gli piaccio?».

«Ma che vai a pensare... magari è gay».

«Ma chi, Loperfido?», fece incredula. «Ma quando mai... con tutta quella barba...».

«E perché, la barba non ce la possono avere, i gay?», la logica di Assunta era puntuale.

«Sì, certo, ma lui no... troppi peli per essere gay. No no, non sarò il suo tipo».

«Luà, se tu non fossi il suo tipo, che ti inviterebbe a fare?».

«Forse si sente solo. Ora che la Pompinello fa la sostenuta, non avrà altro tra le mani».

«E finiscila... senti, e se fosse impotente?».

«Assù, non credo proprio. Sai cosa dicono qui di lui? C'è un'aneddotica infinita su tutte le sue storie».

«E che vuol dire? Avrà raggiunto la pace dei sensi o forse non vuole casini al lavoro o teme che ti attacchi a lui... va a sapere che pensa».

«Ma se è chiaro che non vedo l'ora che mi chiamino al corso. E che, ho la faccia di una che si vuole accasare? Non mi pare proprio».

«Luà senti, non lo so. Vediamo che succede».

«Assù, magari lo invito a cena qua».

«E prova».

«Domani. Domani lo invito. Se lo invito, dici che capisce che voglio...».

«Luà, se non è scemo capisce».

«Allora è meglio di no».

«Luà mi fa male la testa, mi aspetta una giornata infame al policlinico e ho preso due chili. Pietà».

«Sì sì, ma tu che pensi?».

«*Maronn* Luà, che penso? È veneto e quelli so' diversi. Ciao, ti chiamo stasera. Luà?».

«Sì?».

«Ma tu... ti sei accorta se... se gli fai sangue?».

«Mi pareva di sì. Mi guarda come se...».

«Vabbuò, a stasera».

«Esposito!». La voce del commissario, che la chiamava dal suo ufficio, si sentì per tutto il piano. Alle macchinette, la Pompinello e la sua amica Passarelli tirarono il collo per vederla passare.

Non poté farne a meno. Lo sapeva che non doveva, ma non ce la fece a mantenere il distacco che si era raccomandata.

«Be', non avete timbri da mettere, stamattina?», fece col tono più acido che riuscì a scovare dai tempi delle superiori, quando era in guerra con la più bella della classe.

Le due colleghe restarono interdette per qualche secondo, perché mai si sarebbero aspettate un simile ardire da quella napoletana sempre gentile.

La Manganello le si avvicinò: «Guarda che non serve che te la tiri tanto. Ci sono passate tutte dal letto di Loperfido, carina».

«No! Io no!», intervenne la Passarelli e poteva sembrare che nel tono ci fosse una nota di rimpianto. Luana Esposito riprese il suo contegno educato e ringraziò molto calorosamente per la precisazione.

«Grazie Manganello. Davvero grazie per avermelo ricordato».

«Quello non si lega. Ricordatelo: ti spezzerà il cuore».

«Manganello? Credimi, il mio cuore non corre alcun pericolo». E lasciandola in piedi con la Passarelli che si precipitava per consolarla, proseguì verso l'ufficio dello spezzatore di cuori. Le era venuto il magone. Non tanto per le parole della Manganello, ma per la sicumera che aveva ostentato, non in sintonia col suo vero sentire. La verità era che il suo cuore era in pericolo, eccome.

Idea, concetto, informazione: la realtà svelata

Le giornate si erano allungate e c'era nell'aria una luce nuova, presagio di tiepidi pomeriggi di primavera. Ogni anno in questo periodo mi sentivo piena d'energia e mi proponevo di camminare, andare in palestra, cambiare l'arredamento, ma all'arrivo di marzo avevo già accantonato questi propositi. Anna Laura era in pieno fermento per l'organizzazione della sua festa di non matrimonio e da qualche settimana faceva la baby-sitter ai nipoti del generale.

«Nonna», la prendevo in giro.

«Uè non scherziamo, quale nonna. Zia semmai. Sai che la piccola mi chiama Nanalaula...», mi diceva col sorriso ebete dei sedotti da un paio di occhioni spalancati.

«Nanalaula», le facevo il verso io incredula. «Ma se non ti sono mai piaciuti i bambini».

Mi venivano in mente le scene della nostra vita. Una volta in spiaggia un bambino si era messo a giocare troppo vicino alla sua sdraio. Alla seconda pallonata, Anna Laura lo aveva chiamato e, facendo gli occhi cattivi, gli aveva detto: «Ehi, bambino, se non la finisci ti annego». L'infante era corso dalla madre per riferire quanto gli aveva detto la strega bionda. La signora, teorica della dottrina che i bambini sono un bene collettivo e che per definizione li si deve amare in quanto tali, si scagliò contro la malefica con invettive e contumelie.

«Lei è un mostro! Dire a un bambino che lo annega».

«Io», fece lei con l'espressione incredula. «Ma le pare? Gli ho solo detto che, essendo la spiaggia semivuota, poteva giocare un poco più in là...».

Fu talmente convincente che alla fine la mamma redarguì il povero bambino, rimproverandolo per le bugie. E lei se la rideva sotto gli occhiali da sole esagerati. «Stronzetto malefico», sussurrava.

«Che pensi?», la voce roca di Anna Laura mi sorprese persa in ricordi passati.

«Oh! A quella volta a Caorle che volevi annegare il bambino che giocava a pallone... e la madre ti ha riempita di insulti».

«Ma quando?», mi fece spalancando gli occhi costernata, come se io avessi detto un'assurdità che non si intonava alla sua radicata opinione dei bambini in generale. Solo con Alessandro era stata sempre tenera e amorevole. Ma gli altri? Non li poteva letteralmente vedere.

«Sì, vabbè...», lasciai perdere, perché non era possibile farla venire a patti con le contraddizioni del suo carattere. Doveva fare l'attrice, pensavo.

«Che ne dici di metà maggio?», Anna Laura riprendeva il filo del discorso lasciato, quando mi sorprese distratta da rimembranze lontane. Seduta al tavolo della cucina, con l'iPad in mano, le gambe accavallate, le scarpe di coccodrillo e il tailleur di Ida, sembrava una duchessa che detta l'agenda dei ricevimenti alla sua cameriera. Io in piedi alla finestra a fianco del lavello, guardavo la piazza.

«Allora?».

«Sì, va bene».

«Ma, secondo te, è meglio sabato o domenica?».

«Secondo me, domenica».

«No, meglio sabato», fece lei.

«Ma allora cosa mi chiedi a fare?», ribattei seccata.

«Ma che hai? Il professor Giudice non si è visto?».

La stronza toccava il tasto dolente. A cinquant'anni e passa ero vittima di una cotta tardiva. E la cara amica metteva il sale sulla ferita.

«No», risposi malinconica.

In effetti, da febbraio i rapporti col mio collega si erano alquanto raffreddati. Non che ci fosse stato niente di più che messaggi, telefonate, il caffè insieme nel bar fuori dal dipartimento, ma da qualche mese l'oggetto del mio innamoramento latitava e non rispondeva alle email che gli inviavo. Questo atteggiamento mi aveva gettato nella tristezza. La mia *love story* immaginaria puntellava la mia vita, altrimenti molto noiosa. Non volevo una relazione con lui, semplicemente mi bastava un amore di quelli che vivono solo nell'immenso spazio dell'immaginario, e per questo sono incorruttibili e perfetti.

«Secondo me dovresti evitare di scrivergli. Sparisci!», mi suggerì l'amica di una vita.

«Ma sentitela», sbottai. «La campionessa di comportamenti amorosi, che elargisce suggerimenti come la marchesa Biancamano…».

«Uè, stai proprio avvelenata, eh?».

Si alzò e venne vicino alla finestra. Mi circondò le spalle con un braccio.

«Non ti sarai mica innamorata davvero?».

«Macché innamorata…», il sorriso tirato e il tono volutamente ironico suggerivano che Anna Laura aveva detto un'enormità, ma Anna Laura era Anna Laura.

«Ermi, Ermi, Ermi», fece sussurrando. Poi improvvisamente mi fece voltare e, fissandomi negli occhi, mi disse: «Non è grave. Passa. Credimi che passa. Passa tutto…».

Finché non si sceglie, tutti i possibili esistono contemporaneamente

Luana Esposito fissava una ragnatela nell'angolo del soffitto tra la finestra e l'armadio. Erano mesi che voleva toglierla, ma a primavera inoltrata la ragnatela era ancora lì. Si era trovata un cantuccio protetta dalla tenda e lì stava, senza incomodare nessuno, se non il senso estetico della padrona di casa quelle poche volte che a letto fissava il vuoto.

Era la mattina di un sabato di marzo. Prese il telefono. Pochi squilli.

«Assù?».

«Luà?».

«Assù, stanotte s'è fermato qua».

«E finalmente!», esclamò la voce amica. «Dai, racconta».

«No, Assù».

«E perché? È stato tanto tragico?».

«No».

«E allora?».

«Troppo perfetto».

«Uuuuuh, Luà…».

«Assù, io lo amo da morire».

Dopo innumerevoli uscite tra cinema, aperitivi, cene e gite ad Asiago, Luana si era finalmente decisa a invitare Loperfido a cena a casa sua. Non che fosse una grande cuoca, ma tanto quello lì mangiava tutto e gli avrebbe fatto lo stesso effetto un pollo allo spiedo della rosticceria o un manicaretto preparato per ore davanti ai fornelli. Quindi, uscita dal lavoro, si era fermata alla gastronomia Padova Food a comprare pollo, piselli, peperonata, caponata, una bella crostata di ciliegie e una bottiglia di Cabernet da quindici euro.

Aveva preparato la tavola, acceso tre candele dell'Ikea e si era fatta la doccia.

Non era ancora successo niente tra loro, ma Luana Esposito aveva deciso che, se fosse accaduto quella sera, lei non si sarebbe certo fatta trovare impreparata. Tirò fuori dal cassetto il reggiseno di pizzo nero, la culòtte coordinata e si infilò le calze autoreggenti comprate apposta, quelle con la balza alta, "che non si arrotolano", come aveva giurato la commessa di via Gattamelata. Sopra, indossò una gonna nera lunga e un maglioncino morbido a collo alto. L'ospite arrivò puntuale con una bottiglia di vino e dei fiori. Con una faccia tosta da primo premio, ebbe il coraggio di dire che la cena era ottima. Si guardarono molto negli occhi. Il vino fece la sua parte. Prima del caffè Luana si alzò da tavola e si diresse verso di lui. Sollevando la gonna gli si sedette in braccio. Lui non fece una mossa. La guardava interrogativo e spaventato.

«Esposito!».

«Loperfido...».

Lo strinse in un abbraccio e gli incollò le labbra sulla bocca. Lui, dopo qualche attimo di esitazione, rispose al bacio. Poi, prendendole le braccia con le mani, la tenne ferma.

«Esposito!», aveva gli occhi liquidi. «No».

«Perché?».

«Perché uno dei due si farà male. Non voglio che sia tu».

Le si riempirono gli occhi di lacrime. E, divincolandosi dalla stretta delle mani che le tenevano immobilizzate le braccia come una morsa, gli rispose che era lui ad aver paura di soffrire.

«E se fossi tu a farti male?».

Le lasciò le braccia e lei, invece di alzarsi e buttarlo fuori di casa, nascose il pianto nella sua spalla. Sapeva di sigaro e di qualcosa per ammorbidire i tessuti. Era un odore buono. Lui le cinse la schiena.

«*Shhh*».

«Perché non mi vuoi?».

«*Shhh*».

«Solo una volta...», continuava sussurrandogli nell'orecchio. «Solo una».

Si mosse su di lui e sentì tutta la forza del suo desiderio. "Almeno per questa sera non hai scampo...", pensò.

Fu diverso. Non pensò neppure per un momento alla soddisfazione di lui. Un egoismo feroce la guidava. Non aveva fiato né energia per accertarsi che lui provasse lo stesso suo piacere. Lo sapeva e basta. Fu come correre al buio a perdifiato lungo una strada sconosciuta. Fu esaltante.

Accecata dall'intenso desiderio, divenne violenta.

Lui fu dolce.

«Mio dio», disse, «si può perdere la testa per un amante dolce...».

La mattina dopo, indolenzita e umida, sperimentò l'immenso piacere del dolore tra le gambe. Un indolenzimento che era un piacere al contrario, perché le ricordava cosa lo aveva provocato. Quando si svegliò, se n'era andato. Era felice. Gli aveva detto che lo amava.

«*Shhh*», aveva risposto lui.

Uscì di casa che era l'una passata. Fece il solito giro del sabato; il cappuccino al bar di via Roma, i giornali e qualche spesa nei negozi sotto i portici. Si osservava nelle vetrine, rallentando il passo, e si chiedeva se i passanti che la osservavano indovinassero il calore dolente che sentiva fra le gambe. Se fosse visibile l'indicibile gioia intima che provava. Quella notte con lui era stata perfetta e, se anche non si fosse ripetuta mai più, se la sarebbe fatta bastare. E tuttavia sbirciava il telefono in continuazione.

Passò il pomeriggio non facendo nulla di ciò che si era ripromessa: non andò in lavanderia, non passò l'aspirapolvere e soprattutto non rimosse la ragnatela dal soffitto della sua camera. "Ora proprio no", si disse. "Lei è stata testimone silenziosa di un miracolo perfetto". Sorrise a quel vezzo che lui manteneva, continuando a chiamarla per cognome anche nei momenti più appassionati. «Esposito, mi farai morire qui, su questo letto...».

Verso sera accettò l'invito di alcuni colleghi della finanza ad andare a cena sui colli. Si divertì, ma in molti notarono che era distratta, persa nei suoi pensieri. Qualcuno le chiese se aveva notizie del corso a Quantico...

Tornò a casa dopo l'una e, prima di mettersi a letto, controllò la posta elettronica. Una email. Il cuore fece un salto.

«Buonanotte, Esposito».

«Chiamami Luana».

«No. Mi piace Esposito. Non senti come è sensuale? E-spo-si-to».

«Loperfido?».

«Sì?».

«Vaffanculo».

«Agli ordini, Esposito. Ci vediamo lunedì».

«Ci vediamo lunedì».

Fece i pochi metri che la separavano dalla sua camera, abbozzando dei passi di danza che aveva imparato a cinque anni, quando la madre insisteva nel portarla da mademoiselle Charlotte. *Plié... arabesque*, e con le braccia sopra la testa si diresse, sulle punte delle pantofole a forma di cane, verso il letto.

Il teorema di Bell

Ci siamo: ho evitato di pensarci per mesi, ma inesorabile è arrivato il momento della scelta dell'abito per il non matrimonio di Anna Laura e Achille. Questa carnevalata del non matrimonio è stata portata avanti con un accanimento che ha trovato impreparata persino me, che pure conosco ogni piega del suo carattere.

"Ma sì", mi dicevo. "La tira avanti, ma poi ridimensionerà il tutto. Si renderà conto dell'irragionevolezza di questa mascherata...".

L'altro ieri era in preda all'isteria delle giovani sposine. Le ho detto di essere equilibrata. Mi ha aggredita: «Visto che ti piace tanto citare Aristotele, perché non citi anche quando sostiene che l'irragionevolezza è un diritto umano?».

Non sapendo come argomentare e, presa alla sprovvista – lei che cita Aristotele –, ho cercato di indurla a un comportamento meno ridicolo di questo non matrimonio con abito, *cadeaux de mariage* e viaggio di non nozze. Per tutta risposta, mi ha sbattuto sul naso un pacco di riviste che andavano da «Sposabella» a «Vogue» e mi ha intimato di trovarle un abito che fosse giovane, ma non troppo; bianco, ma non eccessivamente virginale; lungo, ma non pretenzioso, elegante e simpatico.

«E dove te lo trovo, un vestito così?». Inutile suggerirle di rivolgersi al negozio che fu di sua madre. Una volta ceduto, Anna Laura non ci aveva più messo piede, anche se manteneva ottimi rapporti con le titolari. In sostanza voleva un matrimonio, ma senza il matrimonio. Il resto dell'apparato scenografico tipico di tali cerimonie lo voleva tutto, comprensivo di fiori, bomboniere e banchetto, e seguito dalla serata danzante con cambio d'abito e fuga nella notte alle Hawaii.

«Ma Achille che dice?», chiedevo, incredula che un uomo assennato come il generale si prestasse a questa ridicola farsa.

«Oh, lui è d'accordo con me…».

«Ma… i figli, gli amici, i colleghi dell'arma?».

«Uff, come sei ordinaria. Lui capisce che, non essendomi mai sposata, io desideri una sorta di festa nuziale. Ma perché ti scandalizzi tanto?».

«Ma allora sposati, no? Cosa te lo impedisce?».

«No. Non mi voglio sposare. Dopo la festa, ognuno starà a casa propria, non capisci? Voglio una festa di nozze», insisteva Anna Laura col tono ostinato della bambina capricciosa che pesta i piedi.

«Vuoi una festa di nozze senza le nozze», ribattei.

«Esatto. Ci vuole tanto a capirlo? Ora finiscila di fare la petulante e aiutami a cercare un abito adeguato».

«Ma come deve essere questo vestito? Non vorrai davvero l'abito da sposa?».

«Certo che no, ma deve essere indimenticabile. E cerca di pensare anche al tuo, visto che sarai la damigella d'onore».

«Cooosa? Mai!».

«Certo che sì».

«Ma vuoi far ridere tutta la città?».

«Che rida pure, di questi tempi una bella risata è una benedizione».

Mi misi a sfogliare le pagine della pila di riviste che mi aveva buttato sul tavolo mentre lei, attaccata al telefonino, discuteva di ritenute d'acconto e pagamenti rateizzati dell'IRPEF. Ammirando gli abiti, mi distrassi al punto che non pensai più al vestito per lei ma a quello per me, e quando lo trovai: «Eccolo!», dissi esultante. Immediatamente attenta, occhieggiò la foto: «Mostra! Ma nooo, non lo voglio blu, ti avevo detto che lo voglio chiaro...».

«Ma non è per te. È il *mio* vestito per il tuo non matrimonio».

Mi lanciò la rivista, lamentando la scarsa considerazione che manifestavo per l'avvenimento più importante della sua vita. Cercai di ricordarle che non gliene era mai fregato niente di sposarsi fino a ora. Ma era inutile farla ragionare.

Il pomeriggio passò senza risultato, ovvero l'abito che aveva in mente la non sposa era introvabile.

«Ma perché non te lo fai fare?».

«Eh, andrà a finire così, lo disegno e me lo faccio confezionare su misura».

In realtà, le cose andarono diversamente. Il sabato successivo avevamo un impegno a Venezia. Il *mio* professor Giudice presentava il suo ultimo saggio sulla lirica provenzale a un convegno alla Ca' Foscari; così l'avevo costretta ad accompagnarmi, pur sapendo che la lirica provenzale la interessava come la tecnica del punto pavone all'uncinetto. La lusingai promettendole una lunga passeggiata per la città a seminario concluso. E infatti, dopo due ore di sofferenza da parte sua e felicità da parte mia – il professor Giudice era un oratore inarrivabile –, finalmente libere, vagammo per Venezia con il tardo sole primaverile. Poco prima di San Marco, occhieggiando sognanti le vetrine delle grandi firme, eccola bloccarsi folgorata. Senza proferire una parola, si lanciò all'interno del negozio e allungò il braccio in direzione della vetrina a due imperturbabili commesse dall'aria sprezzante. La seguii e mi giustificai patetica "sono con la signora" alle due tizie, che non espressero alcun saluto. Con calma esasperante una delle due controllò il modello e, dopo aver squadrato la figura di Anna Laura, alzando un sopracciglio chiese incredula: «È per lei?».

«Certo, per me», rispose la faccia tosta di Anna Laura.

Subito pronta a intervenire in sua difesa, mi sentii in dovere di rimproverare la sprezzante venditrice.

«Be'? Che problema ha?», le chiesi.

«Neanche uno», fece quella scostante. «Solo non mi pare un modello adatto alla figura della signora», rispose indicando Anna Laura.

«Lei si occupi di vedere se lo avete della taglia 46. Non abbiamo richiesto la sua consulenza, mi pare».

Sempre così; io potevo dirle tutto, ma non appena qualcun altro si azzardava a dire o pensare male di Anna Laura, mi scagliavo come una furia a difenderla. Neanche ne avesse bisogno, con quella lingua biforcuta che si ritrovava.

Il vestito in questione, un bellissimo tubino di pizzo avorio con giacchino corto, era effettivamente azzardato. Troppo corto e soprattutto troppo scollato, ma Anna Laura aveva gli occhi che sbrilluccicavano. Nemmeno il cartellino del prezzo fu in grado di smorzare le lucine che emanavano.

«Lo abbiamo fino alla 44», la voce della *vendeuse* anticipò di poco la sua comparsa. Teneva tra le braccia l'abito e, scettica e odiosa, non riusciva a nascondere un sorrisino trionfante.

«Ragazza, sentimi bene. *Io* voglio quel vestito. Adesso alzi il telefono e chiami tutte le boutique d'Italia, fino a che non lo trovi della mia taglia. Io lo *voglio*! Dovessi chiamare Valentino in persona nella sua villa a Saint-Tropez. Coi tremila euro che costa, puoi anche sculettare fino al telefono».

Si sedette sulle lussuose poltroncine del negozio e attese. L'altra commessa, che non aveva proferito verbo, ci guardava con gli occhi sgranati. Abituate a russe e cinesi, che non fiatavano per paura di fare brutta figura, non sapevano come fronteggiare una cliente simile e io, orgogliosa di Anna Laura, pensavo che lei fosse proprio una dura.

Dopo un'ora di attesa e due caffè offerti dalla *maison,* si scioglieva la riserva. L'abito sarebbe arrivato da una boutique di Torino la settimana successiva.

«Ehm, ci lascia un acconto?».

«Ma te lo pago anche subito», rispose Anna Laura.

E così, con la felice prospettiva di un nuovo giro a Venezia la settimana dopo, ecco risolta l'inquietante questione del vestito da non sposa. Secondo me la signora Ida, nel luogo dove si trovava in quel momento, stava dando una festa in onore dell'evento. Dopo una vita a strizzare matrone nelle pancere e a vestire spose, neolaureate e madame del jet set di Padova e dintorni, doveva divertirsi un mondo a vedere quella stagionata di sua figlia alle prese con l'abito di pizzo da non sposa.

Se la risposta non ti soddisfa, cambia la domanda

Da qualche mese l'ispettore Luana Esposito viveva quelle che Assunta chiamava montagne russe emotive, ovvero una relazione con il commissario Loperfido fatta di alti e bassi. Dopo la notte trascorsa insieme, ce ne furono altre. Loro, nonostante le chiacchiere e i pettegolezzi, non mutarono in nulla il loro atteggiamento. Cenavano insieme una o due volte la settimana, di solito il martedì e il venerdì. Il martedì sera Loperfido se ne tornava a casa presto senza dar segno di voler continuare la serata; il venerdì notte lo passava nel letto di Luana, particolare che lasciava molto soddisfatti entrambi. Nonostante gli avvertimenti di Assunta, Luana non era del tutto riuscita a mantenere quel distacco che una simile relazione avrebbe richiesto. Senza nemmeno rendersene conto, iniziò a soffrire l'assenza di progetti che intuiva nell'uomo. Si era detta e ridetta che doveva rimanere una parentesi ma, notte dopo notte, si legava sempre di più, mentre Loperfido rimaneva in quello stato di tiepido coinvolgimento sentimentale dell'inizio e non dava segno di voler modificare l'andamento della loro storia.

Con Assunta congetturavano per ore, analizzavano nei minimi dettagli i gesti, le parole, gli sguardi dello sfuggente amante, senza mai arrivare a una conclusione. Una sorta di pudore istintivo impediva a Luana di parlarne chiaramente, anche perché non sapeva bene cosa dire. Dentro di sé sapeva che neppure lei era alla ricerca di un fidanzato, dopo la rottura definitiva con Saverio, e dunque viveva la storia con lui mutando repentinamente slancio e aspettative.

Loperfido era indecifrabile; quando facevano l'amore era molto dolce e lei avrebbe giurato, in quei momenti, che si era innamorato di lei. Solo il timore per l'età da una parte e il prossimo trasferimento di lei dall'altra, lo frenavano dal dichiarare il sentimento che provava, si diceva. Fuori dal letto, invece, era il solito Loperfido che conoscevano tutti: distratto, ombroso, di poche parole e vagamente scocciato. Le serate con lui erano multiformi. In un'occasione lo aveva piantato in un ristorante indiano a metà cena e se n'era tornata a casa a piedi. Quella sera si erano incontrati e subito era stato chiaro alla ragazza che l'umore dell'uomo era sul depresso annoiato. Lei aveva cercato di essere spumeggiante, di divertirlo, di coinvolgerlo in uno straccio di conversazione, gli aveva chiesto persino del microcane, visto che non lo aveva portato… poi, frustrata dai monosillabi di Loperfido, si era alzata, lo aveva sfanculato ad alta voce e se n'era andata dritta a casa. Attraversando Prato della Valle, lacrime fredde le avevano rigato il viso, rendendo vana tutta la cura che aveva messo a nascondere le occhiaie sotto strati di correttore.

La fidata Assunta fu raggiunta da un SMS che trasudava tragedia: «Assù un disastro... non lo voglio vedere mai più».

Dopo pochi minuti squillò il telefono. Lei si era rannicchiata sul divano senza nemmeno togliersi gli stivali e stava dando fiato allo sconforto e al dolore, disidratandosi a forza di piangere.

«Che c'è Luà?».

La voce preoccupata dell'amica di sempre accentuò l'intensità delle lacrime.

Tirando su col naso e singhiozzando senza ritegno, Luana raccontò l'atteggiamento odioso del commissario e di come lei aveva deciso di andarsene.

«Se...», lamenti disperati. «Se non aveva voglia di uscire, poteva pure dirlo no? Mica l'ho costretto con la pistola».

«Ma quando mai, Luà; avrà avuto pensieri suoi. Hiii come la fai grande...».

«E volevo vedere te. Sembrava che facesse uno sforzo a stare con me. Appena arrivato mi chiede, senza neanche salutarmi, dove voglio andare...». Singhiozzi. «E già lì dovevo capire lo stronzo».

«E vabbuò, e poi?».

«Gli dico dell'indiano e annuisce. Come i ciucci Assù, manco sì, ha detto. Ha mosso la testa come i ciucci. Arrivati dentro non ha parlato mai».

«E te ne sei andata?».

«Sì».

«T'ha chiamato?».

«Nooooo», lamento desolato.

«Luà, *sent'a mè*, quello è così e tu non c'entri niente».

«Assù, non lo voglio vedere più».

«Domani lo devi vedere».

«Sì, ma fuori dalla questura non lo voglio vedere più. Col cavolo che ci mette più piede qui dentro. Se ne tornasse dalla Pompinello, che quella fa per lui… ahh», singulti irrefrenabili.

Dopo un tempo sensibilmente lungo di lamenti, inframmezzati a recriminazioni, minacce di vendette terribili, insulti e tentativi di consolazione di Assunta, la telefonata ebbe fine con la decisione epocale di Luana che avrebbe sollecitato il proprio trasferimento a Napoli.

«Che si fotta, 'sto stronzo. Voglio vedere se dopo non mi rimpiange…».

«Giusto Luà…».

Il mercoledì mattina successivo a quell'uscita disastrosa e dopo una notte altrettanto disastrosa, grazie agli artifici del make up – "quel correttore è un vero portento", si disse Luana davanti allo specchio –, si presentò in questura più allisciata del solito. Quando non era costretta a indossare la divisa, era felice dei complimenti di colleghe e colleghi per il suo abbigliamento molto curato, ma quella mattina fece proprio del suo meglio. Alzatasi presto per lavarsi i capelli e decongestionare gli occhi gonfi con ghiaccio, indossò una gonna corta a portafoglio che, secondo lei, le stava particolarmente bene. Poi si mise una camicetta scollata e il cappottino verde a pois e, fregandosene del male ai piedi, calzò le scarpe col tacco quadrato che, comprate in un momento di malinconia, aveva portato sì e no due volte, visto che dopo qualche ora le massacravano i piedi. "*Chi bella vò parire gran dolor deve sentire*", diceva sua madre quando da bambina cercava di domare i suoi capelli ricci con pettine e acqua. In portineria fu omaggiata dal fischio del solito mollicone che ci provava sempre. Non avendo visto l'auto dello stronzo al suo posto, Luana si diresse nel suo ufficio.

Scornamiglio, alzando la testa dal computer, le lanciò un'occhiata ammirata. Lei pensò con maligna ironia che la moglie lo buttava fuori di casa sempre prima, al mattino. Tant'è che non erano nemmeno le otto e già stava al lavoro sui rapporti.

«Buongiorno», disse col muso appeso che smentiva platealmente l'allegria che l'abbigliamento voleva suggerire.

«Ehi Luana», e abbassando la voce: «Oggi sta più nero del solito», e fece segno con la testa verso l'ufficio del commissario.

«Ma perché, è già qua?».

«Sì... dalle sette che è arrivato. Non ha salutato nessuno e si è chiuso dentro. Si è chiuso, capito?».

Luana, suo malgrado, fu felice di sentire che stava incazzato nero e sperava ardentemente di essere la causa di quell'umore di merda.

«La macchina non c'è, fuori», disse rivolta al collega, togliendosi il cappottino verde e appendendolo sul montone rovesciato degli anni Ottanta di Scornamiglio.

«È venuto a piedi...», il tono dell'agente sottintendeva che la cosa era davvero grossa. Era noto che, quando stava rabbioso, il commissario camminava.

Poiché Scornamiglio continuava a osservarla in attesa che un commento gettasse luce sul comportamento di Loperfido, Luana, irritata più con se stessa che con il collega, sibilò: «Capirai, sta sempre incazzato quello, sai la novità».

«Hai ragione, ma ultimamente pareva più affabile».

«Non mi pare proprio», ribatté la ragazza e, ostentando una grande attenzione, si dedicò a leggere la consegna della notte al computer.

La mattinata passò tra incombenze varie. Quando Luana, per spostarsi in altri uffici, passava davanti alla porta di Loperfido, sperava di trovarla spalancata come di consueto. Ma quella rimaneva chiusa sbarrata. Alle undici il classico assembramento davanti alle macchinette del caffè – con la coppia Pompinello-Passarelli che teneva pubbliche relazioni con tutta la questura –, la esortò a uscire per rifugiarsi al bar fuori dallo stabile.

Si sedette al tavolino e, mandando a quel paese linea e ciccia sui fianchi, si consolò con due cornetti, maledicendo la tendenza a ingozzarsi di dolci, appena le cose prendevano una brutta piega. Assorta nella lettura degli SMS laconici che il giorno prima si era scambiata con lo stronzo del commissario, non si accorse che lui era entrato e stava in piedi al banco in attesa del suo caffè con il sigaro spento, il giaccone stazzonato e una sciarpa che Luana non poteva vedere, perché era certamente un regalo di qualcuna delle sue donne. Una sciarpa di cashmere, Ballantyne… figuriamoci se l'aveva comprata lui, con quel gusto da zotico che aveva.

Il cuore batteva forte. "Che faccio? Che gli dico? E se viene qua?".

Messaggio frenetico con Assunta, anche per darsi un tono e fare l'indifferente: «Assù, sta al bar. Che faccio?».

Lui si gira e la vede.

«Esposito! Non ti aggrada il caffè delle macchinette?», le disse col sorrisino da iena che ostentava quando voleva mettere a disagio l'interlocutore.

«Come a lei commissario…».

«Esposito, non siamo in questura», fece avvicinandosi.

«Posso godere di libertà d'espressione?».

«Certamente, Esposito. Mi aspetto una giustificazione per il tuo comportamento isterico di ieri sera».

Rossa di rabbia Luana decifrò le parole. "Comportamento isterico? Io?".

«Loperfido!?».

«Dimmi».

«Vai cortesemente a fare in culo. Visto che sono isterica, stammi lontano», rispose a bassa voce accentuando il tono risolutivo delle parole con gesti della mano che significavano sciò… *vatténne*…

«All'una siamo convocati in procura, ti ricordi, sì?».

«Mi ricordo, mi ricordo. Ora vorrei godermi la pausa caffè in pace, se non ti dispiace».

Il commissario posando la tazzina sul bancone portò il suo sorriso da iena fuori dal locale dove, fermandosi un momento, si accese il sigaro. Lo vide attraversare la strada che lo separava dal brutto palazzo della questura, avvolto in una nuvola di fumo nero.

Naturalmente, il venerdì successivo gran parte dei propositi di vendetta di Luana già si erano ridimensionati. Trovò le giustificazioni più varie alla propria immediata calata di braghe e decise di uscire nuovamente con lui a cena. Non appena s'incontrarono in piazza della Frutta, lui esordì dicendo che all'indiano no... il riso basmati piccante gli era rimasto sullo stomaco come la compagnia. Lei si mise a ridere e quella notte, senza che una parola di chiarimento fosse pronunciata, la frustrazione di Luana si dileguò nel letto, sotto gli occhi vigili della ragnatela. Lui fu particolarmente dolce, lei particolarmente violenta. Gli lasciò più di qualche livido sulle spalle e le braccia. Senza contare la manciata di capelli che gli aveva strappato e i segni dei denti sul collo e sul petto.

Si può amare un uomo e ammazzarlo

In primavera, durante uno dei seminari in dipartimento, senza davvero rifletterci, avevo chiesto al professor Giudice se mi potesse dare un parere sul mio romanzo. Ero arrivata a tre quarti senza nemmeno accorgermene e quello che era cominciato come il racconto di due bambine che vivevano nello stesso stabile e si mettevano i vestiti della mamma, era diventato un romanzo che di autobiografico non aveva più nulla. O meglio, c'erano le due bambine cresciute, le loro vicende umane e tutto il resto, ma non rimaneva traccia dei fatti reali che erano accaduti. Sapevo di correre un grosso rischio a far leggere le mie pagine a uno come Giudice, noto per la spietatezza dei suoi commenti, ma, se ci tenevo davvero a quella prova letteraria, non c'era altra strada. Il professore, seppure sorpreso, non lo aveva dato a vedere e mi aveva risposto che mi avrebbe letta quanto prima. Anna Laura cercava di dissuadermi. Secondo lei, il *mio caro* professor Giudice mi avrebbe massacrata per il solo gusto di farlo e, da quel trombone che era, avrebbe sicuramente scoraggiato ogni mia velleità di scrittrice. Non capiva perché mi ostinavo a chiedere un suo parere: «Non è mica il Vangelo», mi diceva seccata. «Devi *tu* essere convinta. E lo sei, eccome!». Anna Laura non aveva molta stima dei critici in genere; sosteneva che la maggior parte di essi fosse mossa da invidie latenti nei confronti delle fatiche letterarie degli altri. Non comprendeva le grida al miracolo per testi che, a suo parere, non avevano valore, né i massacri a romanzi che invece trovava più che godibili. Perciò non condivideva la mia scelta di far leggere al professore il mio testo. C'era, inoltre, un particolare rilevante che pesava nella sua opinione. Nonostante le richieste, non le avevo mai consegnato il testo perché lo leggesse. Lei fingeva disinteresse, ma io conoscevo il suo rammarico. Non so perché, non ho mai voluto parlare con lei di quanto scrivo. Una volta pronta, glielo avrei dato con mani tremanti di emozione. Ma non era questo il momento. Mancava solo il finale alla mia storia: una decina di pagine o poco più, e potevo dire, senza tema di errore, che lo avevo concluso.

La sera stessa che diedi il pacco di fogli al professor Giudice, mi accorsi di aprire la casella di posta elettronica con angosciosa curiosità, anche se sapevo benissimo che non poteva esserci nulla da parte sua. "Chissà quando avrebbe trovato un po' di tempo per leggerlo", mi dicevo. "Cosa controlli ogni due minuti?". Eppure, da quella sera iniziò l'attesa. Anna Laura capiva. Capiva sempre tutto di me. Mi gironzolava intorno senza opprimermi. Qualche settimana prima eravamo tornate a Venezia per ritirare il famoso abito di pizzo e, non avendo altre incombenze, avevamo deciso di passare l'intera giornata girovagando per calli senza meta né orari. Io avevo deciso di non prendere mai più l'argomento Ikea. Non volevo sapere la verità. La mia verità era che Anna Laura era con me il 21 dicembre e, anche se a volte il dubbio mi turbava con la sua comparsa improvvisa, questo accadeva sempre più raramente. Come aveva detto lei, tutto passa… tutto passa.

Alessandro aveva superato l'esame e studiava con impegno per i successivi. Anna Laura sosteneva che la nuova consapevolezza di mio figlio era dovuta all'influenza positiva della portatrice sana di riga in mezzo. Dapprima scettica, mi ero poi convinta che ci fosse del vero nella sua affermazione. Verso la fine della settimana mi arrivò la telefonata del professor Giudice. Siccome doveva venire a Padova la settimana successiva, mi chiese se potevamo vederci per parlare del mio scritto. Con una calma che stupì me per prima, non chiesi nulla e gli dissi che ci saremmo potuti incontrare per un caffè il lunedì pomeriggio, dopo il convegno al Bo.

Chiusi il telefono e mi sedetti sul divano. In casa non c'era nessuno. Dopo qualche minuto andai in bagno a osservarmi nello specchio grande sopra il lavandino. Guardavo quella Erminia che mi fissava con gli occhi segnati e i capelli che imploravano l'intervento di Giulio coiffeur.

Era pomeriggio inoltrato e, da quando ero rientrata dal dipartimento, a parte leggere i giornali, non avevo fatto nulla. Mi rivestii e uscii di casa. La città profumava di primavera. Le bancarelle di piazza delle

Erbe erano più colorate e affollate del solito. La gente desiderava stare fuori perché l'inverno era stato insopportabilmente lungo e non sembrava vero che fosse finito. Passai da Giulio e supplicai una messa in piega urgente.

«Impossibile», mi rispose sussiegoso, indicandomi con la punta del pettine le clienti sedute in attesa e ammorbandomi ancora una volta con la manfrina che dovevo prendere un appuntamento, che le sue sapienti mani non erano sempre a mia disposizione. Scocciata oltre misura gli risposi: «Ma vai al diavolo», e voltandomi, uscii dal suo pretenzioso salone senza salutare.

Ma sì, andasse affanculo. Chi si credeva di essere, un neurochirurgo?

Camminando spedita, mi avvicinai nei pressi del dipartimento. Avevo visto qualche tempo prima che c'era un negozio di parrucchiere proprio davanti al bar dove vado sempre con i colleghi e gli studenti. Non ero mai entrata, ma dalla vetrina avevo notato che vi lavoravano due ragazze giovani e con anellini sulle sopracciglia. Appena entrata, una delle giovani mi venne subito incontro.

«Ce l'avete il tempo per uno shampoo?», chiesi.

«Come no, si accomodi», rispose la ragazza sorridendo.

Era piccola di statura e rotondetta, con i capelli a cresta, che stavano dritti come inamidati col cemento. Per niente preoccupata, mi accomodai e mi misi nelle sue mani intuendo che, dietro ai tatuaggi e ai vestiti neri, c'era una che sapeva il fatto suo. La socia era intenta a piastrare i biondi capelli di una sosia della portatrice sana di riga in mezzo. Sorridendomi, mi chiese se ero la mamma di Alessandro.

«Sì», risposi sorpresa. «Lo conosce?».

«Sì, eravamo al liceo insieme. La vedevo quando veniva a parlare con i professori».

«Come li facciamo?», mi chiese la ragazza con cresta. Decisi in un attimo.

«Senta, secondo lei li taglio?».

«Secondo me sì», mi rispose studiando con aria competente il mio viso.

«Un taglio corto dietro col ciuffo lungo davanti. Le evidenzia il collo e la slancia».

«Sì».

Quando uscii col mio nuovo taglio, mandai mentalmente un affettuoso saluto al mio parrucchiere di sempre: *Ma và in mona semo.*

A passo spedito arrivai allo studio di Anna Laura. Appena mi vide, sgranando gli occhi per la sorpresa, espresse la sua approvazione: «Oh, che bella! Era ora, da tempo ti dicevo di tagliarti quei capelli. Sembri un'altra».

Tornammo a casa insieme. Erano già passate le venti. Lei aveva disdetto una cena con Achille, perché troppo stanca, e così ci comprammo delle pizze e salimmo da me.

Le raccontai della telefonata di Giudice. Incredula davanti al mio comportamento distaccato, mi disse: «Davvero non gli hai chiesto niente?».

«Lunedì. Lunedì vedremo», risposi.

Il lunedì mattina arrivò per Luana come un dono; aveva trascorso il fine settimana aspettandosi, senza volerlo ammettere, un cenno da parte di Loperfido, cenno che ovviamente non era arrivato né sotto forma di telefonata né tantomeno di messaggio o email. Insomma, nessuno dei moderni mezzi di comunicazione aveva messo in connessione la ragazza con lo scorbutico commissario. Il filo diretto con Assunta era stato continuo con un supplemento di counseling anche la domenica notte. Solo l'intervento provvidenziale dell'amica aveva evitato che la rabbia, le recriminazioni e la delusione per essere stata ignorata da lui, sfociassero in un diluvio di lacrime.

«Ma che deve fare di tanto importante il sabato e la domenica, che manco una telefonata?».

E per l'ennesima volta con pazienza certosina, la ragazza la consolava, ricordandole che loro non avevano una storia. Era solo un *divertissement*, un modo come un altro per allietarsi le giornate padovane in attesa del trasferimento.

«Dai Luà, o a Napoli o al corso, comunque tra poco te ne devi andare da sto Veneto...».

«Sì, ma che c'entra... e poi mica è detto che sarà tanto presto».

«Luà, non lo devi vedere più. Non ci sta futuro. Mettitelo 'n capo. Quello non vuole una fidanzata, né tantomeno una compagna. Gli basta il cane».

«Sì, ma allora perché non mi lascia stare? Perché mi invita, viene qua, si infila nel letto... Ohhhh Assù, non può essere che non sente niente per me...».

«Luà, i maschi non sono come noi. Quelli mo sono tutto un fuoco, ardono di passione e desiderio, e come si sono rimessi i pantaloni, tornano gli stronzi di sempre… Non ti fare illusioni. Senti, ho visto Saverio ieri».

Luana sentì come una fitta al cuore. Era il senso di colpa.

«E come stava?».

«Ehhh, *nu poc' abbattuto*. M'ha chiesto se ti sento, se so come stai… ma Luà manco una telefonata gli hai fatto più?».

«Assù, no. Già sto male, non ti ci mettere pure tu».

Arrivata in questura, vide il commissario che già dalla mattina presto stava col sigaro in bocca e il telefono attaccato all'orecchio fuori dalla sua macchina. Era girato di spalle e non la vide arrivare. Parlava e rideva… Se non avesse visto la donna giusto in quel momento dal lato opposto della strada, avrebbe giurato che al telefono stava con la Pompinello. Ma quella era di fretta e camminava spedita verso l'ingresso e non aveva nessun telefono all'orecchio. Una gelosia furiosa la colse. Con chi stava parlando lo stronzo? Gli si avvicinò e gli batté sulla schiena.

«Esposito, sto parlando», fece lui irritato, allontanandosi vistosamente da lei.

«Brutto stronzo, vattene affanculo una volta per tutte», gli rispose rabbiosa Luana e, voltandosi anche lei, se ne andò di corsa verso l'ingresso della questura.

Arrivò in ufficio ansante e con le lacrime che le rigavano il volto. Scornamiglio, allarmato, le andò incontro con una solerzia che la fece incazzare ancora di più. Voleva sapere cos'era successo.

Scappò verso il bagno delle donne, almeno lì non l'avrebbe tormentata.

Seduta sul water, diede fondo a tutto il dispiacere che le bruciava il cuore. Si sentiva stupida, umiliata, una sciacquetta qualunque invaghita senza speranza del capo.

«Mi sta bene, ecco». Non poteva nemmeno chiamare Assunta, perché il telefono era rimasto nella borsa sulla scrivania. E non voleva di certo tornare da Scornamiglio!

"Scema, ben ti sta!", si rimproverava singhiozzando. "'Nculu, brutto merdoso...".

Provava pena per se stessa. La paladina della dignità femminile, quella che rabbrividiva ai racconti delle amiche straziate dietro a uomini di scarso valore, seduta in lacrime su un cesso della questura.

Un discreto bussare la distrasse; era la Mancuso.

«Luana tutto bene?».

«Sì, sì, non è niente».

«Dai, esci fuori che ne parliamo».

«No, va tutto bene, ora mi passa».

«Sì, ma esci da 'sto bagno».

Aprì la porta per precipitarsi tra le braccia della collega.

E nuovamente scoppiò in lacrime. La Mancuso non chiese niente.

«Ti ha mandato Scorna?».

«Sì, ha detto che eri sconvolta».

«Vieni, ce ne andiamo al bar fuori».

Riprese borsa e cappotto nel suo ufficio e salutò con gli occhi gonfi il collega Scornamiglio, che la guardava addolorato. Al bar si sedettero al tavolino più nascosto.

«Qualunque cosa sia Esposito, direi che hai pianto abbastanza».

La ragazza annuì. Poi pensò che non le aveva chiesto niente. Certo avevano capito tutti. Lo sapeva tutta la questura della figura di merda che aveva fatto la brillante recluta Luana Esposito di Capodichino, ennesima vittima di quel satrapo del commissario.

La giornata passò senza novità. Loperfido capì solo verso sera che gli agenti lo guardavano con aria di rimprovero. Nel corridoio che portava all'archivio quasi si scontrò con la Mancuso. Lei voltò sdegnosa la testa dall'altra parte, negandogli il saluto. Per pochi istanti si chiese il motivo di un comportamento tanto bizzarro e poi altri pensieri gli affollarono la mente. Luana infelice e con l'occhio lucido arrivò alla fine del turno con un ulteriore senso di sconfitta. Il caso del morto dell'Ikea era definitivamente dimenticato e nessuno ne parlava più. Come se non fosse mai accaduto, punto. All'incontro in procura della settimana prima era parso chiaro a tutti che, in assenza di fatti nuovi ed eclatanti, l'indagine sarebbe stata abbandonata. La ragazza tremava d'indignazione perché il commissario pareva pacifico di fronte all'ineluttabilità di quella decisione.

«Ma come?», aveva protestato con Loperfido mentre tornavano in questura. «Lasciamo perdere tutto? Così?».

«Ma tutto cosa?», fece il commissario seccato, alzando la voce. «Esposito di quale "tutto" parli?». Si era fermato e, prendendola per le spalle visibilmente alterato, la bloccò in mezzo alla strada.

«Tutto cosa? Spiegati! Quale sarebbe questo *tutto* che abbiamo e che lasceremmo perdere?».

Luana, sorpresa dalla reazione del commissario, rimase impalata a fissarlo, indifferente alle occhiate curiose dei passanti. Dovevano sembrare una coppia di innamorati nel bel mezzo di un litigio, pensò con un barlume d'ironia. Con un sospiro rassegnato l'uomo le lasciò le spalle e riprese a camminare spedito verso il palazzo della questura. Di prendere un taxi o un altro mezzo non se ne parlava proprio, quello camminava e camminava. Specialmente quando stava incazzato nero.

Arrancando dietro, la poliziotta cercò di riprendere il discorso.

«Esposito», fece l'uomo puntandole un dito sulle labbra, «non azzardarti a dire una parola. Non *una* parola». E col giaccone stazzonato aperto, nonostante l'aria non proprio tiepida, riprese la sua corsa lungo i portici.

A pochi giorni da quella penosa presa di coscienza, aveva dovuto convincersi che le cose stavano davvero così: si arenavano il suo primo caso importante e, nelle sabbie dell'impossibile, la sua storia di quasi amore col commissario. Di andare a casa non aveva voglia; l'aria di provvisorietà che vi regnava le era insopportabile. Riprese il cammino per le vie familiari della città. Senza accorgersene arrivò nei pressi dell'università. Il movimento di facce giovani che la rendevano rumorosa la distolse dalle sue pene. Entrò in un elegante caffè pasticceria e cercò il tavolino più nascosto. Si sedette e cercò il telefono per chiamare Assunta. Poiché non rispondeva, le scrisse un messaggio e fu proprio allora, che alzò gli occhi incuriosita da uno strano spostamento d'aria.

La donna era seduta.

Piangeva silenziosa. L'uomo le parlava piano. Aveva gli occhiali e la barba da professore e mani lunghe e bianche. Sul tavolino, tra le tazze e i resti di una merenda, un plico di fogli tenuti insieme da un elastico giallo. La donna guardava fisso davanti a sé, indifferente alle parole dell'uomo. Poi, inaspettatamente, prese la borsa e uscì. Luana la osservò attentamente, cercando di intercettare i suoi occhi. Un attimo ed era già sulla strada.

Era l'amica della signora Bottacchi.

Teorie discordanti

E così il responso era arrivato. Il mio romanzo è banale, senza mordente e indegno di me. Così ha detto il mio amato professor Giudice. Alla pasticceria Cavour, con in bocca ancora il sapore dei macaron e delle pastine di riso, ha tirato fuori il plico e ha pronunciato la sentenza.

«Lascia perdere, Erminia», così ha detto. Lascia perdere, Erminia. Dovrei chiedere mille volte scusa a me stessa per essermi sottoposta a quell'umiliazione, dovrei implorare il mio stesso perdono per aver permesso a qualcuno di massacrare in questo modo la parte più intima di me. Ascoltavo il giudizio e, cosa davvero insopportabile, ho creduto che fosse la verità. Ho concesso a un estraneo di dire cosa posso e non posso fare. «Lascia perdere», mi ha detto. E io ci ho creduto. Sono uscita dal Caffè Cavour col cuore spezzato. Poi, in seguito, mentre camminavo sotto i portici senza una meta precisa, ma solo obbedendo al comando di mettere un piede davanti all'altro, ho realizzato di aver visto la poliziotta. Il mio cervello ha registrato quell'informazione superficialmente, senza davvero analizzarla. La poliziotta simpatica stava lì, in quel momento, e nemmeno lei pareva aver ricevuto una grande notizia. Camminando inebetita mi sono trovata, senza sapere come, davanti allo studio di Anna Laura. Mi ha visto entrare mentre, indaffarata come al solito, licenziava un cliente che inveiva contro lo Stato, il presidente della Repubblica, Equitalia e tutto il Parlamento.

Mi ha guardato e poi si è rivolta alla segretaria: «Io vado, Alessandra. Disdici tutto per oggi, non torno».

«Ma signora, c'è ancora il dottor Lo Piccolo del credito…».

«Chiamalo subito e digli che sono morta, anzi no, che sono partita. Digli quello che vuoi», le ha risposto col soprabito in una mano e la capace borsa nell'altra.

E rivolgendosi a me: «Andiamo», mi ha detto.

Mi ha preso per un braccio e quasi mi ha trascinato fuori in strada. Abbiamo camminato come delle invasate lungo le strade affollate all'ora dell'aperitivo, come se stessimo arrivando in ritardo all'appuntamento con la vita.

«Ma dove corri?», ho chiesto a un certo punto, inchiodando di botto di fronte alla Rinascente.

«Non lo so. Andiamo».

Alle otto passate ancora camminavamo. Il suo telefono continuava a squillare ignorato. A Prato della Valle si è infilata in un ristorante pizzeria dall'improbabile nome Zeus. Si è diretta a passo deciso verso un tavolo in fondo.

«Che facciamo qua?».

«Mangiamo».

Il locale, nel quale non avevo mai messo piede prima, era un tripudio di statue e decorazioni che richiamavano l'Antica Grecia. Su una parete un quadro raffigurante una gigantesca auriga alata ricordava ai commensali che siamo tutti in qualche modo trasportati da eventi che non controlliamo affatto. Per quanto ci convinciamo di essere gli artefici del nostro destino, alla fin fine è il destino che domina noi. Le cose accadono e, se le contrastiamo, perdiamo due volte tempo ed energia. Una, per voler dare un indirizzo a qualcosa che è già scritto e l'altra per voler invano imprimere una forma di controllo a circostanze resistenti per loro natura alla volontà.

«Non è successo niente», stava dicendo Anna Laura col tono autoritario che assumeva con i suoi clienti finiti in protesto. «Niente! Chiaro?».

Io avevo il cuore spezzato e lei diceva che non era successo niente.

«Giudice ha detto...».

«Giudice? Giudice, chi? Ah sì, il grande, il solo, il magno Giudice ha giudicato. Non parlare! Immagino benissimo cos'abbia detto. Tu ci credi in quello che hai scritto?».

«Io... io sì».

«Bene, allora finiscilo e fammelo leggere».

«Oggi al Caffè Cavour ho visto la poliziotta».

«Chi, quella carina di Napoli?».

«Sì».

«Era sola?».

«Sì, e non sembrava tanto in forma. Anzi mi pareva che avesse pianto».

«Anche lei?».
«Già».
«Mmm, quel perfido di Loperfido c'entra qualcosa».
«Speriamo che gliela faccia pagare cara».
Siamo tornate a casa che era quasi mezzanotte.
Mi sentivo meglio. Felice era al giornale, Alessandro dalla sua ragazza, io, lasciata Anna Laura sulla porta di casa sua, avevo deciso che avrei scritto la fine del mio romanzo. E pazienza se era banale, poco interessante e ingenuo. Era il *mio*. E a me piaceva.

La verità è sempre buffa

Da qualche giorno in questura c'era un'aria strana. Per cominciare, la coppia Passarelli-Pompinello si recava alle macchinette del caffè intorno a mezzogiorno e non più alle undici. Il commissario Loperfido arrivava sempre più tardi e aveva dato inizio a una nuova era. Dopo anni di porte aperte aveva ufficialmente inaugurato la fase dell'ufficio a porte chiuse, decisione che aveva incontrato il plauso dei più, dato che potevano passare e ripassare per il corridoio senza giustificare la passeggiata al commissario. In un microcosmo sociale quale era la questura di Padova, una cosa tanto banale aveva scatenato le illazioni più disparate. Ognuno si interrogava, congetturava, ipotizzava sulle motivazioni recondite di tale decisione.

Luana Esposito, all'ennesimo blaterare alle macchinette del caffè, rispose malamente alla collega Gagliardi che, con la mano davanti alla bocca, stava vaticinando che il commissario si chiudeva dentro per fare le cosacce in chat con qualche *bottana* della procura: «Ma possibile che con tutto quello che vediamo e sentiamo qua dentro, non abbiamo di meglio da fare che pensare ai fatti del commissario?».

«Eh, Esposito e che è, era tanto per parlare. Ma che hai 'sti giorni?».

«Scusa», rispose mortificata la ragazza. «Ti chiedo scusa; è solo che non si parla d'altro...».

Intervenne la Mancuso che, portandosi via la Gagliardi offesa, placò gli animi e organizzò un'uscita a tre per la sera. Tornata in ufficio, Luana si dedicò alle incombenze di routine e si dispose ad attaccare il raccoglitore dei rapporti. Il suono del telefono, che annunciava un SMS, la distrasse. Pensando che fosse Assunta, decise di posticipare la risposta alla fine del turno. Quale sorpresa nel vedere che l'SMS era del perfido Loperfido!

«Esposito, vieni a cena stasera?».

Rabbiosa come Diablo quando non lo prendevano sul serio, rispose pestando i tasti: «Loperfido, fottiti!».

«Sarà fatto», rispose lo zotico.

Il venerdì successivo, verso l'una, il commissario entrò nell'ufficio che lei divideva con Scornamiglio. Il collega si dispose ad accoglierlo; lei, dopo un'occhiata rapida, riprese il lavoro al computer. Dopo i convenevoli con l'ispettore capo, il quale non mancò di mostrare al villano le fotografie recenti di quel prodigio della natura di Edoardo, che – udite! udite! – gattonava, il barbuto commissario si sedette di fronte alla scrivania di lei. Luana dopo qualche minuto, infastidita da quello sguardo fisso su di sé, gli chiese: «Be'? Mi devi dire qualche cosa?».

«Esposito, siamo in questura».

«Embè?».

«Non ci davamo del lei, in questura?».

«No caro. *Io* ti ho sempre dato del lei in questura. *Tu* mi hai sempre trattata come l'ultima delle reclute. Tanto per essere precisi».

Loperfido, che evidentemente si stava divertendo un sacco, col ghigno che riservava alle sue conversazioni migliori, ribatté: «E non sei una recluta? E tanto per essere precisi, non sei l'ultima arrivata?».

Scornamiglio, imbarazzato dalla piega che stava prendendo il discorso tra quei due si alzò e, col pretesto di doversi recare in archivio, lasciò l'ufficio chiudendo la porta. In corridoio, non potendo trattenere oltre la sua innata passione per il pettegolezzo, fermò la Gagliardi per annunciarle che quei due presto sarebbero arrivati alle mani.

«Senti, Loperfido, che vuoi?», il tono della ragazza era sbrigativo.

«Ma ti ho fatto qualche cosa?», le rispose calmo e pacifico.

«Che vuoi?», ripeté la ragazza, esasperata, ma con in fondo al cuore un barlume di speranza di cui non voleva indagare la natura.

«C'è un posto carinissimo vicino a casa mia a Vicenza. Si mangia pesce crudo e specialità svedesi. A te che piace tanto la Svezia, dovrebbe piacere».

«A Vicenza? E che cazzo ci vengo a fare a Vicenza?».

«Esposito, ma devi essere sempre così volgare, quando parli?».

«Guarda che sono volgare solo quando parlo con te. E per essere precisi io non amo la Svezia, ma i giallisti svedesi. La Svezia è troppo fredda per i miei gusti».

«Allora ci vieni?».

«E quando torno a casa?».

«Eh no, ti fermi da me…».

«Scordatelo».

«Ma perché?».

«Sei a corto di compagnia? In mancanza di meglio ti accontenti della Esposito?».

Loperfido la fissò con uno sguardo… addolorato? Eh sì, proprio addolorato; poi senza parlare si alzò dalla sedia e se ne tornò nel suo ufficio sbattendo la porta.

"Ecco", si disse disperata. "Sei contenta adesso?".

E giù un diluvio universale di lacrime.

"E adesso?".

«Assunta, *help*, Assunta».

«Ma sei proprio scema», la redarguì quella gran filosofa dell'amica. «Ma come! Sono giorni che mi ammorbi l'anima con questo Loperfido e mo che aveva fatto un passo… lo cacci così. Ma che c'hai in capo, si può sapere? La furba dovevi fare…».

«Ma… mi avevi detto di non vederlo più… che tanto tra poco me ne vado…».

«Eh sì», rispose l'amica con un sospiro. «Ma non devi farla finire così. Devi fare in modo che quando te ne vai, gli si frantuma il cuore, santo Dio… non fare la figura della sciacquetta».

«Assù…», iniziò a piagnucolare Luana. «E mo che faccio?».

«*E mo'*… l'affare s'è guastato. *Eh, 'na pezza* ci vorrebbe…».

«Ma che dovevo fare?», replicò la ragazza petulante, tirando su col naso.

«Che dovevi fare? *Maronn*, non sai proprio niente, dovevi andarci alla cena di Vicenza. E poi quando si pensava, bello bello, che ti infilavi a letto con lui a casa sua, lo lasciavi a bocca asciutta. Ecco quello che dovevi fare. Altro che fare la coatta da quattro soldi».

«Assù...».

«Ehhh! Assù, Assù, ma proprio niente sai con tutti quei libri che ti leggi!».

Sinfonie cosmiche

Non mi ci ritrovo in questa nuova dimensione di madre di un secchione. Ecco, l'ho detto. Non lo ripeterò mai più, e negherò fino alla morte di averlo mai pensato, ma è così e non posso farci niente. Da quando gira per casa Ludovica, Alessandro è diventato studioso. Fa esami su esami e prende pure bei voti. Mica trenta o trenta e lode, ma ventotto, ventisei, ventisette, che in esami tosti come Analisi 1 e Analisi 2 sono più che onorevoli. E dire che solo tre mesi fa mi sarei venduta l'anima per molto meno. Gironzolo per la casa, perché non ho nessuno da rampognare. Vagolo da una stanza all'altra e tendo gli agguati a mio figlio, che mi vede comparire all'improvviso in camera sua, con la segreta speranza di trovarlo a perdere tempo su Facebook. Lui, il figliol prodigo, alza gli occhi dai tomi di fisica, mi guarda rassegnato, e con un sospiro li riporta ai segreti della materia. O dei buchi neri. Ci studia così tanto su questi buchi neri… non potrebbe allora spiegarmi cos'è il buco nero che ha inghiottito me?

Da qualche giorno sono in attesa. Ho terminato il romanzo e finalmente, come ampiamente previsto, l'ho dato con mani tremanti ad Anna Laura. Avevo vissuto con angoscia l'attesa del responso di Giudice. Non avevo capito niente. Il vero strazio era l'attesa del parere della mia amica. Uno strano pudore mi impediva di chiederle se stava leggendo. Lei non mi diceva nulla. Io, impaurita e imbarazzata a far domande, non prendevo mai l'argomento. Questa cosa aleggiava tra noi ai caffè e alle chiacchiere serali, senza che nessuna delle due ne facesse oggetto di discussione.

E poi una sera, a quattro giorni dalla consegna, eccola comparire con il plico in mano.

«Alessandro?», mi chiede con nonchalance.

«Studia. Tanto per cambiare», aggiungo io maligna.

«Uè, ma non sei mai contenta. E prima perché non studiava e adesso perché studia...».

«Grazie», mi sentii rispondere, mentre meccanicamente preparavo la moka.

«Ma che fai?», mi venne dietro osservandomi interrogativa. «Cosa prepari il caffè, che sono le venti e devo ancora cenare?».

«Ah! Sì, è vero».

«Allora... sediamoci».

«E sediamoci», risposi con l'aria triste e rassegnata dell'agnello che va incontro al suo crudele destino.

«Bello!», disse. «Parola mia, quel tuo professore da strapazzo non capisce niente».

Il cuore, che fino a quel momento se n'era stato buono a fare il suo dovere, improvvisamente si diede all'anarchia e prese a pestare, fregandosene di un concetto tanto astruso come il ritmo.

«Bello?», mi sentii ripetere, con un tono tanto sorpreso da rasentare l'offesa.

«Certo. Ermi...?».

«Sì?».

«Parla di noi!».

«Sì, parla di noi».

Ora, che una donna come Anna Laura Bottacchi possa commuoversi dinnanzi a un film passi, che si strugga per trent'anni per un pidocchioso qualunque anche, ma che mi travolga in un abbraccio tranciarespiro, inondandomi contemporaneamente di lacrime e parole dolci, è un episodio a carattere speciale.

«Ermi, è bello, credimi».

«Lo mando?».

«Mandalo».

Nei giorni precedenti avevo preso contatto con un editor di un'importante casa editrice. Attendevo solo il responso di Anna Laura per inviare il manoscritto, con buona pace di quel trombone senza armonia del professor Giudice.

Almeno però una cosa l'aveva sortita, il suo impietoso giudizio: la malsana infatuazione nei suoi confronti si era dileguata come mio figlio all'ora di sparecchiare. E, sospinta da Anna Laura, ora mi ero convinta che fosse invidioso e incapace di apprezzare qualunque scritto che non fosse suo. Ma le emozioni non erano finite.

«Sai?», mi disse dopo che ci eravamo fatte entrambe un bel pianto liberatorio. «Io Achille lo sposo davvero».

«Che?».

Oddio, il mondo si è capovolto, pensai. Alessandro è diventato un secchione e Anna Laura si sposa. Dopo aver assassinato (forse) l'amante di una vita.

«Sì», continuò osservandosi le mani, dove faceva bella mostra di sé un anello nuovo nuovo. «Sì, Ermi. Io me lo sposo davvero, col prete e tutto il resto».

«Wow, questa sì che è una notizia», dissi.

«Sì». Dopo un attimo di silenzio aggiunse: «Ma resto comunque qui. Lui a casa sua e io qui».

«Ah ecco, volevo ben dire...».

In tutta la sua vita Luana Esposito di Capodichino non ricordava un periodo tragico come quello che stava passando.

Una sua collega di Roma, che aveva un amico al Ministero dell'Interno, le aveva fatto sapere che i candidati per il corso di Quantico erano già stati scelti. Non trapelava nulla di nulla sui nomi, ma ormai era solo questione di qualche settimana. Lo stato d'animo della poliziotta oscillava tra la speranza che tra quei nomi ci fosse il suo e l'ignobile desiderio che invece non ci fosse affatto.

Dilaniata da simili contraddizioni, trascinava le giornate in attesa che il commissario si rifacesse vivo nella sua vita, impedendosi però di fare lei il primo passo. Così, i giorni passavano e loro due non si rivolgevano neppure la parola. Loperfido se l'era presa per la sua infelice battuta e, con una galanteria insospettata, aveva evitato di ricordarle che l'iniziativa sessuale l'aveva presa lei, mica lui.

Lei era sempre più innamorata, e più si innamorava, meno se ne voleva andare; persino il Veneto le pareva più vivibile. Se lo avessero saputo i suoi... In questura lui girava alla larga da lei e dal suo ufficio e, se non fosse stato per il bar di fronte al palazzaccio, dove ogni tanto si lanciavano occhiate torve, le loro orbite avrebbero ruotato senza mai scontrarsi. Questo stato di cose durava ormai da settimane. Assunta prevedeva un ritorno di fiamma, ma Luana temeva che la frattura fosse ormai insanabile. Una mattina di metà marzo, dopo una settimana di pioggia, spuntò improvvisamente il sole.

«Allora esiste!», disse a Scornamiglio, quando i timidi raggi brillarono sui vetri sporchi dell'ufficio.

Scornamiglio per tutta risposta si mise a cantare *'O sole mio*, quando fu interrotto dal commissario entrato nella stanza senza bussare.

«Cos'è, ti prepari per il festival delle voci nuove di Napoli?», fece col suo tono che credeva ironico e che invece era solo insolente.

Luana rimase al suo posto davanti al computer, incapace di trattenere una risata a vedere Scornamiglio tutto rosso e imbarazzato.

«Dottore, rendevamo omaggio al sole che è tornato a visitarci».

«Esposito, cos'hai da ridere?», la gratificò quel simpaticone del commissario.

Per tutta risposta lei gli fece una smorfia, accompagnata dal gesto del dito medio. Scuotendo la testa come di fronte a un soggetto irrecuperabile, Loperfido lasciò l'ufficio, chiuse la porta e se ne andò. Luana e Scornamiglio si guardarono. Poi, alzando le spalle, ripresero i loro compiti. A metà mattina, Luana decise che il caffè delle macchinette le avrebbe acuito il mal di stomaco che già la affliggeva e così uscì dal palazzo per andarsene al bar di fronte. Ed eccolo, il commissario, arrivare subito dopo.

«Esposito, oggi si batte la fiacca vedo».

«Loperfido cosa fai, mi segui? E visto che mi segui, dove stanno il giornale coi buchi, l'impermeabile e il cappello?».

Puntandole il dito sulla faccia, le disse minaccioso che lei, prima di andarsene da Padova, doveva imparare un po' di educazione.

«Sei un'insubordinata... e se non impari la disciplina, puoi fare tutti i corsi americani che vuoi, ma non farai mai strada. Ricordatelo».

«Ah ah ah...», fece lei in falsetto. «Sentite da che pulpito. *U voi 'nci dici cunnutu au ciucciu...*».

Poiché la guardava interrogativo, tradusse: «Loperfido, il bue che dice cornuto all'asino», e continuò inesorabile: «Senti da dove viene il discorso sull'educazione, ma proprio tu parli? Entri negli uffici senza bussare, ti fai gli affari di tutti, giri per la questura come un avvoltoio in attesa di planare sulla carogna. Ma fammi il piacere và...».

«Esposito, tu hai la capacità di irritarmi come nessun altro».

Il barista se ne stava appoggiato a braccia conserte alla vetrina dei liquori e aspettava che quei due finissero di bisticciare e chiedessero cosa volevano.

«Io un caffè lungo, grazie. Anzi no, un cappuccino col cacao...», disse la ragazza con tono irritato.

«A me il solito, Michele».

Voltandogli le spalle Luana si diresse verso il tavolino in fondo al locale e, presa una copia del «Mattino», ci si nascose dietro.

"Dio Dio, fa che venga a sedersi qua", supplicava muta.

Michele le portò il cappuccino. Mentre lo posava sul tavolino, Loperfido gli raccomandò di portarle anche un biscotto, ma di quelli duri, che si limasse i denti, e con molto zucchero sopra, chissà che si addolcisse.

«'Sta stronza», bofonchiò uscendo dal bar.

La dittatura della logica

Il pregiudizio è il fratello scemo del giudizio e io, con tutta la sicumera che spando ogni volta che apro bocca, sono la campionessa di quel bellissimo gioco che è giudicare senza pensare. Mi spiego meglio. I primi di aprile mio fratello Augusto è stato male. Perdita dei sensi in studio, corsa in ospedale e diagnosi: emorragia cerebrale. Eravamo tutti costernati e disperati, mentre di notte aspettavamo che l'intervento alla testa finisse per capire se ce l'avrebbe fatta. Renato è andato in panico, io mi torcevo le mani, Anna Laura aveva chiamato un suo cliente neurochirurgo, che gentilmente ci diede informazioni dettagliate sul tipo d'intervento che stavano eseguendo. Eravamo impotenti e agitati oltre misura. Ludmila è stata l'unica che, presa in mano la situazione, cercava di consolare tutti noi e contemporaneamente capire e decodificare le informazioni che il conoscente di Anna Laura ci forniva. E mentre noi eravamo nell'angoscia, lei non perse mai la calma, e soprattutto la certezza che sarebbe andato tutto bene. Ha avuto ragione. Augusto ha superato il delicato intervento. Dopo alcuni giorni di terapia intensiva è tornato in reparto e, a parte una trascurabile difficoltà nella deambulazione, non presentava altri problemi. Ludmila si è occupata di lui in modo perfetto, non l'ha lasciato un istante, sia durante la terapia intensiva sia in reparto, se si escludono le poche ore di sonno che si concedeva; quando poi lo hanno ricoverato in un centro di riabilitazione, lo ha seguito con ogni attenzione. Dimesso a fine aprile, ha continuato a fargli fare la fisioterapia a casa, costringendolo a lunghe passeggiate e, soprattutto, gli ha tolto, con le buone o con le cattive, non sappiamo, quei maledetti sigari che lo accompagnavano sempre e dovunque.

Morale? Mi cospargo il capo di cenere. Non avevo capito niente. Avevo giudicato frettolosamente, basandomi sulle informazioni generali che il mio cervello aveva elaborato secondo un paradigma consolidato. Ragazza giovane, uomo adulto, uguale: lei lo sfrutta. Stupida e mille volte stupida. Ci guardavamo, Anna Laura e io, attonite di fronte alla cantonata che avevamo preso e, vergognandoci di tutte le brutte cose dette e pensate su di lei, cercavamo, attraverso un esame di coscienza, di fare tesoro di quella lezione. O meglio, *io* cercavo di fare questo, perché ovviamente la mia smemorata amica si era dimenticata di tutte le grasse risate di fronte alle mise della russa o delle illazioni malevole sull'amore che provava per Augusto.

Questo episodio mi ha obbligata a riflettere sulla vicenda di Anna Laura e del fu Amilcare. Di tanto in tanto, mi visitava il molesto pensiero che non potesse non essere stata Anna Laura ad averlo assassinato.

"Impossibile", mi dicevo, "che non fosse stata lei... perché uno più uno...".

Già, uno più uno. Secondo questo modello concettuale, Augusto ammalato uguale giovane russa che se ne approfitta. E invece no. Ecco che l'inaspettato fa la sua comparsa e non solo uno più uno non fa due, ma nemmeno tre o quattro. Dà un risultato del tutto inatteso. La giovane moglie si era rivelata per quella che era, ovvero una donna innamorata del marito in un modo che toglieva ogni dubbio. E Anna Laura non aveva assassinato Amilcare, perché, anche se ne avesse avuto la motivazione e l'opportunità – e queste sono le premesse –, non ne conseguiva necessariamente che lo avesse fatto. E quando i dubbi o il demonietto dentro di me mi spingevano a credere il contrario, facevo un errore di giudizio. Partivo da premesse vere e giungevo a una conclusione falsa. Diciamo incerta, che è più corretto.

Da qualche tempo sapevamo che l'indagine era stata congelata e, se non fossero sopraggiunti fatti nuovi, sarebbe stata definitivamente archiviata. Inoltre, la scoperta che Amilcare sarebbe sopravvissuto al tumore per poche settimane ancora, aveva svuotato di contenuto l'assassinio. Così, alla fine, gli fu reso pure un favore a quel poveraccio. Lei, l'assassina in potenza, parlava solo del suo non matrimonio, che poi divenne un matrimonio a tutti gli effetti. Aveva addirittura prenotato la chiesa e il prete. La vedova e i figli di Amilcare scomparvero dalla sua vita insieme al morto, grazie a quel complesso miracolo fisiologico che è la memoria selettiva.

Il matrimonio si avvicinava. Il 15 maggio era la data fatidica. Augusto si era rimesso quasi del tutto e la russa, riabilitata ai nostri occhi, si adoperava con trasporto per dare una mano all'organizzazione. Che dire? Evviva la sposa.

Essere soggetti all'interazione debole

Un venerdì di metà aprile, dopo una giornata malinconica nonostante il bel tempo, all'uscita dal lavoro Luana Esposito trovò ad attenderla Saverio. Fu sorpresa e anche arrabbiata per quella visita inattesa e inopportuna. Lo accolse con freddezza, chiedendosi cosa lo avesse spinto a fare un viaggio tanto lungo quanto inutile. Si diressero verso l'auto di Luana e, dopo poche frasi di circostanza, risultò chiaro anche a Saverio che andare lì era stata una pessima idea. Dalla finestra del suo ufficio Loperfido li vide e con le mani in tasca si diresse nell'ufficio del questore, che lo aveva chiamato per comunicazioni.

«Commissario carissimo», lo accolse il sardo col tono di chi non vede l'interlocutore da decenni. «Commissario carissimo, ho una notizia buona per lei».

E girandosi verso il tavolino laterale, dove stavano le circolari, ne prese una e gliela porse come se si trattasse del biglietto vincente della lotteria.

Loperfido, che fino a quel momento non aveva aperto bocca, la prese incuriosito e vide che era una comunicazione del Ministero dell'Interno.

«Finalmente la libero dalla responsabilità della dottoressa Esposito! A quanto pare se la prendono gli americani e poi se la accollerà qualcun altro, caro Loperfido. Di certo non la rimandano qui, al ritorno da Quantico».

«Ma... lei lo sa già?».

«Eh no! Anzi, mi raccomando, non ne faccia parola con nessuno e tantomeno con quella rompicoglioni. Stizzosa com'è, è capace di tirar su un polverone sulla violazione della sua privacy. No, no, non sa ancora niente. Le arriverà la comunicazione ufficiale tra qualche giorno, con la data della partenza e tutto il resto».

«Mmm...», fece il commissario.

«Ma che c'è Loperfido? Non è contento? Ho sentito che avete rapporti difficili, che contesta tutto, che ne sa una più degli altri... oh! Quanto mi fanno arrabbiare queste mocciose dell'accademia. Tutta teoria e zero pratica... ai miei tempi si faceva la gavetta in pattuglia, altro che *criminal profiler*...».

«Ma la Esposito è brava», la voce di Loperfido tradiva una malinconia che il questore non poteva cogliere.

«Eh... brava, brava, sono tutti bravi questi super esperti scientifici. Sanno l'informatica, la psicologia, la biologia, le lingue, ma poi all'atto pratico non sanno disarmare un ragazzino».

«No, signor questore, si sbaglia. La Esposito è anche coraggiosa. E mi creda, se ci si mette, stende lei e me messi insieme».

«Oh! Loperfido, e non me la prenda così, sa, io credevo di sentirla tirare il fiato. Sono giorni che sento che vi azzuffate, che non riconosce la sua autorità, che discute gli ordini. La dottoressa Manganello mi ha detto che, a parte Gagliardi e Mancuso, non fa squadra. Non lega con nessuno...».

«La dottoressa Manganello si sbaglia. Ha legato, eccome. Scornamiglio si butterebbe nel fuoco per lei e, se chiede in giro, vedrà che sono tutti disposti a smentire la Manganello».

Il questore, grattandosi il mento, era perplesso.

«Io non la capisco, Loperfido».

Poi, come rincorrendo un pensiero sfuggente, strizzò gli occhi sotto gli occhiali rotondi e, avvicinando la testa alla sua con tono da cospiratore, pronunciò: «Ehi, Loperfido, non ci sarà mica sotto una questione di letto, eh?». E alzando la voce: «Perché lo sa che non approvo! Non approvo!», scandì con tono severo.

Poiché Loperfido taceva e il suo tacere significava che il questore aveva esagerato, il dottor Ruggiu addolcì il tono e, sospirando rumorosamente, continuò il suo discorso.

«Io capisco tutto e non voglio farmi i fatti di nessuno, tantomeno i suoi ma, mi creda, è meglio che la Esposito se ne vada al più presto».

Loperfido si era alzato e si era avvicinato alla finestra panoramica, che occupava una intera parete dell'ufficio del questore. Guardò la città, col suo corollario di tetti e palazzi. E in quei palazzi le vite, tante vite, tante storie, drammi, speranze, desideri si intrecciavano tra loro. Voltava le spalle al questore, che lo fissava pensoso.

"Questo si è sollazzato con mezza questura più l'altra metà della procura, figurarsi se lasciava stare quella rompipalle di napoletana". La constatazione era accompagnata da un sentimento d'invidia, misto a nostalgia per i tempi passati. Prima di diventare un serioso e panciuto questore, lui, Ruggiu, era stato un predatore. E l'avessero visto vent'anni prima! Altro che Loperfido. Se lo sarebbe mangiato a colazione. Se le ricordava ancora le occhiate languide con le quali lo guardavano le esponenti del gentil sesso.

«Mah», sospirò. «Ormai...».

Il commissario uscì per andarsene a casa. Negli occhi aveva l'immagine della Esposito che saliva in macchina con quel giovane. Si costrinse a pensare a Diablo che attendeva il suo ritorno. Ma chi voleva prendere per il culo? Il pensiero tornava sempre alla Esposito, che se ne andava con quello lì. E l'immagine di lei nel suo appartamento minuscolo, a letto con lui... insopportabile. E non c'erano rimedi che potessero alleviarlo. E presto se ne sarebbe andata. Per sempre. Ma sì... che se ne vada, cercava di convincersi.

Cenò a casa immalinconito. Diablo, con sensibilità tutta canina, aveva compreso e gli stava vicino senza abbaiare. Loperfido si sdraiò sul divano, prese il cane e se lo mise sul ventre. Si guardarono negli occhi. Lui si commosse per quanto quel cane gli voleva bene e lo capiva.

"Ehhh, stavolta ti piaceva tanto, eh?".

"Sì, mi piaceva tanto".

"Anche a me".

"L'avevo capito", rispose Loperfido sconsolato.

"Solo che ha un carattere impossibile".

"Senti chi parla", fece Loperfido.

“Che c’entra, io sono un cane feroce, il mio istinto è quello di avere un caratteraccio… ma quella…”.

“Già”, sospirò l’uomo.

“Già”, guaì il cane.

Il suono di un SMS li distolse dalle confidenze. Svogliatamente Loperfido si alzò col cane in braccio e andò in cucina a prendere il telefono.

Senza curiosità sbirciò il messaggio.

Lei: la Esposito.

«Che fai?».

Una contentezza irragionevole si impossessò dell’uomo che, strizzando l’occhio al confidente, tornò a sedersi sul divano.

«Non hai di meglio da fare che interrogarti su cosa faccio io?», rispose.

«No».

«Eppure mi pare che tu sia uscita in compagnia». Non ci credeva di averlo scritto davvero… oddio, ora lei avrebbe pensato che era geloso!

«Commissario, mi spii?».

«No, Esposito, non ti spio».

«Sono triste», digitò la ragazza.

“È triste”, ripeté Loperfido al cane.

«Ah ah ah, è triste!», ribadì il commissario ad alta voce.

Anche Diablo ghignò.

“Andiamo a trovarla”, suggerì al padrone.

“Calma calma…”, redarguì l’uomo. Decise di non rispondere al messaggio ma di chiamarla.

Rispose al secondo squillo.

«Esposito, perché sei triste? Sei giovane, sei carina,

hai davanti una brillante carriera, probabilmente lascerai l'odiato Veneto...».

«Loperfido? Tu non capisci un cazzo».

«Eccola! Mi pareva strano che non fosse arrivato il turpiloquio».

«La verità è che...».

«Esposito?».

«Sì?».

«La verità lasciala ai preti e ai filosofi. Limitati alla realtà, ok?».

Sospiro della ragazza.

«Se mi inviti di nuovo a Vicenza, vengo».

«Va bene. Domani è venerdì. Domani».

«Domani. E mi fermo da te?», il tono con cui Luana pronunciò l'ultima domanda parve a Loperfido molto provocante.

«Ti fermi da me».

«Se non ci ammazziamo prima», aggiunse lei.

«Se non ci ammazziamo prima», ripeté l'uomo.

Si inserì Diablo: "Finché ci sono io qui, nessuno ammazza nessuno. Chiaro?".

Il matrimonio c'è stato. Col prete e tutto il resto: le lacrime, il lancio del bouquet e la fuga nella notte alle Hawaii. Quando ci siamo salutate col generale che già fremeva per il timore di arrivare in ritardo all'aeroporto, la sposa mi ha messo in mano una lettera. Poi mi ha abbracciata ed è corsa verso l'auto che l'avrebbe condotta ad una nuova vita. Per diversi giorni non ho avuto il coraggio di aprirla.

L'ho letta dopo una settimana. O meglio l'ho aperta e ho letto le prime righe.

Erminia, sorella mia,
la morte è uno dei momenti fondamentali dell'esistenza. Perché non renderla indimenticabile? Tu sai cosa è accaduto il 21 dicembre. Dentro di te lo hai sempre saputo. Esattamente come lo sa la poliziotta carina e quel selvaggio del commissario. Se avrai la pazienza di leggermi in queste righe ti spiegherò tutto.

Stracciai la lettera senza proseguire. Anna Laura ha sempre avuto uno stile di scrittura insopportabilmente prolisso.

Il mio romanzo è stato preso in considerazione dalla grande casa editrice e, dopo un minuzioso lavoro di editing, potrebbe vedere la luce il prossimo anno. Alessandro e la scheletrica fidanzata andranno a Torino, lui al Politecnico e lei alla facoltà di Filosofia, dove frequenterà un dottorato di ricerca. Felice gira per casa, affranto all'idea che il bambino lasci il nido e non si capacita di come io stia prendendo così bene questa separazione.

Il professor Giudice non ha risposto alla mia email che gli annunciava la prossima uscita del romanzo. Aveva ragione Anna Laura: era invidioso.

Siamo alla ricerca di un titolo. Alla copertina ci ha pensato Anna Laura. Dopo aver letto la prima bozza, una sera sale da me. Aveva due fotografie. Una in bianco e nero ci ritraeva sulla piazza davanti a casa. Potevamo avere dodici o tredici anni. Ci tenevamo per mano sorridendo a mio padre, che ci aveva scattato quella fotografia per festeggiare la nuova Leica. L'altra è la foto che ci siamo fatte fare da un turista cinese il giorno che ritirammo il vestito di nozze di Anna Laura. Eravamo a Santa Maria del Giglio. Ci tenevamo per mano. Sorridevamo al turista. Anna Laura mise insieme le due immagini. Ecco la copertina. Ovviamente piansi.

Quel venerdì mattina, arrivato in ufficio, Scornamiglio guardò interrogativo la borsa da viaggio che Luana aveva con sé. Le disse che l'avevano cercata dall'ufficio personale. Col cuore che, invece di correre, rallentava in modo allarmante, pallida in volto, rimase imbambolata a fissare il collega senza nemmeno togliersi il soprabito. Scornamiglio, più curioso di lei, insisteva perché andasse a sentire cosa volevano e la tormentava, sostenendo che si trattasse di sicuro della lettera per il corso di Quantico. Batteva le mani e, felice per lei, blaterava che davvero c'è una giustizia anche in questo paese. «Se hai le carte in regola, ce la farai, senza che l'olimpo greco e fenicio, riunito in sede congiunta, ti raccomandi a questo e a quello».

Luana ascoltava inebetita. Era certa che fosse quello il motivo della convocazione. Ma non capiva se fosse davvero felice.

Sapeva che bisognava vegliare sui sogni.

Più per seminare Scornamiglio che per reale intenzione, decise di andare dai colleghi che l'avevano cercata. Si presentò senza neppure aver lasciato borsa e spolverino nel suo ufficio. Come in un film, vide mani tese e sentì frasi di congratulazioni.

Con la lettera in mano si chiese cosa dovesse fare ora. Scornamiglio le suggerì che doveva andare dal questore. Lui doveva rendere esecutiva la comunicazione. Ma Luana continuava a guardarlo senza muoversi; allora la prese per un braccio e si dispose ad accompagnarla. Appena fuori dal loro ufficio, incontrarono il commissario che arrivava in quel momento.

«Esposito... hai visto i fantasmi?».

«No commissario, guardi!», rispose Scorna al suo posto. Prese la lettera dalle mani della ragazza e la mostrò orgoglioso al commissario Loperfido, che la lesse e sorrise. Poi, rivolto a Luana che stava sempre in stato catatonico, le fece le sue felicitazioni. A Scornamiglio parve che gli occhi del commissario fossero tristi. Ma non ci avrebbe giurato.

Con quello tutto era possibile.

«Venga avanti, dottoressa Esposito».

Il questore si alzò dalla sedia e le andò incontro con la mano tesa.

«Lasci che le esprima tutte le mie felicitazioni, brava dottoressa, le confesso che col suo curriculum me lo aspettavo, ma certo è per me una grande soddisfazione».

«Signor questore, ma io, dopo, dove torno?».

«Come dove torna?», rispose il dottor Ruggiu sorpreso. «Ma lei non aveva fatto domanda per Napoli?».

«Sì, ma prima... vede io ora mi sono ambientata qui e...», stava per scoppiare in lacrime.

"Mmm", pensò il sardo. "Lo sapevo, lo sapevo che c'era di mezzo il letto".

E poi il questore Efisio Ruggiu da Sassari fece qualcosa di inaspettato. Le appoggiò entrambe le mani sul volto e molto paternamente le disse che, se voleva tornare da loro dopo il corso, ebbene, lui ne sarebbe stato felice e avrebbe avallato la richiesta. Senza vergogna Luana scoppiò in lacrime.

«Suvvia dottoressa, ma come! Prima all'accademia, prima nelle prove fisiche, eccellente nelle prove al poligono, ora mi va pure all'FBI e mi scoppia a piangere così. Su, su... andrà tutto bene Esposito, *inteso mi hai*?».

Era una giornata di maggio, piena di rose e di sole, quella in cui una macchina, che non vedeva un lavaggio da anni, percorse l'autostrada Padova-Venezia in direzione Tessera. Destinazione Aeroporto Marco Polo. L'autista guidava muto. La passeggera teneva in braccio un ridicolo cane in miniatura che la guardava come fosse l'agente Pepper in persona, gambe comprese.

"Non ti innamorerai di un poliziotto americano, vero?", chiedeva Diablo nel suo linguaggio muto.

"Oh! No", rispose Luana.

"E tornerai presto da noi?".

"Ci puoi giurare, Diablito".

"Mi porti un distintivo da agente dell'FBI?".

"Consideralo già tuo, lo metteremo nel collare. Tu in cambio sorvegliami il commissario. Che quello quando si sente solo, lo sai che fa? Si infila nel primo letto che trova caldo".

"Hi hi hi", rise Diablo. "Quanto a questo, stai pure tranquilla che ci penso io a fargli passare la fregola".

La differenza è solo nello spin

Padova, maggio 2011. Ikea.

Anna Laura si aggirava tra divani e poltrone anatomiche, facendosi largo a gomitate tra la folla di estimatori del famoso marchio svedese. Il marito la seguiva e osservava spaesato la varietà di articoli esposti, di alcuni dei quali ignorava l'uso.

La donna si sedette su una poltrona massaggiante e azionò la vibrazione. Con sguardo estasiato, lanciava occhiate golose all'uomo che si era avvicinato e che tradiva nello sguardo il sollievo di vederla finalmente ferma in quel delirio consumistico.

«Bella, che dici Achille?».

«Se ti piace...».

Omaggiando di un sorriso soddisfatto il suo cavaliere, Anna Laura riprese a conversare, continuando a farsi massaggiare la schiena dalla poltrona oscillante.

«Certo che non so proprio come sia venuto in mente a Erminia di scrivere un giallo. Un giallo... mah, e ha pure successo, a quanto pare».

Achille, accanto a lei, si dispose con le braccia conserte in paziente attesa che la dama si stancasse del gioco.

«Il successo di alcuni romanzi appartiene alla sfera dell'astrologico», affermò il generale con tono autorevole. «Che poi», continuò, «non è nemmeno un vero giallo. Non si capisce neppure chi è l'assassino, alla fine. Come lettore mi sento preso in giro».

«Oh, tesoro», rispose Anna Laura sospirando. «Se conoscessimo tutto saremmo terribilmente infelici. Misericordiosa ignoranza...».

Si alzò e, preso il cavaliere a braccetto, gli chiese: «Che dici, ce lo facciamo un giretto nel reparto letti?».

«Direi di no, cara».

Finito di stampare
nello stabilimento grafico
Puntoweb S.r.l. di Ariccia (Roma)
per conto di
Fazi Editore

Ristampa	Anno
7 6 5 4 3	2015 2016 2017